清 馨 民 国 风

清馨民国风

域外见闻

梁启超 胡适等著 王丽华编

首都经济贸易大学出版社
Capital University of Economics and Business Press

图书在版编目（CIP）数据

域外见闻/梁启超,胡适等著,王丽华编. ‒‒ 北京:首都经济
贸易大学出版社,2014.8

（清馨民国风）

ISBN 978 ‒ 7 ‒ 5638 ‒ 2216 ‒ 4

Ⅰ.①域… Ⅱ.①梁… ②胡… ③王… Ⅲ.①散文集—
中国—现代 Ⅳ.①I266

中国版本图书馆 CIP 数据核字（2014）第 047114 号

域外见闻

梁启超 胡适 等著 王丽华 编

责任编辑	季云和	
封面设计	张弥迪	
出版发行	首都经济贸易大学出版社	
地 址	北京市朝阳区红庙（邮编 100026）	
电 话	（010）65976483 65065761 65071505（传真）	
网 址	http://www.sjmcb.com	
E ‒ mail	publish@cueb.edu.cn	
经 销	全国新华书店	
照 排	北京砚祥志远激光照排技术有限公司	
印 刷	临沂圣贤印刷有限公司	
开 本	880 毫米×1230 毫米 1/32	
字 数	236 千字	
印 张	9.25	
版 次	2014 年 8 月第 1 版 2019 年 10 月第 2 次印刷	
书 号	ISBN 978 ‒ 7 ‒ 5638 ‒ 2216 ‒ 4/I·16	
定 价	28.00 元	

前　言

　　这本书中的几十篇文字,都曾刊载于民国时期的出版物。其中一些篇目,近二三十年中曾经从繁体字变为简体字,或多或少为今人所知;但更多的篇目,似乎一直以繁体字竖排的形式,掩隐在岁月的尘埃中,直到我们发现或找到它们,再把它们转换为简体字,以现在这套"清馨民国风"丛书为载体,呈献给当今的读者。

　　收入这套"清馨民国风"丛书的数百篇民国时期的文字,堪称历史影像,也可以说是情景回放。它们栩栩如生、有血有肉,是近 200 位民国学人的集中亮相,也是他们经历、思考与感悟的原味展示——围绕读书与修养、成长与见闻、做人与做事、生活与情趣,娓娓道来。透过这些文字,我们既可以领略众多民国学人迥然不同的个性风采,更可以感知那个时代教育、思想与文化生态的原貌。

　　策划、编选这样一套以民国原始素材为主体内容的丛书,耗费了我们大量的时间、精力和心血。而今本套丛书即将分批陆续付梓,我们欣喜地发现,她已经有型、有范儿、有味道了。

需要特别说明的是,根据著作权法的规定,本书收选的作品,有一部分仍处于版权保护期。由于原作品出版年代久远,且难以查找作者及其亲属的相关信息和联系方式,我们未能事先一一征得权利人同意。敬请这些作者亲属见书后及时与我社联系,以便我社寄奉稿酬、寄赠样书。

目　录

梁启超（1873—1929），字卓如，号任公、饮冰室主人。广东新会人。20世纪初中国新旧交替时代著名政治活动家、启蒙思想家、教育家、史学家和文学家，戊戌变法领袖之一，民国初年清华大学国学院四大导师之一。梁启超学术研究涉猎广泛，在哲学、文学、史学、经学、法学、伦理学、宗教学等领域均有建树，以史学研究成就最大，被公认为中国近代史上百科全书式的人物；其著作后被合编为《饮冰室合集》。

战后雾中之伦敦

梁启超

二月十二日正午，船将拢岸，丁、徐二君已偕英使馆各馆员乘小船来迎。我们相视而笑，算是合抱绕世界一周了。我们才登岸，战后惨淡凄凉的景况已经触目皆是。我们住的旅馆虽非顶阔，也还算上等，然而室中暖气管是关闭了，每个房间给一斗多的碎煤，算是一日二十四点钟的燃料。电力到处克减，一盏惨绿色的电灯，孤孤零零好像流萤自照。自来火的稀罕就像金刚石，我们有烟癖的人没有钻燧取火的本领，只好强迫戒掉了。我们在旅馆客屋吃茶，看见隔座一位贵妇人从项圈下珍珍重重取出一个金盒子来。你猜里头什么东西呢？哈哈！是一小方块白糖。她连客也不让，劈了一半，放在自家茶碗里，那一半仍旧珍珍重重交给她的项圈。我想我们这几年在本国真算得纨绔子弟，不知稼穑艰难。我想自从货币生计发达以来，世人总以为只要有钱何求不得，到今日也知道钱的功用是有限度了。又想在物质文明享用极丰的欧洲，他们为国家存亡起见，万众一心，牺牲幸福，忍耐力之强，着实可敬。但经过此番之后，总应该觉得：平常舒服惯了，方便惯了，也算不得一回好事。在物质的组织之下，全社会像个大机器，一个轮子出了毛病，全副机器停摆，那苦痛真说不尽。只怕从今以后，崇拜物质文明的观念总有些变动吧。

黄公度①的《伦敦苦雾行》，头一句是"苍天已死黄天立"。我们到欧洲破题儿第一天受了这个印象，是永远不能忘记的。我们在马车上望见那将近西没的太阳，几个人费了一番彻底的研究，才判定它是日是月。晚上我和子楷散步，远远望见有一团朦胧红气，我猜是街灯，子楷猜是钟楼，哪里知道原来就是日间误认的月光。日、月、灯三件事，闹得一塌糊涂，这不是笑话吗？我但觉受了极湿极重的空气压迫，两颧骨紧张作疼，往街上散步多时才稍好些。无怪英人拿户外运动竞技等事，当作人生日用必需，渐渐成为公共嗜好了。伦敦每年总有好几个月都是这样，而且全国也和伦敦差不多，所以他们养成一种沉郁严重的性格、坚忍奋斗的习惯。英国人能够有今日，只怕叨这雾的光不少哩。可见得民族盛强并不是靠绝对丰顺的天惠，环境有些苛酷，才真算玉汝于成哩。

（《欧游心影录》）

---

①黄遵宪（1848—1905），字公度，晚清著名诗人、外交家、教育家、政治家。——编者注。

林语堂（1895—1976），现代著名作家、翻译家、语言学家。福建龙溪人。1916 年在上海圣约翰大学获得学士学位，1920 年获哈佛大学文学硕士学位，1923 年获德国莱比锡大学语言学博士学位。曾任北京大学英文学系语言学教授、厦门大学文学系主任兼国学院秘书、联合国教科文组织艺术文学组组长、国际笔会副会长等职。其用英文所著《吾国与吾民》《生活的艺术》《京华烟云》等被译为多国文字。

伦敦的乞丐

林语堂

　　英国的风俗民情，在读过英国文学的人，总有多少的认识，但是总不如亲临其境自己去体会出来。骂英国的英人也常可遇见，这种人在各国都可发现，其共同之特点就是各以为自己同胞是世界最坏的民族。所以生于美国便唾弃美国而崇拜英人；假如同这一人生于英国，也必唾弃英国而崇拜大陆了。所以他们虽然种族不同，其实都是人类中之另外一族，无以名之，暂时可谓之无名族人。但是这种对己国批评的态度，在相当范围内也是人之常情，一方面可以说是大方，比鳃鳃过虑、讳疾忌医或夜郎自大、盲目夸张者强一等，又一方面也是与"老婆人家的好"同一心理，不足深责。人有聪明，必有不满足于现状；不满足于现状，始有求进之心。英人也有许多有自知之明者，他们对于本国文物之弱点、英人脾气之古怪（此是一个绝好的小品文题目）也不回护，只是幽默地承认。大战以后，维多利亚时代之遗风几乎一扫而空，所以更多这类的批评。然而自外人看来，盛世之风度却仍然保存。所谓盛世之风度，是言社会秩序之整齐，礼俗之文雅，规矩之严肃，人民之自信等。如英国人之礼貌，尊长者，重规矩，扶老携幼，救弱济贫，给梦想揖让进退于三代盛世之韩退之①看了，也可以满意。像伦敦有名的巡警，扶老妇过街，或是地道车中一般人对妇人、小子之温存，司车者之雍容有礼，都能使人觉得是大国的风度，与侨沪英人之狂悖全然不同了。尤其可爱的就是伦敦的乞丐。我曾对一英人表示佩服他们的风度，这位幽默自知的英人，反而诧异，问我有何所见而云然。我说，比如英国女子健步的走法，独立的精神，及在影戏院中陶情的笑声是可爱的。伦敦告地状②的乞丐尤可表现英人自重、自信、自强的精神。

伦敦并无乞丐，因为这是法律所不许的。有老妇站在街旁卖自来火的，那便是乞丐。知者总是给点钱而不取自来火，或是给价特高，算为舍施。这不是我所要讲的，我所要讲的，是那些不卑不亢的水门汀告地状的朋友。原来讨饭有两种方法，一种是令人矜怜，一种是使点本事，也可说一法是使你作呕，一法是使你赞叹。上海城隍庙的乞丐将臃肿溃烂的大腿排在九曲桥路人眼前，故意使你触目，便是第一法。南京夫子庙有大

---

①即韩愈（768—824），字退之。——编者注。

②告地状是指把自己的不幸遭遇写在纸上铺在街头，或者用粉笔写在地上，向路人乞求钱财或其他帮助。——编者注。

人立在十二岁女孩的肚子上，等着人家掷铜板，也是同类。你看那女孩脸上肌肉之紧张及其不敢喊苦之沉寂，就可以使你启了慈悲之念。但是这用残忍以引起慈悲，根本就矛盾。那女子大概不是他亲生的，看来并不像慈悲菩萨之道场。也有吞剑者让口沫流出等人掷铜子，这比较上乘，因为一则到底有点本领，值得给钱，二则受苦的是他自己，不是小孩，总比较成个好汉。英国告地状者却属于另一种，他也是拿出本领，但不是求你矜怜，说些流离失所的话。他写的是格言，尤其是奋励人乐观上进一类的格言。在于他的意思，使人走过读这格言，觉得高兴，如果你慨然解囊掷几个铜板于他的帽子里，总觉得有相当的所得，不是白赏给他的。这些格言，我记不清了，大概是关于花、太阳、健康是至宝、早鸟食得虫一类的话。也有的很聪明，能作时评，开英国政府之玩笑，或取笑国际联盟，或揶揄经济会议，随时用粉笔在水门汀上写给你看。我看见过一位文思实在快，一写写了好几段，都很精彩。也曾在 Charing Cross① 看见一位尖酸客，他便满地愤慨的话，我想和他同情的人也比较少。又一类是画家。他们用的是彩色粉笔，画山水、村宅、夕阳、大船等，功夫虽不高，也都不错，合于俗人脾胃，如上海四马路所卖的洋画一样，在各图之旁只写一字 thanks（多谢），别无呻吟苦调。路人走过，在阴森濛晦的伦敦街上，看见这图，想到野外春光的明媚，总算有种乐趣，即使给钱，也是有所得的。

①即查令十字街。——编者注。

也有音乐家二三人结成一队，一吹 Cornet（喇叭类乐器），一拉提琴，弹 Draga's Serenade 给你听，这也是一种卖艺而已。所以他们不自认为乞丐，他们的态度也是不卑不亢的。也有一位在 Greek Street 附近跪在地上弹琴。他的琴是自制的，一块木板，三条钢丝，用一个烟盒撑起，但是弹起来倒也怪好听。

从这种地方，也可以看出英人的自重的民性。

（《有不为斋文集》）

老　舍（1899—1966），本名舒庆春，字舍予。现代著名小说家、文学家、戏剧家。1918 年毕业于北京师范学校。1924 年赴伦敦大学东方学院华语学系任华语讲师，并开始文学创作。1929 年回国。20 世纪 30 年代先后任教于齐鲁大学和山东大学。1946 年接受美国国务院邀请赴美讲学，1949 年回国。"文革"中遭受迫害，于 1966 年 8 月 24 日深夜含冤自沉于北京西北的太平湖。著有《老张的哲学》《四世同堂》《骆驼祥子》《茶馆》等。

英国人与猫狗

老　舍

英国人爱花草，爱猫狗。由一个中国人看呢，爱花草是理之当然，只要有钱有闲，种些花草几乎可与藏些图书相提并论，都是可以用"雅"字去形容的事。就是无钱无闲的，到了春天也免不掉花几个铜板买上一两盆小蝴蝶花什么的，或者把白菜脑袋塞在土中，到时候也会开上几朵小十字花儿。在诗里，赞美花草的地方要比讴颂美人的地方多得多，而梅、兰、竹、菊等等都有一定的品格，仿佛比人还高洁、可爱、可敬，有点近乎一种什么神明似的。在通俗的文艺里，讲到花神的地方也很不少，爱花的人每每在死后就被花仙迎到天上的植物园去。这点荒唐，荒唐得很可爱。虽然里边还是含着与敬财神就得元宝一样的念头，可到底显着另有股子劲儿，和财迷大有不同。我自己就不反对被花娘娘们接到天上去玩玩。

所以，看见英国人的爱花草，我们并不觉得奇怪，反倒是觉得有点惭愧，他们的花是那么多呀！在热闹的买卖街上，自然没有种花草的地方了，可是还能看到卖"花插"的女人和许多鲜花铺。稍讲究一些的饭铺、酒馆自然要摆鲜花了，其他的铺户中也往往摆着一两瓶花，四五十岁的掌柜们在肩下插着一朵玫瑰或虞美人也是常有的事。赶到一走到住宅区，看吧，差不多家家有些花，园地不大，可收拾得怪好，这儿一片郁金香，那儿一片玫瑰，道上还往往搭着木架，爬着那单片的蔷薇，开满了花，就和图画里似的。越到乡下越好看，草是那么绿，花是那么鲜，空气是那么香，一个中国人也有点惭愧了。五六月间，赶上晴暖的天，到乡下去走走，真是件有造化的事，处处都像公园。

一提到猫狗和其他的牲口，我们便不这么起劲了。中国学生往往给英国朋友送去一束鲜花，惹得他们非常的欢喜。可是，也往往因为讨厌他们的猫狗而招得他们噘了嘴。中国人对于猫狗牛马，一般地说，是以"人为万物之灵"为基础而直呼它们作畜类的。正人君子呢，看见有人爱动物，总不免说声声色犬马，玩物丧志。一般的中等人呢，养猫养狗原是捉老鼠与看家，并不需赏它们个好脸儿。那使着牲口的苦人呢，鞭子在手，急了就发威，又困于经济，它们的食水待遇活该得按着哑巴畜生办理。于是大概地说，中国的牲口实在有点倒霉；太监怀中的小巴狗与阔寡妇椅子上的小白猫，自然是碰巧了的例外。畜类倒霉已经看惯，所以法律上也没有什么规定；虐待丫头与媳妇本还正大光明，哑巴畜生自然更无处诉委屈去；黑驴告状也并没陈告它自己的事。再说，秦桧与曹操这辈子为人作歹，下辈子便投胎猪狗，吃点哑巴亏才正合适。这样，就难怪我们觉得英国人对猫狗爱得有些过火了。说真的，他们确是有点过火，不过，要从猫狗自己看呢，也许就不这么说了吧？狗嗛食人食，而有些人却没饭吃，自然也不能算是公平，但是普遍地有一种爱物的仁慈，也或者无碍于礼教吧？

英国人的爱动物，真可以说是普遍的。有人说，这是英国人的海贼本性还没蜕净，所以总拿狗马当作朋友似的对待。据我看，这点贼性倒怪可爱，至少狗马是可以同情这句话的。无事可做的小姐与老太婆自然要弄条小狗玩玩了——对于这种小狗，无论它长得多么不顺眼，你可就是别说不可爱呀！——就是卖煤车的煤黑子与送牛奶的人，也都非常爱惜他们的马。你想不到拉煤的马会那么驯顺、体面、干净。煤黑子本人远不如他的马漂亮，他好像是以他的马当作他的光荣。煤车被叫住了，无论是老幼男女，跟煤黑子说过几句话，差不多总是以这匹马做中心。有的过去拍拍马脖子，有的过去吻一下，有的拿出根胡萝卜来给它吃。他们看见一匹马，就仿佛外婆看见外孙子似的，眼中能笑出一朵花儿来。英国人平常总是拉着长脸，像顶着一脑门子官司，假若你打算看看他们也有个善心，也和蔼可爱，请你注意当他们立在一匹马旁或拉着一条狗的时候。每到春天，这些拉车的马也有比赛的机会。看吧，煤黑子弄了一瓶擦铜油，一边走一边擦马身上的铜活呀。马鬃上也有挂上彩子或用各色的绳儿梳上辫子，真是体面！这么看重他们的马，当然地在平日是不会给气受的，而且载重也有一定的限度，即使有狠心的人，法律也不许他任意欺侮牲口。想起北平的煤车，当雨天陷在泥中，煤黑子用支车棍往马身上抡，真要令人喊"生在礼教之邦的马哟！"

猫在动物里算是最富独立性的了。它高兴呢，就来趴在你怀中，啰里啰唆的不知道念什么。它要是不高兴，任凭你说什么，它也不搭理。可是，英国人家里的猫并不因此而少受一些优待。早晚他们还是给它鱼吃，牛奶喝；到家主旅行去的时候，还要把它寄放到"托猫所"去，花不少的钱去喂养着；赶到旅行回来，便急忙把猫接回来，乖乖宝贝地叫着。及至老猫不吃饭，或小猫摔了腿，便找医生去拔牙、接腿，一家子都忙乱着，仿佛有了什么了不得的事。

狗呢，就更不用说，天生来的会讨人喜欢。做走狗，自然会吃好的喝好的。小哈巴狗们，在冬天，得穿上背心；出门时，得抱着；临睡的时候，还得吃块糖。电影院、戏馆禁止狗们出入，可是这种小狗会"走私"，趴在老太婆的袖里或衣中，便也去看电影、听戏，有时候一高兴便叫几声，招得老太婆头上冒汗。大狗虽不这么娇，可也很过得去。脚上偶一不慎粘上一点路上的柏油，便立刻到狗医院去给套上一只小靴子，伤风咳嗽也须吃药，事儿多了去啦。可是，它们也真是可爱，有的会送小儿去上学，有的会给主人叼着东西，有的会耍几套玩意；白天不咬人，晚上可挺厉害。你得听英国人去说狗的故事，那比人类的历史还热闹有趣。人家、猎户、军队、警察所、牧羊人都养狗，都爱狗。狗种也真多，大的、小的、宽的、细的、长毛的、短毛的，每种都有一定的尺寸、一定的长度，买来的时候还带着家谱，理直气壮，一点不含糊！那真正入谱的，身价往往值一千镑钱！

年年各处都有赛猫会、赛狗会。参与比赛的猫狗自然必定都有些来历，就是那没资格入会的也都肥胖精神。这就不能不想起中国的狗了。在北平，在天津，在许多大城市里，去看看那些狗，天下最丑的东西！骨瘦如柴，一天到晚连尾巴也不敢撅起来一回，太可怜了！人还没有饭吃，似乎不必先为狗发愁吧，那么，我只好替它们祷告，下辈子不要再投胎到这儿来了！

简直没有一个英国人不爱马。那些专做赛马用的，不用说了，自然是老有许多人伺候着；就是那平常的马，无论是拉车的还是耕地的，也都很体面。有一张卡通，记得画的是"马之将来"：将来的军队有飞机、坦克车去冲杀陷阵，马队自然要消灭了；将来的运输与车辆也用不着骡马们去拖拉，于是马怎么办呢？这张卡通——英国人画的——上说，它们就变成了猫狗：客厅里该趴着猫，将来是趴着匹马；老太婆上街该拉着狗，将来便牵着匹骡子。这未必成为事实，可是足见他们是怎样地舍不得骡马了。

除了猫狗骡马，他们对于牛羊鸡猪也都很爱惜，这是要到乡间才可以看见的。有一回到乡间去看朋友，他的祖父是个农夫，养着许多猪与鸡。老人的鸡都有名字，叫哪个，哪个就跑来。老人最得意的是他的那些肥猪，真是干净可爱。可是，有一天下了雨，肥猪们都下了泥塘，弄得满身是稀泥，把老人差点气坏了。总而言之，他们对牲口们是尽到力量去爱护，即使是为杀了吃肉的，反正在它们活着的时候总不受委屈。中国有许多人提倡吃素禁屠，可是往往寺院里放生的牲口却皮包不住骨，别处的畜类就更不必说了。好死不如赖活着是我们特有的哲学，可也真够残忍的。

对于鱼鸟鸽虫，英国人不如我们会养会玩，养这些玩艺的也就很少。卖猫狗的铺子里不错也卖鹦鹉、小兔、小龟和碧玉鸟什么的，可是养鸟的并不懂教给它们怎样的叫成套数。据说，他们在老年间也斗鸡斗鹌鹑，现在已被禁止，因为太残忍。我们似乎也该把斗蟋蟀什么的禁止了吧？也不是怎么的，我总以为小时候爱斗蟋蟀，长大了也必爱去看枪毙人，没有实地的测验过，此说容或不能成立；再说，还许是一点妇人之仁，根本要不得呢。

陶菊隐（1898—1989），民国时期著名记者和编辑，与张季鸾并称中国报界"双杰"。早年就读长沙明德中学，1912 年 14 岁便在长沙《女权日报》当编辑；不久又任《湖南民报》编辑，撰写时事述评。1927 年任《武汉民报》代理总编辑兼上海《新闻报》驻汉口记者，其间还为《申报》《大公报》撰写通讯。1928 年任《新闻报》战地记者，随国民军报道"二次北伐"。1941 年上海"孤岛"沦陷后，主要从事中国近现代史研究。

英伦的形形色色

陶菊隐

　　英国人在全世界是最讲礼貌的民族。因为讲得太起劲，有时像冷酷，有时又像高傲。他们见了陌生人不大开口，老是板着面孔，仿佛多说几句话就失了英国人的身份。他们是不是天生就这副性格？不是的，他们一样地不能离群索居，胸臆间一样埋藏着热烈情绪，因为一代一代传下来，把礼貌占了日常生活中重要成分，不期然而然变成了习惯。这习惯在家庭生活中也可表现出来——比方在美国，少年夫妇一会儿高兴时谈笑声达于户外，一会儿不高兴时又高声吵闹了；英国家庭却是一种刻板生活，气象严肃的丈夫回到家来就拿一张报纸看个不停，这不但美国妇女所不能忍受，即我国摩登女子恐亦不高兴有这样的丈夫。

　　尤其是有业者如外交家或军人，格外讲究礼节和威仪，一辈子摆脱不了矜持态度，也许本身感到做人的苦闷。至于青年学生，总算人类中最活泼的分子了，然而剑桥大学和牛津大学学生下课后，头戴方巾，身穿学士大褂，眼观鼻，鼻观心，文绉绉在大街上行走，这是何等地束缚心身？他们吃饭时也是这一套装束。国会中议长那更是不可侵犯地神圣，不管他的头发已经苍白了没有，必须套上一层白色假发以示其年高德劭。其礼节之繁重，更为一般人所不及，好像一言一动都应以身作则，这不是怪难受的吗？

假使在美国大街走，总不会发现燕尾服绅士提着两只脚在人行道安步当车吧？因为燕尾服绅士必须配上汽车才相称，假如坐不起汽车，就不必装模作样摆出绅士架子。但是在英伦，所见燕尾服步行的绅士并不少，他们节俭自节俭，礼貌是礼貌，不会因节俭而忘礼貌，亦不会因礼貌而不节俭。

最奇而有趣的是皇宫侍卫的制服——黑皮冠，红衣，几百年来从无变更。尽管陆军制服常有变更，他们的制服是必须保存古代色彩的。到了夏季，热得额汗直流，但皮冠断乎不可取下。他们每天有几次换班的时候，任人可往参观。使人最注意的是皇宫大门外两个岗位：各有一人骑着一匹高大的马嵌在岗位里，动也不一动，两匹马也不动；老于经验的侍卫可以做到目不转瞬的功夫，骤然看见他们的，几疑为木雕泥塑，不相信是有血气的真人。有时两匹马站得疲倦万分，不禁把头儿低下来像是打瞌睡，侍卫们就得提一提缰绳做一怒意之警告。马善于便溺，而便溺又是无法阻止的，因此地下马溺常流成一条水槽。

守旧是英国人特性。伦敦偏僻街道还有用煤气灯做路灯的地方，每当薄暮，由苦力一盏一盏去照呼，这是何等麻烦的事。有人问过英国市政当局，何以英国把人工消费在这个不甚紧要地方？他的回答很幽默："这年头，人浮于事，这也是我们救济失业者的一个小办法。"

普通家庭大门上悬着两个门环，和我国北平式公馆一样，并未安置电铃，这是在美国找不到的事情。电铃并不很贵，何以屏而不用？可见英人对于旧物事只要勉强可用，就不情愿弃而不用。还有一种旧式房屋，无一切新式设备，全屋子只有一管自来水龙头，且无浴室，须到公共浴室就浴（价格很廉，只要七便士）。像这种旧屋在美国老早就翻造了，英国工部局却置而不问。所以伦敦游客都说伦敦不是他们理想中之伦敦，那种崇尚礼节和俭朴守旧之风有点像东方的中国。

像中国的地方还不止此。头一件，法庭对离婚事件看得很严重，如无万难调解的理由，道貌岸然的法官是不会允许离婚的。还有一件，中国商人或许比英国商人高明一点：比方无线电收音机商店，无论中西各国都把机关开放，使路人为乐声所吸引，见景生情，因而购买一具而去。但英国是哑巴商店，你若不在玻橱里发现收音机，你不会相信这是售卖收音机的商店。不过你若走进去，他们一样地试给你听，不会使你失望。我们因此联想到过去英国执全世界商业之牛耳，它们的生产者是以机件灵巧独占世界市场，颇合"不重宣传"的原则。即如伦敦市上的广告画都是刻板而沉滞，尤其图案中的女人不过使人一望而知其为女人罢了，比不得纽约、巴黎等处画得栩栩欲活。这不是英国人商业技术幼稚，简单说起来，他们到处脱不了拘谨性格。

一般人以为伦敦为世界第一大都会，其壮丽必甲于全世界，但事实并非如此。街上各种车辆如电车、汽车、马车、用人力推动的单轮货车，触目皆是，脚踏车还是重要交通工具。在纽约，脚踏车是专给小孩子们坐的，成年人坐了就觉难为情。英国人并不这样，马车势力也还不弱，大概工商界中人空手的坐脚踏车，携有笨重货品的坐马车，还有乡下老儿用一匹老迈龙钟的瘦马驾一辆风雨飘摇的旧车沿街售卖青菜，比我国小菜贩也只略胜一筹。再到菜场巡礼一次，则见菜担纵横，腥秽扑鼻，不见得比我国大都会的菜场高明好多。小街有许多肉店，用冰箱的很少，常有卖臭肉的发现，可见市政当局监督之不严。此外还有许多公厕所发出臭恶之气。谁想到讲礼貌的英国人对于这些小地方竟有如此马虎？

有一件是英国商场特色：普通商店习惯礼拜六下午停止营业，许多忙得不可开交的职业家只有礼拜六下午有闲（礼拜日或有其他约会，或做郊外旅行），偏偏这时候没有东西买。英国人看清了这一点，特别规定商店分区或分期休息的办法。甲区礼拜六下午并不停业而改于礼拜四补足之，乙区则循例休息，如此轮流替换，那么礼拜四或礼拜六下午某一区买不到的东西在另一区可以买到。

伦敦《泰晤士报》是全世界销行最广的报纸，其规模和设备远不及销数较少的《纽约时报》。《纽约时报》顶上一层为编辑厅，当中一座大图书室，四周为编辑室，每间编辑室有门与图书室相通，每一编辑有女书记轮流伺候，还有固定或临时的一群职员供其驱策，这一群就是访员和特约法律专家。该报张数最多，每逢礼拜日几可装成一厚册，对于各地长篇通讯尽量容纳，丰富是丰富极了，可是有职业者平时异常忙碌，到了休息日还要堆上一大卷报纸，哪有从头看到尾的工夫？不过胡乱翻阅一下就变为废报纸，枉费编辑先生搜罗材料的一番苦心。但是，老资格的伦敦《泰晤士报》则不然，他们求精而不求博，访员的长稿被编辑先生大笔删削，只把精华的几段刊载出来，他们认为这样可节省阅者目力和时间。

严肃而有礼貌的英国人可说"非礼勿视，非礼勿听"，是东方孔子的信徒了，然而礼拜六下午或礼拜日，一对对拥抱而卧的男女，一对对当众接吻的男女，公园中随时可以看见。人类为恋爱而生存，为恋爱而奋斗，任是自制力极强的英国人也跳不出这个圈子。还有一事英国人认为耻辱的：美国各地找不到亲自拉客的卖笑妇，纵然肚子饿慌了，只能请龟奴出马代觅狎客，不料礼教笼罩下的伦敦反有拉客野鸡。有一个地方叫Piccdilly，像上海四马路的青莲阁，又像纽约的 Time Square，有一爿咖啡馆，你叫一瓶啤酒，就有无数下贱妇人包围着你。

（《菊隐丛谭·闲话》）

林无双（1926—2003），林语堂次女，三姐妹中唯一继承父亲"神定气闲，从容不迫"的文风和"林家的艺术家的气质和不可救药的乐观"精神的人。本名玉如，后改名无双，再改为太乙。1943年第一部英文小说《战潮》出版，被誉为"小妞儿版的《战争与和平》"。1944年从美国陶尔顿中学毕业，到耶鲁大学教中文。1952年主编文艺月刊《天风》。1965年出任《读者文摘》中文版总编辑。著有多部小说，多以英文撰写。

游英记

林无双

　　双十节时我们正在英国泛游。那时还是秋天，天天下雨。十月八日，我们乘了夜车动身，过海时火车就载在大船里，真是奇怪，万籁无声，客人尽可安然睡去，次日十点，便在所想到的英国了。车站里人人讲英国话，觉得好不惯的样子；在法国听惯了听不通的言语，到了英国，话忽听懂，却觉得有点奇怪。英国警察十分客气，也无伸出空手向人要酒钱的恶习惯。到一个朋友介绍的旅馆，看门的戴了高帽，又有几个领行李的，一起拥至车前，大家匆匆忙忙地搬箱提盒。父亲进了饭店，开两间通房间，中间夹一间浴室。我听说一天三镑，不禁吓了一惊。要是讲中国钱，还是不来好。

　　伦敦下雨，不当一回事。所以第一天到时，也受蒙蒙细雨的欢迎。我们洗浴、休息了一两个钟头，爬起来，觉得肚子饿，不如吃了午饭，再去游街吧。到底是中国人，跑来跑去，还不是进了中国馆子。里面也有好几位英国男女。中国饭店在英国算是不醒龊。有英人在中国饭店当招待，此为美、法两国所未曾见的。

大概三点钟时才吃过饭，在英国街道走走，又到蜡院去。院里通是蜡人像，陈列英国王亲国戚、历代贤相伟人、作家名士，令人得一瞻风采，恍如与前贤对晤一堂。还有蜡人假充参观者的样子，放在任何地方，游客一不小心，信以为真，便去向他问路，蜡人不答，便闹成笑话。我们看完了楼上，就下去，到一间叫"酷刑室"去。里面排列的是前世纪所用各种最残酷的刑具，如车刑、吊桶、法国的断头台等等，也做出蜡像，表示囚徒受刑的情景，有血淋淋的死人头，看了真令人惊心动魄。不过我想还是巴黎的蜡人院好，塑的人像少，而塑的历史事迹多，一间塑一景，叙古时往事，倒可引人深省，增加读史的兴味。中国若造一座历史蜡人院，塑林则徐、曾国藩、孙中山，岂不很好？

瞧完后，我们甚为满意，出院雇了汽车绕个圈子，回到旅馆。英国户内一切陈设很干净，我们在旅馆里看看书，如此过了一天。

第二天，睁开眼睛才觉得我们并非在法国，心一跳，喜悦起来。英国人早餐吃得多，鱼肉都有。我们吃不惯，糊里糊涂地咽了几口，便匆匆地预备出门。我们到了圣詹姆士（St. James's）皇宫①，去看有名的"皇家侍卫换班"。

---

　　①今译圣詹姆斯宫。——编者注。

早半小时，街上便挤满了人，警察站在街上挑剔这个那个。少顷便有喇叭、打鼓、操步之声。从一个小门，出了一队十来个兵，身穿大红短褂、黑裤子，腰系白皮带。一顶一尺高的黑毛帽子，带子束在下巴下，两眼也差不多被遮上了，每人提一把长枪，看来很像一幅似曾见过的西洋画，很是雄壮。也不知是几百年相传下来的什么古俗。父亲说中国好古，英国人才是好古哩，古俗古礼相传不变。听说现在英国皇帝要过伦敦"旧城"，还得照旧通知伦敦市长行什么开城门礼，城门钥匙还是七八英寸长。话又说回来了，当时有许多带旗、拿剑的人，陆陆续续从那门出来。还有三个人，两个拿剑，一个拿旗，像煞有介事，在院中走来走去。他们远看如小孩玩具洋兵一样，又高又整齐。那些兵的身材看来都是六呎多高。

次日我们经"伦敦楼"看英国的"国宝"。所谓国宝，便是那三粒在皇冠上及宝剑上的硕大无朋的金刚钻。"伦敦楼"是一座城堡，要由一段城壕上的桥渡过去。那些国宝放在一间古屋内任人参观。据说那金刚石是世界最大的，产于非洲，在未琢开之时，那块金刚钻是有两粒鸡蛋那么大。现在分成三块，还算世界第一，其一在英王乔治第五的冠冕上。我们看了，也无法道好，只是很普通地说："很大呀！很大呀！"在玻璃柜里，还有近代各王各王后的宝冠、宝剑、金杯、金盒，灿烂夺目。最奇的便是许多盛盐的金盒，也不知出于什么古礼，何以盐盒特别珍重至此。

出楼外向左行便是一间英国两公子被暗杀之小楼，离小楼前行，又是亨利第八杀他不知第几位王后的旧地。到另一屋，又看有名的断头砧。奇怪，在英国看来看去都是古代的杀头案。

那天下午，我们到了伦敦博物院，其中还有一部①是世界最大之一的图书馆。这图书馆因为是礼拜天，所以不能进去，但是我们从玻璃门前探头，窥见满墙的书，每个案上有一盏灯，看来很像清静读书之地。博物院规模太小，我们只是走马看花，而在磁器部特别逗留着，看中国的磁器。在那里看起来，与外国的比较，颜色好极了，又素静又雅气。在中国看惯，不觉得好，到了外国受了洋气，再来看中国之清淡意味，真正高明无际。那天星期日，看不到我们的敦煌石室遗书，很是遗憾。也没看到古画。倒是看到一些有名作者之手稿和笔迹，都藏在柜里，保存得很好。那座博物院的房子很大，也很旧，不过里面整理得很整齐。

在第四天清早，我们上街散步。伦敦的风味同法国巴黎差得太远。在巴黎，人家都是闲谈慢走，但是英国人心头总好像还有事未做完，拿了一把雨伞，很严重地昂头开步走。两国人，只隔一条海峡，住的地方不同，言语不同，人性也像有霄壤之别。

夜里十点到了火车站，把票看过了，便上车。车中房间很小，容不下三人，不过十分清洁，有灯有水，虽然小，还是舒服。我们很快地预备上床。当然车中不如平地，一夜摇撼到晓。次晨醒时，又在过海的法国巴黎了。

---

①原文如此。下文"很严重地昂头"同。——编者注。

钟作猷（1902—1988），第一位将世界名著《尤利西斯》介绍给中国读者的著名翻译家，中国外国语言文学研究领域的先行者之一。1920年考入北京大学，先后在外国语文系、英语系就读。1927年毕业后留校任教。1934年赴英国爱丁堡大学专攻英国文学，1936年获文学博士学位。回国后，先后任四川大学文学院外文系教授兼系主任、西北大学外文系特约教授、上海光华大学外文部教授兼部主任、南开大学外文系教授。

华茨华斯故乡游记*

钟作猷

我于七月中离开上海，取道意、法、英伦，一面游玩，一面赶路，足足花了一个月的工夫才到爱丁堡。但是还没有住上两个礼拜，游兴又勃兴起了，因为剑桥友人徐君乘自备汽车来玩。"我们既有汽车可坐，何不趁此秋高气爽，到湖滨一游呢？"这是一位爱大同学李君的提议。徐、我都同意，于是成行，时在1934年9月10日也。

从爱丁堡到湖滨共有二百里地。所谓湖滨者，即英国诗人

---

* 华茨华斯，今译华兹华斯（William Wordsworth，1770—1850），英国诗人，湖畔派诗人之领袖。——编者注。

Wordsworth，Coleridge①，Southey② 等游玩、著诗之地也。我们中午出发，是日天朗气清，微风拂面。初行时，我们只向车外凝望着，山、水、小村和麦陇都接连不断从眼前过去。沿途观山望景，胸怀释然！于是"青的山，绿的水"不觉随口而出矣。一会儿，徐君与我大谈女性，正谈得起劲，李君的"忽听报，老娘亲，来到帐外"好似平空起了一个炸雷，把我们的谈锋打断，使我们不由得随着他唱："……下位去，迎接娘来。……"总之，我们一路哼唱，浪谑纵谈，正好比刚出笼的鸟儿，只觉得海阔天空，自由自在，所以一个个都欣欣然而有喜色。说话间，不觉已到 Windermere③ 了。

Windermere 是著名的大湖之一，自然是值得游玩的。我们先去找寄宿的地方，接连看了几家旅馆，都很贵；较好的要一镑钱一天，普通的也非十二先令不可。我们走来走去，好容易找到了一家民房，讲明连宿带早饭，每人五先令一天。行李安放停当之后，我们便一口气跑到 Windermere 湖边去。

那时，晴空一碧，四际无云，仅西天一轮红日，把湖身照得通红，湖中的绿岛也披着金辉，显得十分美丽！我望着清澈透明的湖底，布满了沙石藻菌；我望着那立在水中的无猜两小，

---

①即柯勒律治（1772—1834），英国诗人、文学评论家，英国浪漫主义文学的奠基人之一。——编者注。

②即骚塞（1774—1843），与华兹华斯、柯勒律治同为湖畔派诗人。——编者注。

③即温德米尔湖，英格兰最大的湖泊，位于爱尔兰海以东、英格兰西北部湖泊区以内。——编者注。

默默垂钓。成千累万的鱼儿，在湖边悠然游泳；湖上也有几只不知名的鸟儿，忽来忽往，上下翻飞。真是一幅饱含诗意的天然图画呀！我只静静地望着，只觉得庄严！只觉得伟大！

看呀！湖滨的晚霞！五彩的锦衾般，覆盖了半湖。我忽然忆起了黄仲则①的词句："晚霞一抹影池塘，那有者般颜色作衣裳？"霎时，岛山渐渐地青淡下去，似乎快要睡着；淡绿色的湖波衬着岛山蒙蒙的暮色，是柔媚极了！他们想些什么，我无从知道；我只对着"自然"凝望，也无暇思想了。

一会儿，星光出现了。暗中独坐，对着黑漫漫的大湖，使我胸怀淡远，直要与太空同化。又一会儿，月儿上升了。好灿烂的月光啊！湖面和向月的湖边，都被幽辉染得如同罩上一层银霞一般。我们在月下、湖边、微风里慢慢步行，直到饥肠鸣响，始兴尽踏月而归。

睡时太晚，又因游玩所得的印象太深，所以脑海中总是浮着湖、岛、星、月、鸟、鱼、钓童，使我朦朦胧胧老睡不着。我终于翻身起床，披着衣，随手推开窗户，只见月明星稀，因诵忆翁②诗曰："千岭万壑无人迹，独自飞行明月中。"心为廓然！我对月久，凝思久，忽见乌云骤起，推过月亮，天空顿成青灰色，张开它清冷寂寞的罩儿，把大地笼住了。不一会儿，晓风渐渐起了，东方已呈鱼肚色了，我才重新躺下；刚要睡着，眼前已光明了。

---

①即黄景仁（1749—1783），清代诗人。——编者注。
②郑思肖（1214—1318），南宋遗民，字忆翁，号所南。——编者注。

　　醒来时，只觉得头昏眼花，勉强盥洗下楼，早餐已预备好了。饭后，正要出门，忽起怪风一阵，风过处，细雨来了。我们游兴方刚，哪管它无情风雨？又有汽车可坐，故冒雨起程。所走的地方全是整齐的山路，路上车辆稀疏，行人尤少。坐在车中，正可细观风景，饱餐秀色：时而山峦起伏，乱石峥嵘，山顶云雾笼罩，如同乳石一般；时而溪谷深幽，草木葱翠，谷中轻烟缭绕，好似仙境一样；时而湖波荡漾，水天一色，湖中渔舟三五，仿佛书境一幅；时而泉水泄流，蜿蜒曲折，泉里沫花飞溅，俨若白龙一条。旷哉观也！

　　少顷，到一小桥，只见一湾溪水，两岸垂杨，芳草鲜美，翠鸟低飞；幸而雨渐住了，我们便停车下去，或立绿荫之下，或坐清溪之旁，倾听好音的鸟儿向流水留恋歌唱，我不禁哼出莎翁的诗句：

> Under the green wood tree
>
> Who loves to lie with me,
>
> And turn his merry note
>
> Unto the sweet bird's throat,
>
> Come hither, Come hither, Come hither!
>
> Here shall he see
>
> No enemy
>
> But winter and rough weather.

哼完了，又将它口译如下：

> 在此绿树下
> 谁愿同我卧，
> 引他的歌喉
> 和鸟儿合奏，
> 这儿来，这儿来，这儿来！
> 这儿他见的
> 没有仇与妒
> 只有寒冬和凛冽的气候。

这样浸濡在"自然"的怀里，我有生以来还算是第一次呢！玩够了，我们又上车前进。因见山路平坦，又开足马力地飞驰，转瞬间已到 Grasmere 了。

这就是从前 Wordsworth 住的地方。他的房子叫 Dove Cottage，每日从上午九时到下午五时可任人参观，唯须购门票六便士，才得进去。房子的前面临街，只隔着一道石块砌成的矮墙，墙内种了不少的奇花异草。一进门，便有一条过道，过道尽头，便是门廊，在那儿向右一转，便踏进屋子了。屋子分为上下二层：楼下分四间，外间便是 Wordsworth 的起坐室，里间是他的妹子 Derothy Wordsworth 的卧室，卧室后面紧接厨房，厨房右面又通一套间。每间屋子的地面全是四方砖铺的，望去并不十分干燥；而且每间仅有一个窗户，光线既不充足，空气又塞，无怪 Wordsworth 整日逍遥于"自然"的怀里。楼上稍好点，也分四间，一间是 Wordsworth 的寝室，一间是他的书房，一间是他的客厅，还有一间呢，大约是他的食堂。他用的家具都是普通木料做的，现在已大半破旧了。每间屋子的墙上总悬挂着许多照片，其中以 Wordsworth 的为最多，从少年直到老年的都有；此外还有他的家属的，如他的夫人、他的妹子和他的女儿 Dora Wordsworth，也有他当年常往来的挚友，如 Coleridge，Southey，Scott 和 De Guenthy 等人的照片。在他的客厅中陈列着两件极有意思、极有历史价值的东西，一件是他当时用的一套古铜文具，一件是他妹子用过的长方形的针黹木盒。这两件东西都因人而成为无价之宝了。在他的书房里，陈列着不知有多少种他的诗集，我匆忙地随便点了一点，已不下五六十种，其中也有 Coleridge 和 Southey 的集子。我正想把各种集子仔细看看，他们已在楼下一再催我，不好意思老待，只得下来。

那时雨全停了。雨后新晴，倍增游兴，为大家尽兴起见，都主张分开游览，只约定午后二时在 Grasmere 饭馆相会。我于是独自走到屋后花园去赏玩一番。园里小径曲折，花木幽深到草地斜着上去，成半圆形，给石砌的矮墙围住，墙外便是林木繁盛的山坡。园地甚小，却布置得异常精致，加以花香鸟语，泉水淙淙，几疑身在桃源，越看越兴浓，便躺身在青草地上，从袋里取出我带去的 Wordsworth 诗集，随手翻阅，翻到"To the Cuckoo"一首，我念了又念，直念到全能背诵了，率性掏出铅笔，把它译成中文如下：

欢乐的新来者哟！我已听见了，

O blithe new-comer! I have heard,

我静听你而欢乐满心。

I hear thee and rejoice.

杜鹃哟！我将叫你是飞鸟，

O Cuckoo! Shall I call thee bird,

或只是流浪的声音？

Or but a wandering voice?

当我静卧在青草，

While I am lying on the grass,

听着你的啼吟，

Thy twofold shout I hear,

仿佛在翻山越岭，

From hill to hill it seems to pass,

似远而又似近。

At once far off, and near.

你虽则只向幽谷喋喋，

Though babbling only to the vale,

谈到风光草色花木芳芬，

Of sunshine and of flowers,

但你已告诉我，

Thou bringest unto me a tale,

一段灵幻的奇闻。

Of visionary hours.

三倍的欢迎哟，春之骄子！

Thrice welcome，darling of the spring！

你于我可不是飞鸟，

Even yet thou art to me，

只是个无形的东西，

No bird，but an invisible thing，

一种声音，一团神妙；

A voice，a mystery；

当我在学童时候，

The same whom in my schoolboy days，

我听过这同样的声容；

I listened to that cry；

那种呼声费我千般仰顾，

Which made me look a thousand ways，

丛林，树顶，以及天空。

In bush，and tree，and sky.

为寻你我常漫游，

To seek thee did I often rove，

把森林草地踏遍；

Through woods and on the green；

你仍是希望和钟爱；

And thou wert still a hope, a love;

永远怀慕，永不得见。

Still longed for, never seen.

我还能听你的清音。

And I can listen to thee yet.

我能仰卧在平林，

Can lie upon the plain,

静听，直到我幻想出，

And listen, till I do beget,

那已往的黄金似的光阴。

That golden time again.

快乐的鸟儿啊！我们足践的大地，

O blessed bird! The earth we pace,

又仿佛缥缈，虚无——

Again appears to be

仿佛是仙家幻境，

An unsubstantial, faery place,

正合你栖身之处。

That is fit home for thee.

　　我译完之后，又念原诗，念了原诗，又读译稿，循环朗诵，快乐无比。时红日当空，蝉声良久，始兴尽而出。
　　离开了诗人的宅第，我信步到教堂去参观他的墓地。教堂甚小，光线空气都不充足。一进去，便有一股樟脑似的气味，直冲鼻孔，使呼吸立时不自由起来，亏我们大诗翁当日还常常来这儿做礼拜，好一个忠实的教徒！我只看了一眼，便忙退出，向侧面墓地走去。我绕着铁栏找了又找，好半天，才发现诗翁一家人的墓地。那就在教堂左边的基角上。墓碑分前后两排，前排是诗翁夫妇及其妹和翁之子媳，后排是翁之孙与孙媳，都是洁白的大理石做的墓碑。墓地的周围栽着密密的常青树，修剪得比东洋鬼子的平头还整齐。墓地里种了些月季、野玫和海棠、秋菊之类，鲜艳无比，甚是可爱！上有参天的榆树盖着。在这儿，风雨固无从逞势扬威，即骄阳也得收减它的热力。想诗翁在九泉之下，当可以安枕长眠也。

我对着墓碑，默默出神，只想着这位最伟大的诗人的身世。不错，他从小就喜欢湖滨的风景，不过才十三岁就死了父亲，家运便不好了，他居然在剑桥毕了业，而且还过了一阵像富家子似的安闲、读书和旅行的生活，后来到法国去住了一时，因受了革命思潮的感动，便投身革命，帮助法国反对他的祖国。这一来，几乎把命掉了。那时幸亏他一个朋友给了他九百镑遗产，因此他便决定退隐，过一种他所谓"plain living and high thinking"的诗人生活，所以又回到湖滨来。

正想到这里，忽然来了两个老太太，看起来活像滑稽书中的人物。黑的帽子，圆的眼镜，尖鼻子，大屁股，一路指天画地，不住地说着，Wordsworth 的墓在哪里？这儿吧？啊，不是；那儿吧？也不是；真奇怪！难道没有吗？"在这儿，太太们。"

我说。不等她们说什么，我已三步并着两步地离开墓地了。

出了教堂，忽然想起 Wordsworth 的《水仙曲》，也许就在这湖边等地。这首诗我在国内就念过，教过，而且译过了。想当年 Adison 也因为读了几位大人先生的埃及古物的论辩文，曾不惮舟车之劳，特意由伦敦到开罗去走一遭，就为的是要测量一个金字塔的高低大小，测准之后才心满意足地归去。所以我也不辞劳苦，问路向着 Grasmere 湖边跑去，一心只念着——

> 一簇一簇金黄色的水仙花朵，
> 在绿荫根下，湖边，
> 微风里跳跃飞翻。
> 接百连千像繁星闪耀，
> 在银河里忽隐忽照，
> 它们沿着湖边，
> 无尽地逶迤延绵：
> 一瞥眼看去已累千，
> 在活泼的舞踏中摇着花鬟。

谁知到了湖边竟没有半点水仙踪影，只见一湖秋水，沦漪冷然！我沿湖漫行，"像朵高浮山谷的闲云"，忽有风声从耳边过去，瑟瑟作响，猛抬头，但见宿叶脱柯，萧萧下墨，才知道清秋将辞别人间了，不觉中怀惘惘，便转身向镇上走去。我到了饭馆时，他们已久等不耐，吃了好一晌了。

　　饭毕，该回城了。那里，大家的精神又快活起来了。李君哼了一则秦腔，我唱了一个川调，随后都唱起京戏来了。本来就不大高明的嗓子，越叫越破，夹着汽车隆隆之声，活像好些破锣破鼓放在一起摇起来的怪音，叫人听了不呕心，也得麻肉！可是我们却不在乎，唱得比名脚登台得着万人鼓掌还起劲些，可不是吗？《珠帘寨》里的几个"哗啦啦"直给我们唱得不能再整齐、再响亮！我们在这样兴高采烈中，一口气跑回爱丁堡，已是燃灯时候了。

　　　　　　　　　　　　　　二十三年九月十三日，于爱丁堡①

————————

　　①本书所选文章，篇末如有中文数字（均为民国原书所载），系指中国历法年月日，如本文即指民国二十三年（西历 1934 年）九月十三日；如为阿拉伯数字，则指西历年月日。特此说明，以后不再为此加注。——编者注。

胡　适（1891—1962），原名嗣穈，学名洪骍，字希
疆；后改名胡适，字适之，笔名天风、藏晖等。安徽绩溪
人。因提倡文学革命而成为新文化运动的领袖之一。历任
北京大学教授、北京大学文学院院长、中华民国驻美利坚
合众国特命全权大使、北京大学校长等职。胡适研究兴趣
广泛，著述丰富，在文学、哲学、史学、考据学、教育学、
伦理学、红学等诸多领域都有深入的研究，被誉为现代思想
文化界最稳健、最优秀、最高瞻远瞩的哲人智者。

美国的妇人

胡　适

　　去年冬季，我的朋友陶孟和先生请我吃晚饭。席上的远客
是一位美国女子，代表几家报馆，去到俄国做特别调查员的。
同席的是一对英国夫妇和两对中国夫妇。我在这个"中西男女
合璧"的席上，心中发生一个比较的观察。那两位中国妇人和
那位英国妇人，比了那位美国女士，学问上，智识上，不见得
有什么大区别，但我总觉得那位美国女子和她们绝不相同。我
便问我自己道，她和她们不相同之处在哪一点呢？依我看来，
这个不同之点，在于她们的人生观有根本的差别。那三位夫人
的人生观是一种"良妻贤母"的人生观。这位美国女子的，是
一种"超于良妻贤母"的人生观。我在席上，估量这位女子，
大概不过三十岁上下，却带着一种苍老的状态，倔强的精神。
她的一言一动，似乎都表示这种"超于良妻贤母"的人生观，

似乎都会说道："做一个良妻贤母，何尝不好？但我是堂堂的一个人，有许多该尽的责任，有许多可做的事业。何必定须做人家的良妻贤母，才算尽我的天职，才算做我的事业呢？"这就是"超于良妻贤母"的人生观。我看这一个女子单身走几万里的路，不怕辛苦，不怕危险，要想到大乱的俄国去调查俄国革命后内乱的实在情形——这种精神，便是那"超于良妻贤母"的人生观的一种表示，便是美国妇女精神的一种代表。

这种"超于良妻贤母"的人生观，换言之，便是"自立"的观念。我并不说美国的妇人个个都不屑做良妻贤母，也并不说她们个个都想去俄国调查革命情形。我但说，依我所观察，美国的妇女，无论在何等境遇，无论做何等事业，无论已嫁未嫁，大概都存一个"自立"的心。别国的妇女大概以"良妻贤母"为目的，美国的妇女大概以"自立"为目的。"自立"的意义，只是要发展个人的才性，可以不倚赖别人，自己能独立生活，自己能替社会做事。中国古代传下来的心理，以为"妇人主中馈"，"男子治外，女子主内"；妇人称丈夫为"外子"，丈夫称妻子为"内助"。这种区别是现代美国妇女所绝对不承认的。她们以为男女同是"人类"，都该努力做一个自由独立的"人"，没有什么内外的区别的。我的母校康南耳大学①，几年前新添"森林学"一科，便有一个女子要求学习此科。这一科是要有实地测量的，所以到了暑假期内，有六星期的野外测量，

①今译康奈尔大学。——编者注。

白天上山测量，晚间睡在帐篷里，是很苦的事。这位女子也跟着去做，毫不退缩，后来居然毕业了。这是一个例。列位去年看报定知有一位美国史天孙女士在中国试演飞行机。去年在美国有一个男子飞行家，名叫 Carlstrom，从 Chicago 飞起。飞了 452 英里（约 1 500 里）不曾中止，当时称为第一个远道飞行家。不到十几天，有一个女子，名叫 Ruth Law，偏不服气，便驾了她自己的飞行机，一气飞了 686 英里，便胜过那个男飞行家的成绩了。这又是一个例。我举这两个例，以表美国妇女不认男外女内的区别。男女同有在社会上谋自由独立的生活的天职。这便是美国妇女的一种特别精神。

这种精神的养成，全靠教育。美国的公立小学全是"男女共同教育"。每年约有 800 万男孩子和 800 万女孩子受这种共同教育，所发生的效果有许多好处。女子因为常同男子在一起做事，自然脱去许多柔弱的习惯。男子因为常与女子在一堂，自然也脱去许多野蛮无礼的行为（如秽口骂人之类）。最大的好处，在于养成青年男女自治的能力。中国的习惯，男女隔绝太甚了，所以偶然男女相见，没有鉴别的眼光，没有自治的能力，最容易陷入烦恼的境地，最容易发生不道德的行为。美国的少年男女从小受同等的教育（有几种学科稍不同），同在一个课堂读书，同在一个操场打球，有时同来同去，所以男女之间，只觉得都是同学，都是朋友，都是"人"——所以渐渐地把男女的界限都消灭了，把男女的形迹也都忘记了。这种"忘形"的男女交际，是增进青年男女自治能力的唯一方法。

以上所说是小学教育。美国的高级教育起初只限于男子，到了十九世纪中叶以后，女子的高级教育才渐渐发达。女子高级教育可分两种：一是女子大学，一是男女共同的大学。单收女子的高级学校如今也还不少。最著名的，如：

（1）Vassar College，在 Poughkeepsie，N. Y，有 1 200 人。

（2）Wellesley College，在 Wellesley，Mass，有 1 500 人。

（3）Bryn Mawr College，在 Bryn Mawr，Pa，有 500 人。

（4）Smith College，在 Northampton，Mass，有 2 000 人。

（5）Badcliffe College，在 Cambridge，Mass，有 700 人。

（6）Barnard College，在纽约，有 800 人。

这种专收女子的大学，起初多用女子教授，现今也有许多男教授了。这种女子大学往往有极幽雅的校址，极美丽的校舍，极完全的设备。去年有一位中国女学生，陈衡哲女士，做了一篇小说，名叫《一日》，写 Vassar College 的生活，极有趣味。这篇小说登在去年的《留美学生季报》第二号。诸位若要知道美国女子大学的内部生活，不可不读它。

第二种便是男女共同的大学。美国各邦的"邦立大学"，都是男女同校的。那些有名的私立大学，如 Cornell，Chicago，Leland Stanford，也都是男女同校。有几个守旧的大学，如 Yale，Columbia，Johns Hopkins，本科不收女子，却许女子进它们的大学院（即毕业院）。这种男女共校的大学生活，有许多好处。第一，这种大学的学科比那些女子大学，种类自然更丰富了，因此可以扩张女子高级教育的范围。第二，可使成年的男女有正当的交际，共同的生活，养成自治的能力和待人处世的经验。第三，男学生有了相当的女朋友，可以增进个人的道德，可以减少许多不名誉的行为。第四，在男女同班的学科，平均看来，女子的成绩总在男子之上——这种比较的观察，一方面可以消除男子轻视女子的心理；一方面可以增长女子自重的观念，更可以消灭女子仰望男子和依顺男子的心理。

据 1915 年的调查，美国的女子高级教育，约如下表：

大学本科	男	141 836 人	女	79 763 人
大学院	男	10 571 人	女	5 098 人
专门职业科（如路矿、牙医）	男	38 128 人	女	1 775 人

初看这表，似乎男女还不能平等。我们要知道，女子高级教育是最近七八十年才发生的，七八十年内做到如此地步，可算得非常神速了。中美和西美有许多大学中，女子人数或和男子相等（如 Wisconsin），或竟比男子还多（如 Northwestern），可见将来未必不能做到高等男女教育完全平等的地位。

美国的妇女教育既然如此发达，妇女的职业自然也发达了。"职业"二字，在这里单指得酬报的工作。母亲替儿子缝补衣袋，妻子替丈夫备饭，都不算"职业"。美国妇女的职业可用下表表示：

1900 年统计　男　23 754 000 人

女　5 319 000 人　居全数 18%

1910 年统计　男　30 091 564 人

　　　　　　女　　8 075 772 人　居全数 21%

　　这些职业之中，那些下等的职业，如下女之类，大概都是黑人或新入境的欧洲侨民。土生的妇女所做的职业大抵皆系稍上等的。教育一业，妇女最多。今举 1915 年的报告如下：

小学校	男教员	114 851 人	女教员	465 207 人
中学（私立）	男教员	5 776 人	女教员	8 250 人
中学（公立）	男教员	26 950 人	女教员	35 569 人
师范（私立）	男教员	167 人	女教员	249 人
师范（公立）	男教员	1 573 人	女教员	2 916 人
大学及专门学校	男教员	26 636 人	女教员	5 931 人

　　照上表看来，美国全国四分之三的教员都是妇女！即此一端，便可见美国妇女在社会上的势力了。

　　据 1910 年的统计，美国共有 4 400 万妇女。这 800 万有职业的妇人还不到全数的五分之一。那些其余的妇女，虽然不出去做独立的生活，却并不是坐吃分利的，也并不是没有左右社会的势力的。我在美国住了七年，觉得美国没有一桩大事发生，中间没有妇女的势力；没有一种有价值的运动，中间没有无数热心妇女出钱出力维持进行的。最大的运动，如"禁酒运动""妇女选举权运动""反对幼童做苦工运动"……几乎全靠妇女的功劳，才有今日那么发达。此外如宗教的事业、慈善的事业、

文学的事业、美术音乐的事业……最热心提倡赞助的人都是妇
女占最大多数。

　　美国妇女的政治活动并不限于女子选举一个问题。有许多
妇女极反对妇女选举权的，却极热心去帮助"禁酒"及"反对
幼童苦工"种种运动。1912 年大选举时，共和党分裂，罗斯福
自组一个进步党。那时有许多妇女都极力帮助这新政党鼓吹运
动，所以进步党成立的第一年，就能把那成立六十年的共和党
打得一败涂地。前年（1916）大选举时，从前帮助罗斯福的那
些妇女之中，如 Jane Addams 之流，因为怨恨罗斯福破坏进步
党，故又都转过来帮助威而逊①。威而逊这一次的大胜，虽有许
多原因，但他得妇女的势力也就不少。最可怪的是这一次选举
时，威而逊对于女子选举权的主张很使美国妇女失望，然而那
些明达的妇女却不因此便起反对威而逊的心。这便可见她们政
治知识的程度了。

　　美国妇女所做最重要的公众活动，大概居于社会改良的一方
面居多。现在美国实行社会改良的事业，最重要的要算"贫民区
域居留地"（Social Settlements）。这种运动的大旨，要在下等社会
的区域内设立模范的居宅，兴办演说、游戏、音乐、补习课程、
医药、看护等事，要使那些下等贫民有些榜样的生活、有用的知
识、正当的娱乐。这些"居留地"的运动起于英国，现在美国的
各地都有这种"居留地"。提倡和办理的人大概都是大学毕业的

---

　　①今译威尔逊。——编者注。

男女学生，其中妇女更多、更热心。美国有两处这样的"居留地"，是天下闻名的。一处在 Chicago，名叫 Hull House，创办的人就是上文所说的 Jane Addams。这位女士办这"居留地"办了三十多年，也不知道造就了几多贫民子女，救济了几多下等贫家。前几年有一个《独立周报》，发起一种选举，请读那报的人投票公举美国十大伟人。选出的十大伟人之中，有一个便是这位 Jane Addams 女士。这也可想见那位女士的身价了。还有那一处"居留地"，在纽约省，名叫 Henry Street Settlements，是一位 Lilian Wald 女士办的。这所"居留地"初起的宗旨，在于派出许多看护妇，亲到那些极贫苦的下等人家，做那些不要钱的看病、施药、接生等事。后来范围渐渐扩充，如今这"居留地"里面，有学堂，有会场，有小戏园，有游戏场。那条亨利街本是极下等的贫民区域，自从有了这所"居留地"，真像地狱里有了一座天堂了。以上所说两所"居留地"不过是两个最著名的榜样，略可表见美国妇女所做改良社会的实行事业。我在美国常看见有许多富家的女子，抛弃了种种贵妇人的快活生涯，到那些"居留地"去居住。那种精神，不由人不赞叹崇拜。

以上所说各种活动中的美国妇女，固然也有许多是沽名钓誉的人，但是其中大多数妇女的目的只是上文所说"自立"两个字。她们的意思似乎可分三层。第一，她们以为难道妇女便不配做这种有用的事业吗？第二，她们以为正因她们是妇女，所以最该做这种需要细心、耐性的事业。第三，她们以为做这种实心实力的好事，是抬高女子地位声望的唯一妙法。即如上文所举那位 Jane Addams，做了三十年的社会事业，便被国人公认为十大伟人之一。这种荣誉岂是沈佩贞①一流人那种举动所能得到的吗？所以我们可说美国妇女的社会事业不但可以表示个人的"自立"精神，并且可以表示美国女界扩张女权的实行方法。

以上所说，不过略举几项美国妇女家庭以外的活动。如今且说他们家庭以内的生活。

美国男女结婚，都由男女自己择配。但在一定年限以下，若无父母的允许，婚约即无法律的效力。今将美国 48 邦法律所规定不须父母允许之结婚年限如下：

（男子可自由结婚年限）		（女子可自由结婚年限）	
39 邦规定	21 岁	34 邦规定	18 岁
5 邦规定	18 岁	8 邦规定	21 岁
1 邦规定	14 岁	2 邦规定	16 岁
3 邦无法定的年限		1 邦规定	12 岁
		3 邦无法定的年限	

自由结婚第一重要的条件，在于男女都须要有点处世的阅历、选择的眼光，方才可以不致受人欺骗，或受感情的欺骗，以致陷入痛苦的境遇，种下终身的悔恨。所以须要有法律规定的年限，以保护少年的男女。

---

①沈佩贞，民国初年以色相猎取名利的闻名"女政客"。——编者注。

据 1910 年的统计，有下列的现象（此表单指白种人而言）：

已婚的男子有 16 196 452 人　　已婚的女子有 15 791 087 人

未婚的男子有 11 291 985 人　　未婚的女子有 8 070 918 人

离婚的男子有 138 832 人　　　离婚的女子有 151 116 人

这表中有两件事须要说明。第一是不婚不嫁的男女何以这样多？第二是离婚的夫妻何以这样多？（美国女子本多于男子，故上表前两项皆女子多于男子。）[1]

第一，不婚不嫁的原因约有几种：

（1）生计一方面，美国男子非到了可以养家的地位，决不肯娶妻。但是个人谋生还不难，要筹一家的衣食，要预备儿女的教育，便不容易了。因此有家室的便少了。

（2）知识一方面，女子的程度高了，往往瞧不起平常的男子；若要寻恰好相当的智识上的伴侣，却又"可遇而不可求"。所以有许多女子往往宁可终身不嫁，不情愿嫁平常的丈夫。

（3）从男子一方面设想，他觉得那些知识程度太高的女子，只配在大学里当教授，未必很配在家庭里做夫人，所以有许多人决意不敢娶那些"博士派"（"Ph. D. Type"）的女子做妻子。这虽是男子的谬见，却也是女子不嫁一种小原因。

（4）美国不嫁的女子，在社会上，在家庭中，并没有什么不便，也不致损失什么权利。她一样地享受财产权，一样地在

---

[1] 此处表中数字与正文"上表前两项皆女子多于男子"不符。原文如此。——编者注。

社会上往来，一样地替社会尽力。她既不怕人家笑她白头"老处女"（Old Maidens），也不用虑着死后无人祭祀！

（5）美国的女子，平均看来，大概不大喜欢做当家生活。她并不是不会做——我所见许多已嫁的女子，都是很会当家的。有一位心理学大家 Hugo Muensterberg 说得好："受过大学教育的美国女子，管理家务何尝不周到，但她总觉得宁可到病院里去看护病人！"

（6）最重要的原因，还是我上文所说那种"自立"的精神，那种"超于良妻贤母"的人生观。有许多女子，早已选定一种终生的事业，或是著作，或是"贫民区域居留地"，或是学音乐，或是学画，都可用全副精神、全副才力去做。若要嫁了丈夫，便不能继续去做了；若要生下儿女，更没有做这种"终身事业"的希望了。所以这些女子宁可做白头的老处女，不情愿抛弃她们的"终身事业"。

以上六种都是不婚不嫁的原因。

第二，离婚的原因。我们常听见人说美国离婚的案怎样多，便推想到美国的风俗怎样不好。其实错了。第一，美国的离婚人数，约当男人全数千分之三，女子全数千分之四。这并不算过多。第二，须知离婚有几等几样的离婚，不可一笔抹煞。如中国近年的新进官僚，休了无过犯的妻子，好去娶国务总理的女儿，这种离婚是该骂的。又如近来的留学生，吸了一点文明空气，回国后第一件事便是离婚，却不想想自己的文明空气是机会送来的，是多少金钱买来的；他的妻子要是有了这种好机会，也会吸点文明空气，不至于受他的奚落了！这种不近人情的离婚，也是该骂的。美国的离婚，虽然也有些该骂的，但大多数都有可以原谅的理由。因为美国的结婚，总算是自由结婚；而自由结婚的根本观念就是要夫妇相敬相爱，先有精神上的契合，然后可以有形体上的结婚。不料结婚之后，方才发现从前的错误，方才知道他两人绝不能有精神上的爱情。既不能有精神上的爱情，若还依旧同居，不但违背自由结婚的原理，并且必至于堕落各人的人格，绝没有良好的结果，更没有家庭幸福可说了。所以离婚案之多，未必全由于风俗的败坏，也未必不由于个人人格的尊贵。我们观风问俗的人，不可把我们的眼光，胡乱批评别国礼俗。

我所闻所见的美国女子之中，很有许多不嫁的女子。那些鼎鼎大名的 Jane Addams，Lilian Wald 一流人，自不用说了。有的终身做老处女，在家享受安闲自由的清福。有的终身做教育事业，觉得个个男女小学生都是她的儿女一般，比那小小的家庭好得多了。如今单举一个女朋友做例。这位女士是一个有名的大学教授的女儿，学问很好，到了二十几岁上，忽然把头发都剪短了，把从前许多的华丽衣裙都不要了。从此以后，她只穿极朴素的衣装，披着一头短发，离了家乡，去到纽约专学美术。她的母亲是很守旧的，劝了她几年，终劝不回头。她抛弃了世家的家庭清福，专心研究一种新画法；又不肯多用家中的钱，所以每日自己备餐，自己扫地。她那种新画法研究了多少年，起初很少人赏识，前年她的新画在一处展览，居然有人出重价买去。

将来她那种画法，或者竟能自成一家也未可知。但是无论如何，她这种人格，真可算得"自立"两个字的具体的榜样了。

这是说不嫁的女子，如今且说几种已嫁的妇女的家庭。

第一种是同具高等学问，相敬相爱，极圆满的家庭。如大哲学家 John Deway 的夫人，帮助她丈夫办一个"实验学校"，把她丈夫的教育学说实地试验了十年，后来他们的大女儿也研究教育学，替她父亲去考察各地的新教育运动。又如生物学家 Comstock 的夫人，也是生物学名家，夫妇同在大学教授，各人著的书都极有价值。又如经济学家 Alvin Johnson 的夫人，是一个哲学家，专门研究 Aristotle 的学说，很有成绩。这种学问平等的夫妇、圆满的家庭，便在美国也就不可多得了。

第二种是平常中等人家，夫妻同艰苦、同安乐的家庭。我在 Ithaca 时，有一天晚上在一位大学教授家吃晚饭。我先向主人主妇说明，我因有一处演说，所以饭后怕不能多坐。主人问我演什么题目，我说是"中国的婚姻制度"。主人说："今晚没有他客，你何不就在这里先试演一次？"我便取出演说稿，挑出几段，读给他们听。内中有一节讲中国夫妻结婚之前，虽然没有爱情，但是成了夫妇之后，有了共同的生活，有福同享，有难同当，这种同艰苦的生活也未尝不可发生一种浓厚的爱情。我说到这里，看见主人抬起头来望着主妇，两人似乎都很为感动。后来他们告诉我说，他们都是苦学生出身，结婚以来虽无子女，却同受了许多艰苦。近来境况稍宽裕了，正在建筑一所精致的小屋，丈夫是建筑工程科教授，自己打图样，夫人天天去监督工程。这种共同生活可使夫妇爱情格外浓厚，家庭幸福格外圆满。

又一次，我在一个人家过年。这家夫妇两人也没有儿女，却极相敬爱，同尝艰苦。那丈夫是一位化学技师，因他夫人自己洗衣服，便想出心思替她造了一个洗衣机器。他夫人指着对我说："这便是我的丈夫今年送我的圣诞节礼了。"这位夫人身体很高，在厨房做事不很方便，因此她丈夫便自己动手把厨房里的桌脚添高了一尺。这种琐屑小事，可以想见那种同安乐、同艰苦的家庭生活了。

第三种是夫妇各有特别性质，各有特别生活，却又都能相安相得的家庭。我且举一个例。有一个朋友，在纽约一家洋海转运公司内做经理，天天上公司去办事。他的夫人是一个"社交妇人"（Society Woman），善于应酬，懂得几国的文学，又研究美术、音乐。每月她开一两次茶会，到的人，有文学家，也有画师，也有音乐家，也有新闻记者，也有很奢华的"社交妇人"，也有衣饰古怪、披着头发的"新妇女"（The New Women）。这位主妇四面招呼，面面都到。来的人从不得见男主人，男主人也从来不与闻这种集会。但他们夫妇却极相投相爱，决不因此生何等间隔。这是一种"和而不同"的家庭。

第四种是"新妇女"的家庭。"新妇女"是一个新名词，所指的是一种新派的妇女，言论非常激烈，行为往往趋于极端，不信宗教，不依礼法，却又思想极高，道德极高。内中固然也有许多假装的"新妇女"，口不应心，所行与所说大相反悖。

但内中实在有些极有思想、极有道德的妇女。我在 Ithaca 时，有一位男同学，学的是城市风景工程，却极喜欢研究文学，做得极好的诗文。后来我到纽约不上一个月，忽然收到一个女子来信，自言是我这位同学的妻子，因为平日听她丈夫说起我，故很想见我。我自然去见他，谈起来，才知道她是一个"新妇人"，学问思想都极高尚。她丈夫那时还在 Cornell 大学的大学院研究高等学问。这位女子在 Columbia 大学做一个打字的书记，自己谋生，每星期五六夜去学高等音乐。他们夫妇隔开二百多英里，每月会见一次，她丈夫继续学他的风景工程，他夫人继续学她的音乐。他们每日写一封信，虽不相见，却真和朝夕相见一样。这种家庭几乎没有"家庭"可说，但我和他们做了几年的朋友，觉得他们那种生活，最足代表我所说的"自立"的精神。他们虽结了婚，成了夫妇，却依旧做他们的"自立"生活。这种人在美国虽属少数，但很可表示美国妇女最近的一种趋向了。

结　论

以上所说"美国的妇女"，不过随我个人见闻所及略举几端，既没有"逻辑"的次序，又不能详尽。听者读者，心中必定以为我讲"美国的妇女"，单举她们的好处，不提起她们的弱点，未免太偏了。这种批评，我极承认。但我平日的主张，以为我们观风问俗的人，第一个大目的，在于懂得人家的好处。我们所该学的，也只是人家的长处。我们今日还不配批评人家的短处，不如单注意观察人家的长处在什么地方。那些外国传教的人，回到他们本国去捐钱，到处演说我们中国怎样地野蛮不开化。他们钱虽捐到了，却养成一种贱视中国人的心理。这是我所最痛恨的。我因为痛恨这种单摘人家短处的教士，所以我在美国演说中国文化，也只提出我们的长处；如今我在中国演说美国文化，也只注重他们的特别长处。

如今所讲美国妇女特别精神，只在她们的自立心，只在她们那种"超于良妻贤母"的人生观。这种观念是我们中国妇女所最缺乏的观念。我们中国的姊妹们若能把这种"自立"的精神来补助我们的"倚赖"性质，若能把那种"超于良妻贤母"的人生观来补助我们的"良妻贤母"观念，定可使中国女界有一点"新鲜空气"，定可使中国产出一些真能"自立"的女子。这种"自立"的精神，带有一种传染的性质。女子"自立"的精神，格外带有传染的性质。将来这种"自立"的风气，像那传染鼠疫的微生物一般，越传越远，渐渐地造成无数"自立"的男女，人人都觉得自己是堂堂的一个"人"，有该尽的义务，有可做的事业。有了这些"自立"的男女，自然产生良善的社会。良善的社会绝不是如今这些互相倚赖、不能"自立"的男女所能造成的。所以我所说那种"自立"精神，初看去，似乎完全是极端的个人主义，其实是良善社会绝不可少的条件。这就是我提出这个问题的微意了。

民国七年九月在北京女子师范学校讲演

（《胡适文存》）

邹恩泳（1897—1943），土木工程专家，邹韬奋之弟。小学、中学和大学均在上海南洋公学就读，其中大学在南洋公学土木科学习。20世纪20年代初考取公费留美，在美国康奈尔大学攻读土木工程硕士学位。回国后，先在唐山交通大学任教，后回到上海，在工务局任工程师。1934年出任上海市公用局第二科科长。1937年"八一三"事变后，赴昆明任云南大学土木系教授。1940年任中国通运公司经理。1943年因患癌症病逝。

美国的城市生活

邹恩泳

　　凡到美国的，都知道美国城市生活的舒服。这是因为什么缘故？这都是因为他们市政及各种设备完全的缘故。试到美国东部随便一个小城，必定看见宽阔的街道、良好的马路、电车、电话、电灯、煤气、自来水、沟渠、公园，此外还有医院、旅馆、青年会、教堂、戏院、图书馆等等。我国什么首都大城，除租界外，和他小城比较，都有愧色。

　　生活的幸福是什么？不是要求环境的舒服吗？这种舒服，不是个人屋内排设华丽就可得到，必定要有全城计划，谋得公众利便的设备才可。中国富翁何尝不知道建筑一幢大屋广厦，屋内布置精美。然城中而没有沟渠，小便就在天井、墙角；房中器具无论如何美丽，床头就排着一个粪桶；屋内各种房间都有，浴室总是阙如。没有自来水和沟渠的影响已是如此，其余更不必说了。

市政设备既甚完善，家政也易料理。美国平常人家使用仆役的很少，其所以然能够如是，就是因为市政办得好的缘故。譬如家妇自理烹饪，并不十分麻烦——屋内用了煤气，就不必劈柴起火；如不愿亲身上市买菜，只要打电话到杂货店，所需菜、肉不久就由汽车送到门前；洗衣固然有洗衣作，但既有自来水及新式的沟，自己洗衣也极便当；有了电熨，衣服可用电气烙铁；有了水流便桶，倒马桶的工作就可免了。甚至扫地一件小小的事体，都可以利用电气转动电机扫帚，也可省却一部分人力。在我国，如果不用仆役，简直不便极了，这都是城市环境不良的原因。美国各城设备及许多状况，大概彼此相似。一城市中店铺最常遇的就是饭馆、香烟店，恰如上海的当铺一样。他们的饭馆并不是预备请客、宴会用的。美国独身没有家眷的人很多，他们三餐都靠这种饭馆供给。香烟店多兼卖报纸、杂志，也是一个好生意的店铺。其次，药铺也很常见的。药铺多兼卖冰淇淋、汽水等，在夏季生意很是不恶。

美国交通非常便当，在东部各省尤其便当。由这个城市到那个城市，没有火车就有电车，没有电车就有长途汽车。有时这数种同时皆备。至于市内交通，也有电车和雇用汽车。就是没有电车的地方，在街上广坦的道路上步行，也是何等舒服。

美国城市多由市民自治，自治机关的组织繁简至不一律。大概一市的特别费用或特别税捐，须求市民同意。此等事关于市政管理，这个地方不必多说。

美国城市中分成区域，有商业区、工业区、住宅区等。各区情形由法律限定，不许纷乱。他们开店铺的，并不在店铺里面住宿，他们白日工作完毕，把店门锁上回家去了。至于住屋，大概平常城市的相邻住屋都离开稍远，各屋四围多是草地，平常住屋两层楼的居多。

我们一到美国的城市，就觉得诸事便当——住的地方舒服，食的场所便当，玩的机会也多。现在时代，大家都注意城市生活的舒服，因为不讲公众生活，专讲个人生活，必不能得到圆满幸福。假使我一人养尊处优，然而一出门口，走的是狭窄污浊的路，见的是矮而黑暗的屋舍，闻的是种种臭味，我岂不是也要受苦吗？所以城市生活的优良，就是增进个人生活的幸福。

十六年十一月

乔志高（1912—2008），本名高克毅，著名作家、翻译家。燕京大学毕业，美国密苏里大学新闻学院硕士、哥伦比亚大学国际关系硕士。20 世纪 30 年代曾任上海英文《大陆报》《中国评论周刊报》美国特约通讯员。抗战时期任职纽约中华新闻社。历任旧金山《华美周报》主笔、华盛顿《美国之音》编辑、香港中文大学翻译中心客座高级研究员。其中文作品有《纽约客谈》《金山夜话》等，英文著作有《湾区华夏》《中国幽默文选》等，译作有《天使，望故乡》等。

美国的几种时髦杂志

乔志高

纽约客并不是想标榜自己，也不是要写什么人物志，不过一时高兴，在这里谈谈自己爱读的几种美国杂志而已。而且不敢做详尽、有系统的"美国定期刊物之研究"，那个谈何容易！美国杂志种类何虑千万！有学者精研的《美国国际公法学报》《优生学研究》《煤矿工程月刊》等，有少奶奶们常看的《妇女家庭良友》《好家政》之类，也有女招待、娘姨们爱读的各种好莱坞电影迷画报，还有剃头店必备的《警察汇报》，更有家家户户人手一册的《星期六晚邮周报》以及其他畅销全国的各大刊物，真的费几天几夜功夫也数说不清。而且其中有大半是中国读者知道的，也不用纽约客来晓舌。

且说那天秋日高照，起一个清早去中央公园西马路五十号拜望语堂先生，一谈就谈到中国的出版界，谈到《宇宙风》，并获

读《西风》创刊号，惊喜国内人士对于西洋杂志慢慢快有充分的
认识了。《西风》的内容颇似此地的《读者汇刊》（*Readers'
Digest*）① 及《活时代》（*Living Age*），《西风》的风格又像受了
此地《纽约客》（*The New Yorker*）② 的烟士披里纯③。好，就从
《纽约客》说起吧。也许认识了几种美国杂志的本来面目，以后
读其文字的转载或译述，可以更觉有趣些。

《纽约客》这个刊物，简捷地一句话介绍，就是美国的《笨
拙》（*Punch*）——如果你还不懂，我只好加上一句道：是美国
"幽默"刊物中的大师。可是它和英国《笨拙》不同的地方就
是它的取材比较更活泼而切实，每星期四出版八九十页一厚册，
内容不但包含诙谐的诗文和讽刺的漫画，而且还分门别类有
许多专栏为读者做纽约城的向导。比方说，今天你要带你的女
朋友上哪里看戏，哪里跳舞，哪里吃饭，或者你自己要读什么
新书，要到何处去看跑马或赛球，或者你的太太要到什么店家
去买衣裳买首饰，《纽约客》都可以以老白相的资格来一一指
点——什么地方，什么时候，甚至什么价钱，清清楚楚，你也
不必再做洋盘了。

《纽约客》和上海的《论语》比较起来，所不同的地方就
是它不但是几位文人雅士头脑中的结晶品，同时还是一个大规

---

①今译《读者文摘》。——编者注。
②此《纽约客》系译音，译意应作《纽约人》，本谈商标当无抄袭之嫌，特
此声明。——原注。
③即"灵感"（inspiration）。——编者注。

模商业化的出产物；它一面能使 10 万多读者捧腹、喷饭，以至于掩口葫芦，一面还能替它的发行人每年净赚 60 万元左右。谁敢再说美国人不是一个物质文明拜金主义的民族？就连在小品文字、游戏三昧之中，他们都不甘一天到晚喝东南风或西北风，他们要的是子儿！

国内的编者先生们别忙，《纽约客》这刊物的成功秘诀且让我来不自量力地解说一下。《纽约客》有两副面孔：编辑部和营业部。在编辑的方面，《纽约客》的宗旨是纯粹贵族化，是要编一本高级兴趣的幽默周刊；幽默的程度是要一般人、大众所不能欣赏的，是要出一种世界第一大都会里中上阶级的读物，而不想俯就全美 12 000 万同胞的需要。所以《纽约客》初创时的口号公然是："乡下佬不必阅读本刊！"（Not edited for the old lady in Dubuque）。这种消极的编辑方针看似很危险，其实也真危险，《纽约客》创刊的第一年（1925），读者每期平均不到 8 000（在美国数字中这算是微乎其微的了），不但纽约的中上阶级不来过问，就连《纽约客》自己的贵族化也做得不到家，图文的取材既不丰富，幽默的作家也难于搜罗。可是主办人洛士（Harold Ross）① 抱定宗旨，努力干下去。据说正当《纽约客》准备寿终正寝之际，忽然来了一个转机，一位富家小姐社交之花投来一篇稿子，名叫《我们为什么要上跳舞场去》，里面说为什么像她那样规规矩矩上等人家小姐专一喜欢到跳舞场、

————————
①今译罗斯。——编者注。

夜总会一流场合去解闷，就是因为交际场中常同她们来往的那班少爷们都是傻瓜。这篇文字今日翻出来看看也无啥稀奇，可是说也奇怪，当时一经刊登出来，派克路一带名门望族登时满城风雨地引为谈助，从此以后，《纽约客》也就跟着那欧战后的繁荣时代蓬蓬勃勃兴旺起来，一直到1929年经济恐慌百业不景气，而《纽约客》却依然一纸风行下去，今年的销路达到125 000之数。

再讲营业方面，一种杂志光靠推销收入，在新闻经济学原理上，谁也知道是不够的。《纽约客》自从博得纽约贵族阶级的青睐，又逐渐充实了杂志内容，达到编辑初衷，然后就用这个做出发点去吸收它生命的泉源——广告。《纽约客》招徕广告的原理很简单，明知道有许多商店是专门做纽约中上阶级生意的，它们在那些销行全国的大杂志和报纸上登起广告来很不值得。比方《时装》（*Vogue*）杂志每期每页的广告费是1 500元，但该杂志在纽约一处的销数只有28 000；《纽约时报》每天每页广告费2 131元，但是它那40余万读者里面，上、中、下三个阶级都齐备。反之，《纽约客》的销路总数虽不大，但却是集中在一地的；它的读者虽不多，却差不多是清一色的纽约中上阶级，五马路各店铺的常年主顾。再加之《纽约客》的广告价目每期每页只收550元，难怪派卡汽车、可龙香水、白兰地酒、珠宝商、时装公司、大饭店等都来大登广告，认为花费少而收效宏了。结果1934年《纽约客》竟然造成数十年来美国周刊界的空前新纪录：在六个月的统计中，它的广告篇幅比最有名、牌子最硬的《星期六晚邮周报》还要多些！

　　生意经也谈够了，《纽约客》的个性似乎还未表现出来。该杂志的商标是创刊号封面画中一位十九世纪纽约花花公子模样的人物，峨冠博带，手举单眼镜去仔细端详一只花蝴蝶，高傲的神情显于颜色。直到现在，每年二月间《纽约客》的周年纪念号总会把它翻印出来做封面，因为这位公子哥儿十足代表全杂志的贵族气派——不单广告栏中物质贵族化，而且文字图画中流露出贵族化的机智、贵族化的幽默。《纽约客》是深知"骂人的艺术"的，它的笑话谑而不虐，它的谈吐雅而不俗，它的漫画（《纽约客》向来不用照片）则从无猥亵的表现。讲到《纽约客》的身价，每期只要一毛五，在这一点看去倒可算是很平民化的了。

　　以俏皮（Smart）、时髦（Sophisticated）二词为主题的美国刊物，除了《纽约客》以外，本来还有《虚荣市》 （*Vanity Fair*）一种，颇风行一时。《虚荣市》因为是画报式的，内容更加是琳琅满目、美不胜收，每期刊登许多全面的美术人像，电影舞台明星、政界要人以及红运动家都有出风头的机会。可是在《虚荣市》上出风头亦有相当的代价，就是弄得不巧他们也会用恶形恶状的肖像漫画（Caricatures）来挖苦你。记得去年有一期在日本被禁了，就是因为里面把昭和天皇画作一个黄包车夫，拉了诺贝尔和平奖金往家里跑。这不幸事件发生后，《虚荣市》的编者说：我们的罗斯福总统，每逢我们登他一张漫画像还非常高兴，特将该一期多买几本分送亲友哩！

《虚荣市》的文字不重幽默小品而专载各种特写，如《记英国青年外相艾登》《有色电影研究》等文章。但我所记得该杂志最突梯滑稽、图文并茂的，可算那连续几期登载的《绝不会发生的访问记》。被捉弄的人物中，有：（1）节育家山额夫人访问一胎五女的第昂太太；（2）阿王哈利塞拉西访问黑人拳斗常胜将左鲁易士；（3）离婚最多的女明星乔蔼丝访问爱情顾问老处女狄司①女士。其余多种也都是钩心斗角、想入非非之作。当时上海某画报（英名 Shanghai Miscellany 的），大约也窃喜这题材新颖可取，请张振宇君仿那位西班牙漫画家的笔法，绘出许多"难得碰头"的笑话，《虚荣市》编者见了大为诧异，曾转载一幅《蒋介石与墨索里尼》，其余的我都无从得见。

可惜这个号称"由万花筒内观看摩登人生"的《虚荣市》大概因为每期成本过巨，营业算盘打得没有《纽约客》那样精，从今年三月号起已并入同一家公司出版的《时装》杂志里，不再单独刊行了。

在纽约杂志摊上取《虚荣市》地位而代之者，谁都承认是出世不满三年的《老爷》（Esquire）。十年以前，蓄意要贵族化以适应大都市口味的《纽约客》，而今已差不多司空见惯不以为奇了。真正贵族化的刊物，目前谁也都尊一声是《老爷》。第一，它的外貌是重磅道林纸十开本二百余页精印一厚册。第二，

①今译狄斯。——编者注。

它也有标语，它的标语叫作"专为男人看的杂志"（The Magazine
for Men）。这是心理作用，因为越是不许女人阅读，女人就越是
要读。《老爷》销数 43 万份，读者 4 687 000 人（据该杂志"用
科学方法"推算，谓平均每份读者有 10.9 人），其中就已有
50% 以上是女人。第三，它的内容倒也名副其实，不愧男性读
物。老爷的嗜好很多，老爷爱讲究衣服，爱赏鉴名画，爱喝陈
酒，爱开流线式跑车，爱打猎及其他各种运动——但老爷所最
爱的还是女人，爱玩弄女人，有时还不妨带这么一点儿侮辱女
性的劲儿。

在形式上，《老爷》也不能免俗，每期划分文章、小说、
讽刺、艺术、诗词、体育、专栏、摄影、漫画几部。但最特
色、最触目的无疑要算漫画。通常杂志编者总以漫画做补白、
插图之用，但《老爷》却给每幅漫画以全面篇幅；通常编者
总只想到用黑白线条漫画，但《老爷》却不惜小题大做用五
彩渲染起来。所以你打开这本杂志来一瞧，差不多每隔一页就
得大笑三声。讲到这许多漫画的作家，都有一定的，作品每期
出现，各有各的特殊风俗，各有各的拿手题材，如：（1）大
资本家与女书记吊膀子题材；（2）阿拉伯胖酋长后宫群妃题
材；（3）水手及咸水妹题材；（4）医生与女病人题材；（5）
男女同学题材；（6）女人偷汉题材；（7）女人生产题材；
等等。

可是《老爷》每期连登，最使人先睹为快，最令人爱不忍

释的一幅画，不是以上所述几种，而是白提（Petty）① 君的工笔美女画。其画也，有时蝉翼纱衫若隐若现，有时玉体半裸横陈纸上。其意也，有时灵犀一点妙在其中，有时音在弦外大费思索。总之，《老爷》之不胫而走，白提君的美女与有力焉。去年美国第一流庄严学府普林士顿大学②，毕业班全班投票公认他们所最喜爱的古今画家，以十七世纪荷兰大师 Rembrandt③ 列第一，白提君列第二。由此观之，美女漫画之魔力大矣哉。

可是一家之中老爷背下翻阅，少爷床头私看的东西，太太总不见得是赞成的。因此《老爷》杂志的编者三年来所收到责难的信函也不知多少，什么"有伤风化"啊，什么"不堪入目"啊，每月闹个不休。老爷的编者大都嗤之以鼻，满不在乎。有时骂急了，编者栏的答案是："《老爷》的坏处不怪《老爷》，而怪产生《老爷》这种刊物的时代！"又有时自己辩护说：漫画不过是《老爷》吸引人的工具，就如同女人脂粉一样的功用，老爷的其他各栏也自不乏硬性有价值的文字哩。我们翻开每期的目录，常见有 F. Scott Fitzgerald，Ernest Hemingway，John Dos Passos 等大文豪，Picasso 等名画家的姓名，也可见编者不是在那里吹牛了。

无论如何，销路的多少，营业的盈亏，是一种刊物最准确的批评。无疑在这一点上，《老爷》的地位是蒸蒸日上的。它现

---

①今译佩蒂。——编者注。
②今译普林斯顿大学。——编者注。
③即伦勃朗。——编者注。

在不但能自夸为"最有传染性的杂志",而且目前又在筹备出版一种姊妹刊物,名为《王冠》(*Coronet*)的,准备去达到美国杂志界"富丽堂皇"四字的最高峰。

题目中的"及其他"① 只好略举名目,聊备一格吧。与《虚荣市》相近但专重介绍百老汇的戏园、电影院、夜总会等娱乐的有《舞台》(*Stage*)杂志;比《纽约客》较低一级的还有《人生》(*Life*)、《判官》(*Judge*)两种,侧重于无理取闹的笑话;《吧哩呼》(*Ballyhoo*)、《胡闹》(*Huney*)两种,侧重曲线美的漫画;介乎《老爷》与《吧哩呼》之间的有《大学幽默》(*College Humor*);抵制《纽约客》与《老爷》的,则有《纽约妇女》(*The New York Woman*)和《玛丹摩赛》(*Mademoiselle*)。

(《纽约客谈》)

---

① 原文如此。原书此文标题或"题目"中并无"及其他"字样。——编者注。

何凤山（1901—1997），民国外交官。1926年入德国慕尼黑大学，1932年获政治经济学博士学位。1935年起在外交部供职。1938至1940年任中华民国驻维也纳领事馆总领事期间，发出数以千计的"生命签证"，让近万名犹太人逃脱了纳粹的屠刀，被誉为"中国的辛德勒"。2001年，以色列政府举行"国际正义人士——何凤山先生纪念碑"揭碑仪式，石碑上刻着"永远不能忘记的中国人"。著有《美国政治经济》《外交生涯四十年》等。

美国社会安全的保障

何凤山

影响美国社会安全的问题最大者，莫如失业问题。由1920年起，失业人数从未在200万以下。即在最繁荣的1929年，亦是如此。新政实施以后，不独对失业救济求一根本解决，且对社会上贫老病废者的生活亦设法维持，使美国今后社会之安全得一有力的保障。此实为50年来美国社会的新现象。兹就新政当局对实现此等工作的计划略述如后。

一、失业的救济

1933年依赖救济者有1 250万人，政府为应付此紧急局面起见，乃先成立联邦紧急救济法案（Federal Emergency Relief

Act）施行临时的救济。同时为保持美人①的自尊心计，特将标准提高，复用工赈的方式，代替当时流行的杂货零星品分配制度，俾人民对于救济不致意存鄙视。在1935年12月末，是项救济所费超过4 000兆元。

政府在施行救济期间，见青年失业者甚多，万一因工作无着而待业时，则对社会的威胁必大，故于1933年4月成立一民间保存团（Civilian Conservation Corps.），以补联邦紧急救济法案工作之不足。该国于全国乡村成立劳动营，而以年龄在18至25岁间无工作经验的青年征集受训。彼等除生活必需品外，每月可得工资30元。其所从事的工作多为自然资源的保存与改进，如建筑乡村道路、桥梁、堤坝，森林的护植，野火的防止，以及阻止土壤的销蚀与洪水等。除工作外，尚有教育与习艺的课程。每次入营的青年有30万人，经9个月的训练，即遣散至各处服务。计截至战前为止，入营者共有200万人之多。其对于资源的开发，既有绝大的贡献，而减少其家庭负担一节，尤见收效，所以受一般的欢迎。

政府为再事补充联邦紧急救济法案的不足起见，又成立公共事业处（Public Works Administration），雇用大批工人建筑公共房屋、桥梁、堤坝。政府的目的，一面以新增的工作减少失业的人数，他方面又以建筑项目之增加，材料购买之开支，刺激工业之复兴。至1936年，公共事业处的维持经营达4亿元。

———————————

①意指美国人。——编者注。

1932 年 11 月，新政当局又成立民间工作处（Civil Works Administration），该处所执行的工作计划实际上与联邦紧急救济法案无甚区别，唯范围较宽，计划较良，在 1934 年 1 月中旬，所雇的人员有 452 万，所用的款项达千兆元。

政府的不断努力，希望对失业工人给与就业的机会，已卓有成绩。但因每年人口中，新添的工人达 60 万，故至 1935 年末，失业者仍有 1 100 万。政府为一劳永逸计，乃设立工作进步处（Works Progress Administration）、全国青年处（National Youth Administration）、农场安全处（Farm Security Administration）及其他联邦机关，共有 50 个之多，树立一永久性的公共就业计划，以期解决此悬而未决的失业问题。

此外尚有公共就业服务所，替失业者介绍职业。自 1933 年起，替工人所找的工作约 3 000 万起。1939 年内，因服务所介绍而得到职业者有 3 476 889 人。

1940 年 9 月，依照估计，失业数目仍有 900 万人。行政当局见永久性的就业计划仍未能将失业问题完全解决，同时因国际风云紧迫，乃不得不改变方法实行整军，动员工业。其结果，在工业方面，可以吸收 300 万人，其余则由军队方面解决之。

二、 痛苦的救济

失业救济已如上述，唯欲使社会人人生活无虞，如贫者病者、老者幼者，皆有设法保护之必要。新政对此，复责不旁贷，乃有社会安全法案（Social Security Act）之成立。该法案于 1935

年夏季在国会通过，1939 年根本修正，成为解除痛苦、保护就业与济贫恤老的唯一工具。该法案为一范围极宽的计划，包括四种事项，即养老金、失业补助、公共援助与公共福利。公共援助计划之目的，在救恤贫老、孤儿以及残废无靠者。公共福利，乃为联邦对于各州的辅助救济办法。在农业区域促进产妇与婴儿的健康，救护跌足的孩儿，及保育无家可归的儿童。身体残废的工人，援以职业的训练。此法案实施后，每月受惠者达 300 万人。1940 年支出的数目达 1 899 154 185 元，其中 1 500 000 000 元用于老年的救济，47 000 000 元用于盲目者，350 000 000 元用于贫乏的儿童。

该法案中的"老年保险"一节，说明每月保险利益的数种方式：一为初期保险对于年满 65 岁以上退休工人的利益，再为对于此种初期保险利益者的老妻与无依儿童所得之利益，三为对于已死亡之工人的未成年儿女与寡妇等所得之利益。各种利益，均以其所得的工资为比例，介于 10 元与 85 元之间。其存于保险信托的款项则由其工资抽出提存，一部归工人，其余则由雇主支付。在此种社会安全制下的工人将近 50 万人。利益的给付自 1940 年 1 月开始，至是年 6 月总数已达 38 000 000 元。

该法案成立后，对社会安全乃有进一步之保障，人人不独有就业的机会，并且因残成废无法工作，或因年老力衰迫于退休的老人，俱得所依靠。

新政时期，当局对社会立法曾有不少尝试。如社会安全法案的成立，为美国社会开一新纪元，可资明证。新政时期亦可

谓为尝试时期。尝试结果，或成或败，在所不计，最堪重视者，
即美国社会每遇一重大问题的发生，多由尝试的努力得获无穷
的效果。

(《五十年来的美国》)

陶菊隐（1898—1989），民国时期著名记者和编辑，与张季鸾并称中国报界"双杰"。早年就读长沙明德中学，1912 年 14 岁便在长沙《女权日报》当编辑；不久又任《湖南民报》编辑，撰写时事述评。1927 年任《武汉民报》代理总编辑兼上海《新闻报》驻汉口记者，其间还为《申报》《大公报》撰写通讯。1928 年任《新闻报》战地记者，随国民军报道"二次北伐"。1941 年上海"孤岛"沦陷后，主要从事中国近现代史研究。

美国人的享乐主义

陶菊隐

　　享乐是人类共同目的，大之为国家奋斗，为社会奋斗，小之为个人奋斗，无非欲由奋斗中达享乐目的。从个人方面讲，刻苦储蓄是建立将来的乐园，这是简单明了的事。有人说，我民族惰性之养成是由于人人都抱享乐主义，实则国人之所谓享乐是苦中作乐，往往乐极生悲。又有人说，中国人的享乐无非打牌、听戏，这未免太不高尚了。我并不赞成这话，外国人何尝不打牌、听戏，打洋牌与听洋戏不见得比打中国牌、听中国戏高尚得多。但国人的享乐主义有两个大缺点：第一，享乐应不忘健康。因享乐是苏息①身体和陶冶性情的，国人只知户内享乐而忽视户外享乐，未免太单纯了点。如能由单纯而趋于复杂，

---

　　①"苏息"意为休养生息。——编者注。

由户内而推及户外，才是真知享乐及真能享乐者。第二，不可因享乐而妨害工作。比方说打牌打到夜以继日，八圈完了再加八圈，有人还认为十六圈是短命牌，这就不对了。又如听戏不问正事做完没做完，先去听戏再说。听上了瘾，天天听下去，把正事丢在西洋大海，这又不对了。总之，人生要支配一切，不可反为一切所支配。能把享乐与工作划分清楚，不但其乐无穷，而且可以增进工作效率。

美国教育界及社会含有进取性的享乐，头一件事是体育运动。但美国有一句格言说："青年为体育所害，教育为运动所害。"意思是，学校以全副精神提倡运动，使运动畸形发展，因而忽视了其他课程；青年以养成优越运动员为其目的，因而忘记了求学使命。近年来，美国确有这种新趋势：学校地位之高下常视体育成绩为转移，州立大学校长的薪俸还不及足球训练员。就足球说，当两个著名球队比赛时，轰动了全社会，有由甲州到乙州参观的，有在两三个月前订购入场券的，券价收入常达百余万美金，一次比赛足供球队经常费和体育设备费之用。球员呢，老早拼命练习，受学校当局极端优待，对于优等球员，学费缴纳不缴纳不成问题，成绩好不好绝不相干。不但如此，吃饭时特设一席以示优异，个人卫生有特别医生不断照料。总之，学校把他们当作金字招牌，如同豢养争取荣誉的斗士一般。他们也就不知不觉离开了学生立场，无形中自视为专门职业。

著名运动家和球员（不一定足球，还有棒球、网球等）

一样有"明星"之称谓，比献身银幕的明星还要光荣，不但一辈子生活问题不成问题，而且婚姻问题也容易圆满解决——因为美国人虚荣心最重，尤其是女子以嫁得运动家为无上光荣，正和我国古代女子想嫁状元郎一样，有许多学问不好、品貌不佳、财产不多的运动家同样获得女子的青睐。本来美国民族性有一特点；从坏的方面讲，可说不可理解的盲目冲动，即崇拜英雄热——只要有一技之长，社会上的颂声浮于其真才实学若干倍；从好的方面讲，人类绝无个人之成功，成功要素离不了社会的鼓励和督促，必如此才不致埋没真才，才可以提高进取的勇气。

报纸上体育新闻到紧要关头差不多全馆动员，当地派有许多富有经验的专门访员，对于极小问题也用极生动的文笔曲折写出，使读者像读小说般津津有味。这一时期中的国内外大事反而无人注意，各小城报纸所载体育消息竟占全报三分之二以上篇幅，电车或公共汽车上许多阅者的眼光不约而同地注射体育新闻，可见社会心理之一斑。

美国的运动是有时间性的，冬季足球，夏季就得换换口味为网球，秋季是棒球。近两年来，网球地位被高尔夫球夺去不少，因为高尔夫球是雅俗共赏、老少咸宜的。他们的球杆特别考究，打一次球要用到十几根球杆，某一种姿势用某一种球杆，最名贵的球杆每根售价四五百元。报纸常搜集各种打球姿势和理论以供阅者参考。电影业抓住了群众心理，立刻雇请高尔夫球能手摄制影片。现在是有声电影，一方演习姿势，一方从口中解说出来，竟有一部分观众不看正片，专为看高尔夫之一幕而来，他们把影戏院当作学习高尔夫球术的讲座①。

夏天还有一种玩意儿，是海滩游泳。东部的大西洋城是个热闹所在，有许多富翁的消夏别墅，和我国北方北戴河、南方牯岭一样，一年之中只有一季的生意（七、八、九三个月），但是这一季的生意，足供当地商店一年开销而有余。全世界新奇古怪的东西，不论吃的、穿的、用的，那里都买得到，甚至妓女络绎而来，换了良家妇女装束，黄昏时候在海滨踱来踱去。西部西雅图等处海滨及中部密昔西批河②、密西根湖③等处虽不及大西洋城之热闹，但每逢夏季，前往游泳者亦不在少数。

现在女子的浴衣几乎进步到一丝不挂的程度了，素来抱着放任主义的美国警察当局亦觉太刺眼了，特在海滩竖立木牌，上载两条禁律：不许在更衣室以外地点更衣，不许穿太肉感的浴衣。现在最流行的审美观念对于西洋人苍白色皮肤认为不美，而趋重于棕色健康美。爱美是女子们的天性，何况西洋女子？她们就浴以后倒卧于浅滩上，从背部到面部，再从左边到右边，受日光的注射④，借以改造她们的肤色。

夏季海滩是曲线美的陈列所，冬烘先生⑤看了会吐舌摇头，

---

①此处最后一句话不合当今语法，原文如此。——编者注。
②今译密西西比河。——编者注。
③今译密歇根湖。——编者注。
④原文如此。此处"注射"为"照射"之义。——编者注。
⑤冬烘先生指糊涂、迂腐的书呆子。——编者注。

旧礼教的拥护者看了会皱眉叹气，但是美国的老头儿绝没有这样的古板脾气。他们童心不改，虽不能与青年们随波逐流，仍不免见猎心喜，和他们心爱的老婆婆在海滨张一柄大伞，坐在沙发上凝视着当前美景和男女们嬉笑跳跃的姿态，老脸上浮着笑容，也许回味到他们在数十年前曾经做过海滨美丽之神。

他们老眼中所见的是什么？有的男女相抱而眠，有的男子把女子抬在肩上，有的打水球（橡皮做的大球），还有各种游戏，还有在沙滩野宴的伴侣。

海滨浴场以有沙无石者为合选。海水浴完毕，还有淡水淋浴设备。除海边以外，内地小溪及河流亦由当地市政府派人照料，有更衣室、跳板、游泳衣等设备。总之，美国夏季游泳已成为生活需要之一种，可当作浴场，可当作美容室，也可当作健身医院，或许可当作婚姻媒介所。

冬季娱乐除赛球外，还有滑冰比赛，有的在冰上演出各种跳舞姿势，神乎其技的滑冰家能用一只脚旋转如意，身轻如飞燕一般。此外也有坐雪车从山顶滑下来的，也有穿冰鞋作长距离竞赛的。但美国人滑冰的成绩还不及欧洲人。

无论冬夏季，夜晚娱乐多半消磨于夜会中。夜会分若干级：（1）最上等，不准外国人参加，尤其是东方黄色人种，以饮料为主，一杯茶卖美金七八元。茶的成本并不贵，因为顾客都是些大腹便便的富家翁，卖贱了就像看他们不起。这种地方不讲究吃，讲究音乐和跳舞。（2）中等，女子不收门券，因为女子具有吸引异性的魔力，女子来得越多，不怕男子不络绎而来。

内中有交际花，有弃妇，有优伶，她们为跳舞而跳舞，带有社交性质。（3）下等，是骗乡巴佬和外国人的地点，雇有舞女，任客选择。总之，美国人虽在娱乐之中，也有显明的阶级性。

含有癫狂性的娱乐也有几种。本来人类不过是高等动物，优秀民族受法律和礼教的束缚，极力镇压自己，不使癫狂性流露而已，然而无形中也有情不自禁、一触即发的机会。聪明的美国人看清了这点，索性规定一个发泄癫狂性的时期，以免有自动爆发之危险。如"鬼节"是小孩子无法无天的世界，他们击毁商店窗橱，或者在墙上画鬼脸，或者在街上大叫小跳，巡警充耳不闻，不许加以干涉；4月1日又是成年人的"癫狂节"①，成年人做着小孩子的事，闹着小孩子的脾气，任何人这天被促狭鬼开了玩笑不许稍有怒容。有的接了电话，说是太太上了吊了，等到你慌慌张张回去的时候，何曾有那回事？有的接了一包礼物，等到你拆开一看，一只粉雀"吱"的一叫，飞得满房中都是粉屑。你如果气冲牛斗，你就不算泱泱大国的国民。

属于这类的娱乐有所谓假面具跳舞这种跳舞，谁也认不清谁，有的抱了别人的爱妻跳，有的搂住自己的妹子跳。另有一种滑稽化妆跳舞会，或扮吊颈鬼，或饰卓别林，或穿中国古代袍套，或披一身兔毛，各人装成稀奇古怪的形状，装得最奇的有时可以得奖。

---

①即今称"愚人节"。——编者注。

以上所述都是户外娱乐。户内娱乐也有几种：（1）1924年以后盛行中国麻雀①，有制造麻雀牌的专门商店，有中国教师，有关于麻雀战的英文著作。社会方面把它当作正当娱乐，并不视为赌具（当然有时免不了以金钱分胜负），同样有选手，有竞赛，有决赛，成绩最优的可得奖品。（2）现在流行的筑桥戏是一种纸牌，分为两种算法，简单的叫Auction，复杂的叫Contract，四人中轮流有一人休息，报纸上常刊载牌谱，和日本报刊载棋谱一样。打牌不靠手气，有科学上根据，打会了的可做常胜将军。（3）普通扑克牌，像变戏法似的创造许多阵势，有时开杠和雀牌相仿佛，还有二人入局的阵势，以次递加到五六人入局的阵势。

总之，美国人是现实主义的享乐派，没有为儿孙做马牛的笨汉，也没有中国成年人不肯和小孩子玩在一起的怪脾气。他们负担很轻，得过且过，七八十岁的老头儿娱乐时一团稚气，没有丝毫严肃气象。普通人家有了两三个小孩子就算大家庭，满口嚷着负担太重了。男子三十岁后才结婚，往往用节育方法，不让小孩子源源而生，但生育以后又要好好地爱护和教养，不把小宝贝作践得像阿猫阿狗一样。没有父母的婴孩国家有公育机关，设备完善。美国人无论男女又有一种习惯，对结婚十分慎重，常存一种观念：与其婚后受经济压迫，不如不结婚的好。但结婚后，感受不快的男女随时又有离婚的自由，社会并无歧

①即麻将。——编者注。

视。他们的目的无非为享乐而生存，同时认为国家的地位和法律的需要都无异乎享乐的工具，所以大家都有爱国守法的精神。

(《菊隐丛谭·闲话》)

林语堂（1895—1976），现代著名作家、翻译家、语言学家。福建龙溪人。1916 年在上海圣约翰大学获得学士学位，1920 年获哈佛大学文学硕士学位，1923 年获德国莱比锡大学语言学博士学位。曾任北京大学英文学系语言学教授、厦门大学文学系主任兼国学院秘书、联合国教科文组织艺术文学组组长、国际笔会副会长等职。其用英文所著《吾国与吾民》《生活的艺术》《京华烟云》等被译为多国文字。

我喜欢美国的地方

林语堂

我的这点观感，一朝写在纸上也好。外国著作家如果遇到这个问题的时候，至少可以用它作为一个现成的答复。

我的这些好恶，也许全是错的。也许在美国居住较久以后，我将改正自己的观点，甚而开始好以前所恶者，恶以前所好者。但是对于我的观感态度，熟思善虑倒反没有什么价值。因为习久之后，初遇到新事的那种快感突觉，便不再能得到。我是需要心理家把习惯的定律指示给我——那就是人类脑筋习于一个环境以后，久而不闻其臭，并且因为习于某些事物，就把它们认为是合理应当的。

还有我并不解释我好恶的理由。个人的好恶是没有加以解释的必要，那只是个人的好恶而已。我喜好某些事物，简单地就是因为我喜好它们。有人问到我的偏好的理由时，我总是说：

"就因为我喜好它。"

那么，我喜欢美国的地方在哪？不喜欢的地方又在哪？（我现在只是引用美国言论自由的原则。）

在纽约城内，我最喜欢的是中央公园的花岗石，那种参差不齐的美丽，不少逊于在任何高山上的巨石；其次是皮毛清秀的松鼠；第三是和我同感喜爱松鼠的男女。可惜没有一个人和我同感，景慕那寂静无声、历久不变的花岗石。

我也喜欢吃"热狗"，但是不喜欢吃"热狗"时通常所遇到的那种人。我最喜欢吃的是番茄汁，但是不喜欢番茄汁摆在牙膏、牙刷、阿斯比灵①和其他杂货的台上。

我喜欢在路易阿曼餐馆有花窗的地下室吃鸭儿芹和蜜瓜，在纳地克食摊的前面小吃。这两者之一都可以，但是除非不得已时，我决不吃简便午餐，在那里坐在旋转滑几上的人，挤得连掣肘的地方都没有，如果你要伸腰打呵欠，一定会翻身倒下去。

我喜欢无线电，但是不喜欢播送的节目。用无线电在家中收听音乐娱乐，繁多得无时不有，这使我惊讶不止，但是实在好的音乐少得不可言喻。使我同样感到惊讶，对于那些收音用的电线、真空管、电门、螺旋，我景仰膜拜它们的玄妙。但是对那种收来的音乐，我感到极端的厌恶。美国人的音乐不好，但是他们用以收听音乐的机器却很好。

①今译阿司匹林。——编者注。

美国人弃置欧洲丰富的音乐，那种成功真使我惊羡。商店大减价的广告是无线电中最好的节目，我听到了十分快感，因为那是播音中最诚恳的部分。

我喜欢贝巴出产的甜梨，美国的香苹果，美国人雄朗的喉音，以及一切丰富、完整和生动的事物。我厌恶贝壳肉做成的淡汤、柔情的歌调以及强壮的美国大学生假音假唱柔情之歌。

我喜欢灿烂的美国菊花，她的风姿不亚于中国的各种菊花。还有纽约第五条街上花店里的各种兰花。但是我厌恶那种构造花园的式样，既无合乎节奏的生气，又少精巧的陪衬。

我喜欢儿童在公园中游戏时的笑声，少妇呼叫松鼠的甜音。我喜欢看见面容清秀、推曳童车的年轻母亲，还有在公园地上小睡的独身女子，只用报纸盖在她们的脸上，以及一切表现人生快乐的事物。但我厌恶躺在公园地上和当众接吻的男女。

我喜欢黑人司阍、信差和电梯生。他们随处总在作乐，偷使眼色诡笑。但是对那种自作庄重，往来戴着手套、鞋罩，俨以文明国人自居的黑人，我替他们觉得难堪。

我喜欢新英格兰州俏妇的笑容，讲话时媚人的声调。我厌恨在地道车中老是咬动牙床的人。

地道电车快捷，如果我能来到我的目的地时，我很喜欢它。但是在我疾行到车站的途中，看到着高跟鞋的红发女郎抢到我的前边时，我有一种羞涩的感觉。天啊，她是到何处去的？

我喜欢早晨坐地道电车看到的景象。那时男女的眼边还都没有显露皱纹，大家都是睡醒后红光焕发。但是在下午坐车，我总是感到不大舒适，那时人的脸面生皱，眼睛疲倦。

有时我瞥见秀丽沉默的面孔，庄重意深的面孔，随后即有杂音混入，他们都走过去了，我于是独自呆望着，恍然若有所失。

我还看到中年的家妇，她们在带着杂货纸包回家的途中，老是不断谈着，谈着，谈着生活的麻烦。我看到她们时感到欣慰，因为她们使我想起了中国。有时我也看到一个甜蜜忧独的女郎，默不与人接谈，我很愿意知道她在愁思什么。

我看到白发红面的老人，他们大概和我同样在观察人海的波潮。同时我又吃惊地看到别的老年人，他们对自己的老年表示歉意，在举止上装出人老心不老的样子。

使我感到十分可笑的，男子在美国甚而也不给女人让座位；但是无人把位子让给一个老年人时，我感到怒不可遏。

我觉得加拿大的孪生五女是有奇趣的，但是把她们当作商品去做广告使我惊愕不置。我羡慕林白上校夫妇两人，但是可惜摄影师把他们追逼得无处可逃。我是追随美国民主政制的人，拥护公民权利自由，但是使我惊讶的，美国宪法没有修正条例，使每个美国国民得到保障，不受照相机与新闻记者的追逼，同时使他能有独自安居的权利——唯一使生活具有价值的权利。

我羡慕美国的绅士派人物，同时可惜他们要以自己的文化和意见引为羞耻——可惜的是他们强求与人一律，默不多言，常怕有异于常人之处。美国政界中人全不见有绅士派人物。关于这点，我虽然知道原因何在，但却也不禁有疑问之感。

对美国民主政制和宽大性格，我是五体投地。美国报纸随意批评政府官员，使我感到那种的自由之乐，我羡慕美国官员对于批评用泰然的态度处之。

看到美国人办事的客气，听到常为人习用的"谢谢你"，常使我受到感动。

我喜欢在暗罩的灯火下晚餐，到高尚安静的美国人家中赴约。但是在我出席酒宴返家以后，常是神经失措，因为在这种宴会上，人都是体力用得最多，脑力用得最少。你要和一个陌生的客人攀谈，所谈的又是不感兴趣的话题，这就好像到纽约坐错了十次火车，徒劳往返了十次，最后耗费了整整一个钟头，在本雪文尼亚州①下车。

在一个酒宴上，你也有机会去学习如何招呼右边的这个人，同时点头送笑给左边的那个人，还再咕噜一两句话，去应付面前站的那个女人，你和她本来是在对谈哲学的。

我理解那些汤汁大王和猪肉专家的情感，他们花钱收买连座的英国堡垒和法国宫室。但是关于照工厂形式筑成的公事房，照公事房形式筑成的住宅，我另有一番意见。实际上我所看见的，只是商界领袖在工厂中做事，男女在公事房里居住。我从来没有看见美国人家庭住在纽约城内的私舍中。

我羡慕美国人喜爱旧家具与旧地毯，但是可惜一般人在房屋中，用铬质代替了木料。铬质用在家中太冷，对于人的灵魂

①今译宾夕法尼亚州。——编者注。

太硬。我看到在白金的红发女郎、铬质的家庭和锡筒的灵魂三者之间，有一个类同之点。

我很喜欢冷气箱、清洁地毯的真空器、自动电梯，但是我厌恨那种由墙壁中拉倒的床。我喜欢节省时间的机器，但是厌恶节省空间的用物。

美国人的家庭初为有烟囱的乡舍，后来变为公寓的房间，现在又易形为野游的拖车。拖车是公寓的自然变形。居住在公寓里的人，因为家中别的人乘车外出，必须等着汽车回来才能换班出去，因此为什么不制造一辆大汽车，好使全家的人都能同时坐在里面？美国人一不当心，将来也许会住在分割开的饼干桶中！

（《讽颂集》）

华南圭（1876—1961），字通斋，土木工程专家，现代中国土木工程教育开拓者之一。1902年入京师大学堂。1904年官费赴巴黎土木工程学院学习，是该校第一位中国留学生；1909年取得工程师学位，1910年回国。曾任京汉铁路总工程师、交通传习所（今北京交通大学前身）教务主任、北平工务局局长、天津工商学院院长等职，并协助詹天佑创办和主持中华工程师学会，协助朱启钤创办中国营造学社。20世纪50年代初期任职北京都市计划委员会委员。著有中国第一部铁路工程高等教育教材《铁路》等10多部教材，译有《罗马史要》等。

美国之旅馆工业

华南圭

旅馆工业四家，闻者疑为不伦，然而美国旅馆事业之发达，实已成为一种极大之工业，并已与他种大工业立于同等之地位。

工业之要素为资本集中，为减少总务费用，为生产量之宏大，为出产品标准之统一，为组织及分配之有法。美国旅馆，皆具此要素。

大工业之领袖，恒属于大银行家，美国旅馆亦然；旅馆之经理，与大工厂之厂长，立于同等之地位。

旅馆经理之曾充市长或公安局长或司法官或议员者，不计其数，如忘诺忙氏（Von Norman）①，是其例也。

美国各大城之旅馆日益扩大，同一旅馆内，连带浴室之房

---

①今译冯·诺曼。——编者注。

间，竟至四千之多。局面愈大，总务费愈省，因此则住居价亦愈廉。

美国钢铁事业之业务员为 438 000 人，汽车事业为 430 000 人，电报电话为 381 000 人，电气为 231 000 人，而旅馆业务员之人数，乃有 576 000 人之多。

据红皮书 *Red Book* 本年所发表者如下：

最近统计，美国今日旅馆数目为 25 950，其房间总数为 1 521 000，其资本在 5 000 000 000 以上；旅馆分为九等，房间数目在 50 以内者列为第九等，在 1 000 以上者列为第一等。

各等旅馆之数如下表。

房间数	旅馆数
50 以下	19 000
50 至 100	4 400
101 至 200	1 650
201 至 300	470
301 至 400	200
401 至 500	93
501 至 750	80
751 至 1 000	32
1 001 至 4 000	25

纽约旅馆，每一房间之价值，自 2 500 金元乃至 4 000 金元，即自 5 000 华元乃至 8 000 华元，地皮及建筑并家具与设备一并在内。

华美之旅馆，若其房间数目为 350，则其资本须 140 万金元（4 000 × 350 = 1 400 000），即 280 万华元；以房间为准个，则中等旅馆须一人，上等旅馆须二人乃至二人半。

上等旅馆之有 350 房间者，须有业务员 700 乃至 800 人。

饮食品随旅馆之等级而殊，中等大旅馆如纽约之 Eennsy Lvanin 旅馆，计有 2 800 房间，每日所需之饮食品为 4 400 金元，即 8 800 华元，每年 320 余万华元。

350 房间之上等旅馆，饮食品之价值往往大于 2 000 房间之中等旅馆。

厨房及职务室之设备费，新式大旅馆需 4 万乃至 25 万金元，即 8 万乃至 50 万华元。

旅馆愈大，费用愈省，便利愈多，2 000 乃至 4 000 房间之新式大旅馆有邮局焉，有银行焉，有保险行焉，有旅行社焉，有医师焉，有药房焉，有体操堂焉，有学店焉，有理发店焉，有衣帽店焉，有缝纫师焉……

一百旅馆中之九十，恒有浴盆之设备，其十则有喷浴之设备。今日之趋势，每一房间附一浴室。

美国旅馆，便利为美国式，华美为法国式。

建筑师者，建筑房屋之工程师也，而美国于便利一事上，又另成一种专门建筑师，电灯、电话、家具以及升梯与夫行李之搬运，改良又改良，无一不经精密之研究。

客厅、膳厅、厨房，皆采用法国之艺术，银器、家具、床被以及各种美术品，大都来自巴黎。

上品罐头品，都自法国输入。

大旅馆及大俱乐部，庖人多是法人，菜单上亦多是法国名称。

美国旅馆有种种便利之处，故市民租宅以居转不如寓于旅馆之便利而又省费，因此则旅馆又有分组之设备，一组自二间乃至十间，有无家具随旅客之便，亦可特备一厨，价以月计或以年计，食物及洗衣由旅馆供给与否，随旅客之便。

42 层之大旅馆，有分为 300 组者，愈高者愈贵，例如 Ritz Tower 十间之一组，不备家具，每年租价为 38 000 金元，即 76 000 华元。

1928 年

陈衡哲（1893—1976），新文学运动中最早的女学者、作家、诗人，我国第一位女教授，有"一代才女"之称。1914年考入清华学堂留学生班，1918年获瓦沙女子大学文学学士学位，1920年获芝加哥大学硕士学位，同年应北大校长蔡元培之邀回国，先后任北京大学、四川大学、东南大学教授。1917年创作白话短篇小说《一日》，以"莎菲"的笔名发表于《留美学生季报》。著有短篇小说集《小雨点》《衡哲散文集》。

重游美国的几点感想[*]

陈衡哲

　　我对于美国的感想，不能尽讲，正也不应该尽讲。比如关于抽象的论列，如从美国人有组织能力等等，则是近乎老生常谈，故不讲。又如关于有争辩性的事情，如美国近来的复兴运动等，则因它的利害尚在黑白不分明之间，故也不讲。再如关于美国近年的妇女情况、教育上的趋势及一般人士对于中国人的态度等，则因它们的范围太宽，或是题目太大，数个星期的观察是不够得到结论的，故我也不愿意讲。经过这样的淘汰之后，我对于美国的感想，便容易说话了。我今天所要说的，是两件与十三年前显然不同的情形，它们都是经过我的亲身观察

---

　　[*] 本文原标题为《重游北美的几点感想》。"美国"二字，系编者依全文内容所改。——编者注。

的，并且也都足以代表这十年来，美国在社会上、教育上以及经济上的问题与趋势的。

第一件我要说的，是一个汽车的新纪元。美国的汽车的统计数目，最近的我虽然不知道，但我知道在数年前已是每四人有车一辆了。如今当然只有增加，没有减少。因此，凡是我所看见美国在工程上的新建设，差不多十分之九是与这个汽车文明有关系的。新的大钢桥我看到了四五个——或在桥上仰头看，或由主人出一元或半元钱的通过费，特别领我坐车过桥去——都是为着大规模的汽车旅行而造的。新的空中大道是那样地宽，那样地高，那样地坚固——我曾看见整个的城市，静静地伏在它的下面。新的地道，如纽约到纽玖色的"荷兰地道"①，是那样地整齐与美观。据我所知，这些地道和空中大道不但是专为汽车旅行而建造的，并且普通行路人是不准通过的。还有许多所谓道旁的小屋，是一种小旅店，也是专为长途汽车旅行而设的。

最近回国的赵元任先生，便是这个汽车新纪元的一位信徒。他自己开了汽车，载了家眷——一位太太，三位小姐——带了炉灶、伙食一应家具，九月十三日，自华盛顿起身，一路游山玩水，吟歌作曲，好不"写意"！饿了还有太太在车上烧的饭吃，倦了合家便在车上打瞌睡；汽油用罄了，路上有的是油站；

①按今译名，这里是指由纽约到新泽西州泽西市的荷兰隧道（Holland Tunnel）。——编者注。

晚上据说都是住在那些路旁的小屋中的。这样的晓行夜宿，走了十余天，直到西雅图方上船回国。赵元任先生的一家，真可以说是这个汽车文明时代中的一个中国先锋了。

这个汽车作霸的情形，在美国有两个特别显著的结果：一是火车的被打败，一是郊外家庭的增加。我此次凡是坐火车的时候，每次都见车上空空的，有时还可以见到一辆整个儿的空车，黑魆魆的不见一个人影子。听说美国近年来，因为汽车已经成为旅行的一个主要工具，火车的生意坏极了，而从纽约到潘省的一条干线更差不多到了破产的地步。但同时，靠了汽车的便利，许多在城市中服务的人现在却都到郊外住家去了。这些家庭我曾到过两三处，它们都是庭院空阔，花草满地，山光水色，相映成画。女主人无不欢欣相告，这是她梦想的实现——一个乡村中的舒适家园。本来呢，住乡村本非难事，要舒服——指浴室的设备，与医生的接近，等等——也做得到，但要两者兼全，却只有在汽车文明中方能得到了。希望有一个这样地家庭，是每个人的心理，尤其是一个做了母亲的女子。为了这一点，我对于这个汽车文明纪元的降临，便不得不由冷淡的态度，一变而为欣羡的热忱了。

第二件我不得不注意的情形，是大家知道的所谓失业恐慌。在一般知识低下的人群中，这个情形的严重自然不消说，即在所谓知识阶级中，失业的恐慌也似乎占据了他们生活的中心点。现在我且举一个经验做例子。

我到纽约的第四天是一个星期日，故那天便不约而同地有

好几位老朋友来看我。我们大家坐在一间卧室里——是我一位
老同学做工寄宿的地方——大家谈天，但"天"的中心似乎也
旋转到一个"位置"上去了。在这一群朋友的中间，先来的是
四位女的，中饭后又加入了两位男的，他们一共是六位。他们
都是大学毕业生，知识、才能都在水平线以上，有的还有独具
的技能。但他们中间没有一个不感到失业的恐慌，有位置的感
到位置的不稳固，没有位置的感到找事的艰辛。有一位朋友说：
"假如我这个五十元一个月的位置还保不住——五十元一月的薪
水，在美国是等于一个女佣的工钱——我只好登广告求佣为使
女了。假如那再不行，我就只好自杀了。"又有一位说："假如
你不帮助我到中国去的话，我就只好跳赫贞河①了。"中饭过后
加入的两位男子中，有一位是学新闻事业的。他说："你能帮助
我们很多。只要你肯，我们可以常来听你谈天，再把那些谈话
写出来，我们便可以在报界中找到很好的买主。"这真所谓想入
非非，太可怜了！我听到了他们这样的申诉生活的苦痛，又看
看他们，不禁联想到了传教士。这个情形假如发生在一百年或
五十年之前，这一群的人物不将尽变为中国的福音宣传员吗？
但这件事业如今已失了它的引诱，凡是具有世界眼光的人，都
不愿再来做这个喜剧中的演员了。但他们虽不做演员，他们眼
光的集中在中国却仍是一样。我们看了这个情形，岂能不深思？
　　那天我们谈了两个钟头，看看已近午饭时候，我便说："我

————————

①赫贞河即纽约的哈德逊河（Hudson River）。——编者注。

们出外吃饭吧。"因为我是这一群中的唯一外国人，怕他们要请我，故我又加上了一句："大家荷兰。"那便是说，各人自己会钞，不要请客。我说了这句话后，大家仍旧不动身。我觉得奇怪，但当我再看看她们的表情时，我明白了，便说："让我来做东，请你们到杂碎馆去吃饭吧。"她们说："你是客，哪能让你做东？"我说："因为是中国的杂碎馆。"这个解释似乎很满意，大家便默然不作声地站了起来，同我向着那饭馆走去了。

那天的结果是，一个穷国中的穷旅行家，用了那银元变成的金元，请了四位美国青年女士一顿中饭！我们说这个情形是例外吗？此次我到的地方不多，我哪敢说这不是例外？但在美国今日的社会中，像这一类的人物，我却敢断言，是绝对不以这几位我的穷朋友为限的。要不然，那岂不等于说，只有我的朋友是穷光蛋？那就真正岂有此理了！

陶菊隐（1898—1989），民国时期著名记者和编辑，
与张季鸾并称中国报界"双杰"。早年就读长沙明德中学，
1912年14岁便在长沙《女权日报》当编辑；不久又任
《湖南民报》编辑，撰写时事述评。1927年任《武汉民报》
代理总编辑兼上海《新闻报》驻汉口记者，其间还为《申
报》《大公报》撰写通讯。1928年任《新闻报》战地记者，
随国民军报道"二次北伐"。1941年上海"孤岛"沦陷后，
主要从事中国近现代史研究。

三个美国人

陶菊隐

　　我有三个朋友都得过美国人的帮助，虽然帮助的程度有大
小轻重之别，但出发点都是一样的。

　　第一位朋友姓胡，是二十年前苦思力学的好学生。他在某
教会大学读书的时候，很得教授们器重。他的家境常陷于窘迫，
某一学期因经济关系，时时露出极端忧郁的脸色。一天摇铃散
课后，雷文司教授请他到私室谈话，他一时摸不着头脑，随着
工丁走进了这位向不接近的美国教授的私室。

　　"密斯特胡，你有很难解决的心事，我从你的眼光中看出
来。"雷文司站起身来，露出谦和而恳切的神态。

　　"没有什么。"胡君摇摇头。

　　"这是靠不住的话吧？我看你身体上毫无病态，但精神上像
是受了打击，对不对？"

"没有什么。"

"你不要再说这一句了。据我看来，你的家庭里在这一时期中大概很受经济压迫吧？"

"……"

"对了，我的推测力是不会错误的。这是一件极平常的事情，我借给你一百块钱，不论什么时候归还我，当你的经济力较为充裕的时候。"

"……"

"你莫以为借钱是一件不好的事情，何况只有这区区百元之数？假使你觉得手续不妥，你写一张借条，签个字，这不是没有问题了吗？"

胡君的光景确有些过不下去，而且当着这外国教授之前，他有这样的深切爱护，委实却不过他的厚意，因此写了一张借条，签了字，拿着百元借款退出雷文司的私室。

本来借条上没有规定偿还期间，但胡君常把这件事盘旋在脑府，总想早日偿还；无如年复一年，胡君的家境丝毫未改善，常在不易维持现状之下。因此胡君最怕见雷文司，往往绕一个大圈子，以避雷文司所常走的路。

到了第六年，胡君得了相当职业，从每月收入下撙节了一笔款项，他无精打采地再到母校拜访那位多年尚未回国的雷文司老教授。

"哈罗！我们多年未见面了。"雷文司还是很热烈地欢迎着他。

"是的，我很想常来见见你，但我有不能见你的苦衷。"胡君嗫嚅着说。

"那是为了什么呢？那是为了什么呢？"老教授有些茫然了。

"我今天才有力量偿还六年前你借给我的款子。"胡君从荷包里掏出一卷钞票来摆在桌子上。

"啊，就是为了这缘故吗？这简直不成问题呀。"雷文司一面说一面点数，"这很奇怪了，我只借给你一百元，你却还我二百元，是什么意思？"

"那一百元是利息。"胡君吐着不自然的声调，"依照我们中国的习惯，欠了六年的账，其利息或许超过本钱一倍以上呢。"

"那是没有的事，那是没有的事。"老教授把皤白的头发几乎摇动得飘散满头。

他俩互相争让，后来老教授执意不要利息，胡君只好把多余的一百元收回来，鞠了一个躬，戴着帽子要走。

"慢着！"老教授说。"还有一张借据我要当着你面前销毁。"他从抽屉里拿出六年前胡君所写的那张借据来，擦了一根火柴烧成灰烬。那张借据六年前就放在那个抽屉里，好像经过六年之久还未移动的一般。

雷文司常把这件事当着人夸赞中国人守信的美德。他说："我起初帮助他的时候，丝毫没有想到他会有还钱的日子。不料事隔六年之久，他老老实实地还给我，可见中国人是很有信用的，是一丝不苟的。"

但胡君还是怕见雷文司的面，还是往往绕一个大圈子以避雷文司所常走的路，他觉得事隔六年才把借款还清，终算一件丢脸的事情。

另一位朋友，他在 C 埠某学堂毕业后还是个著名的穷光蛋，常在报上发表小品文字捞取三元、五元的稿费。他和剃头店老没往来，头发和胡须留得长长的。虽然他只有二十来岁，可是看起来好像行年四十的小老头儿。他穿了一套与卖毯子的白俄难民相仿佛的西装，不论天晴、天雨、天冷、天热，总是那一套，皮鞋破烂得像老虎张大了的嘴。他说他这副形态是法国大诗人、大文学家的装束，因此我们也叫他"法国诗人"。

别了几年不见，听说这位法国诗人居然到巴黎留学去了。朋友们很诧异，不晓得他从哪里发得一笔洋财，后来才打听得他是借着勤工俭学的机会跑到巴黎做半工半读的苦学生。

那时欧战结束不久，法国壮丁缺乏，华贵的法国孀妇们常向中国苦学生队中物色她们的爱侣。过了两三年的浪漫生活，诗人的身体本来就不结实，法国太太发觉她的驯羊已变成了一只瘦羊，渐渐地把他投入冰窖里了。诗人一怒之下，决计离开巴黎，到美洲新大陆一吸新鲜自由的空气。

初到美国时，住在一家公寓里。他听得朋友说，美国人对于东方人——尤其是中国人——是不大瞧在眼里的，娱乐场常常不许"东方人""有色人种"入内，至于住的问题更麻烦了，明明写着招租条子，中国人跑进去租房子，他会摇头不和你说话，你质问他，他会回答你："我们从来不租给中国人住。"诗人知道了这些消息，很担心找不到住处。后来他找到了一个很小的公寓，这所公寓里的主人是一位体重二百磅的女太太，还有一位跛足驼背的女儿。

女主人最令人害怕的是一双射出凶光的眼睛：客人们到期不给房金，她陡然睁开了一双杏眼，至少可使你吓得魂不附体，诗人不禁打了个寒噤。

但是女主人的女儿却不和她母亲一样，总是拿一副笑眯眯的脸接待着诗人，服侍他，替他整理被褥，向他有一搭没一搭地讲些有趣的故事，常常跑到他的房间中久坐不去。他不禁倒抽了一口冷气。

后来的事情渐渐地恶化了——一个很讨厌的黄昏时候，女主人拿账单走入诗人的房间。

"你今晚该付清这笔钱了！我的可爱的东方小孩子。"女主人脸上浮了笑容，这是她向客人索钱时照例的第一次的表情。

"这个……请你原谅，过几天我一总偿还你吧。"诗人脸上显出不自然的样子。

"什么话？"女主人陡然变了脸色——"你不是存心和我开玩笑吧？假使你的话是真的……"

"是真的怎样？"

"给我滚蛋！"

"你不能多给我几天限期？"

正在这千钧一发的时候，女主人的女儿一拐一拐地踱到房里。

"妈，这位中国绅士是我的好朋友，请你多给他几天限期吧。假使妈要担保的话，我做他的担保人。"

"哈哈，你这小宝贝。"女主人换上一副慈母的笑容。本来她只有这么一个女孩儿，无怪把她捧得夜明珠似的。"你这么一说，你妈还好意思和他过不去？好了，你也用不着做他的担保人了，还不如让你妈来做他的担保人吧。我还有别的事情，你和这位先生多谈一会儿，我的小宝贝。"她一面说一面笑容满面地走出去。

这次渡过难关，诗人未尝不感激房主人女儿的厚意。但是日子过得真快，一转眼又到了限期了，诗人怎样地闪躲过去？不用说，诗人到处逢凶化吉，都是得了异国观世音的解救——她暗中把私蓄接济诗人，于是诗人不仅温饱无虞，而且有钱进学校，有钱看电影。

渐渐地，房主人也知道她女儿的用意，竟不干涉他们，俨然以未来的丈母娘自居，且以训令式口吻命令她的未来的乘龙娇客充当公寓的账房先生。这一来，诗人不仅可以不出房饭金，而且可以公开地得些酬劳了。

当诗人学成归国的时候，房主人墓木已拱，房主人的女儿也做了诗人的夫人了。

1912年，我的朋友沈君兄弟及吴君乘丹波丸到美国，他们准备投考加利福尼亚州卜技利大学①。惆怅的长途旅行，虽然有时也感得海上风光值得欣赏，但在波涛汹涌的时候，或在噩梦

①"卜技利"今译"伯克利"。这里似应是指今加利福尼亚大学伯克利分校。——编者注。

初醒客思如麻的时候，无聊的情绪是不易排遣的，幸亏舟中遇着一位美国露丝小姐，谈得很对劲，解除不少寂寞。

露丝在福州教会学堂教了好几年书，年龄约莫有三十左右。态度很温霭，能说一口极流利的福州话，但不能说普通话。沈是江苏人，觉得福州话比英语更难懂，只好用英语做交谈工具。她要求他教中国官话，同时，她也指点他美国风俗习惯作为交换条件。

据她说，她这次回国结婚，婚后仍回到福州教书。

船快到美国，忽然船上另一位美国女士患了天花症，全船的人都像劈头打了焦雷——美国卫生当局对于入口轮船的检疫工作是极不放松的，假使发现一个患有传染病的旅客，立刻禁止这条船入口，须在西雅图附近维多利亚岛停泊两星期，查明全部旅客确无染疫嫌疑时再乘原船入口。这次丹波丸发现天花症，照例停泊在维多利亚岛。

捱过了两星期，丹波丸才继续向西雅图进发。事情真不凑巧，丹波丸入口的日期正值七月四日——美国独立纪念日，移民局查验员照例停止办公，船上美国籍旅客当然是大摇大摆地回到故乡；就是日本籍旅客也因日、美有所谓《绅士条约》，也可以大模大样地跳上岸去不受移民局的检验；只有中国旅客在未受检验前照例是不许登岸的——这因为美国禁止华工入口，必须查明入口华人的目的，同时查明华人身边有无钱钞，假使是没有钱钞而以求工为目的的，老实不客气，给你个"原船回国"的处分。

　　船靠了岸，对于旅客脱卸责任，船上不是旅店，怎许你多住一天？同时移民局不办公，关卡不放你过去，那时沈君等三人真有上天无路、入地无门的痛苦。露丝小姐是可以大摇大摆登岸的，可是她不忍这三位举目无亲的异国朋友茫无归宿之地，居然牺牲宝贵光阴代求移民局腾出地方安置这三位华友，但是移民局的值日员说："这可没法子想，只好请他们委屈一点，权且睡在地板上一宵。"

　　"这怎样好？他们都是中国很体面的学生，睡地板太不成话！"露丝小姐蹙着眉头说。

　　"但是除开地板外，再也没有可以安置他们的地方了。"

　　露丝小姐和他交涉好久，得不到满意的答复。后来掉转头来和船主交涉，请船主容许这三位旅客在船上住宿一宵，不料船主也一口拒绝了，露丝一再开导他，劝他通融一点，船主才答应下来。

　　住的问题解决了后，露丝又觉得他们三人在船上闷极了，非得上岸散散步不可，这又不是移民局值日员所能允许的事。露丝真热心，不惜舌敝唇焦，愿以人格担保三位中国学生不会一去不返。毕竟美国人的人格比较有价值，值日员居然放他们过去。这一天露丝抛下了她自己的事情陪着沈君等逛了好一会儿，最后还送他们回到船上才放心独自上岸去了。

　　当沈君等随同露丝登岸的时候，无意中把房门钥匙携带了去。侍役打扫房间，无法取得钥匙，等到沈君等回船后，侍役向之无端地咆哮了一阵。弱国人民身处异国，气破肚皮也是不中用的。

最可怪而又最可感的是，第二天早上露丝小姐居然又跑到船上来照料沈君等上火车往加州去。她向车中执事商得比较舒适的座位，直等到汽笛一声，才向沈君等挥巾告别。

(《菊隐丛谭·闲话》)

林疑今（1913—1992），曾用名林国光，著名翻译家、作家、英美文学研究知名学者。福建龙溪人。1932年入上海圣约翰大学读书，其间开始翻译介绍美国现代文学，1935年毕业后曾在香港任教。1936年留学美国，在哥伦比亚大学攻读英美文学，获硕士学位。1941年回国后，任职于中央银行经济研究处。1947年起，先后在交通大学、沪江大学、复旦大学教授英文。译著有《永别了，武器》《西线平静无战事》等19种。

加拿大纪游

林疑今

　　去年初冬在纽约，欧洲空气极为紧张。报纸号外，常常有惊人的标题；播音台的时事评论员忙得走不开身，有的弄得声音都哑了。还记得一个礼拜六的下午，许多哥大同学紧紧围住一架无线电机，小心听听希特勒那极富有煽动力的、雄壮的演讲，演讲者好像有鬼附身一般。那些美国同学，有的眼不转睛地看着墙壁，有的狂抽着烟，完全改了平日那种嬉笑自若的态度。他们十九是法学院的学生①，照美国的教育制度，进法学院都得先大学毕业，所以他们的年纪并不轻。他们为什么还这样注意希特勒？难道美国人真的这样怕希特勒吗？说德国会调兵来打美国，那恐怕是庸人自扰。不过，他们都知道欧洲一发生战

----

　　①此处"十九"及他处"十之九"均为"十分之九"之义。——编者注。

事，美国可不能像前次大战那样暂守中立，从中取利。倘若大英帝国溃败，世界大势必变，到那时候，美国可就左右为难了。

不要说大英帝国溃败，慕尼黑一纸协定已动欧洲政治大局，希特勒一跃而为欧洲霸主，声势的雄壮不亚于战前的威廉第二。张伯伦本是财阀，客串外交，不惜以空前大牺牲，使得英国统治阶级苟延残喘。当时美国报界、官场一时盛传英国准备迁都加拿大，上自大学教授，下至小报记者，纷纷讨论，捕风捉影，草木皆兵。美国人的不愿意英国迁都加拿大，原因很明。美国素来称霸美洲，邻无强国，说英国人迁都加拿大后会来攻美国，那也不见得，不过，这与美国的传统政策大有冲突。

哥伦比亚研究院专讲"帝国主义"的讲师佩佛（N. Peffer）①有一次讲加拿大问题，简直就把加拿大当为美国殖民地。加拿大半属英，半属美，情形有点像"半殖民地"。原因加拿大与美国的经济关系最深，且近在咫尺，美军想进攻极为容易。当时在座也有一位加拿大女学生，曾在伦敦大学念过书，竟然一声不响，表示默认。不过，加拿大在大英帝国中所占地位仍是极为重要，去年捷克事件最紧张时，伦敦曾向海外各属国试探意思，不想加拿大态度十分冷淡。伦敦官场颇为着急，于是英国皇帝、皇后便出巡加拿大了，借以调整英、加关系。

说起加拿大，面积比美国还要大，并且多是没有开垦的荒地，前途很有希望。今年春天整装回国，决意从加拿大走，以

---

①今译佩弗。——编者注。

广见识。离开纽约那天，下着霏霏的细雨，心中另有一种说不出的情绪。纽约可以留恋的地方很多，特别是哥伦比亚的图书馆，好像是自己的家一样，恋恋难舍。那天幸亏有同学杨君开着车子来送行，少了许多麻烦。进了中央车站，独自一人闷坐在候车室里，等托昌兴轮船火车公司买的车票和证明书。所谓证明书者，特为过境华人而设，没那张东西就走不动，因为加拿大排斥华工甚为厉害。船公司的人终于来了，倒很客气。

所乘火车是纽约、蒙特利尔联车，车上人幸喜不多，独占一座，观看车外景物。车子过哥伦比亚郊外足球场时，看得见赫德逊河①，春冰未融，一无船只，十分寂静。美国城市房屋，除大建筑外，大多积满尘埃，死气沉沉，一无特色。道旁积雪，多与泥土混作雪水，泥泞有如雨后。火车朝北走，过了纽约州首都②，积雪越来越多，气候也冷了不少，幸亏车中有暖气设备，不致受寒。有的车站全给白雪遮住，房屋建筑也没都市贫民窟的丑态。有时雪景太好，恍如身入图画。

车近加拿大边境，乘客半已下车，寂寞不少。想不到忽有一群雪客上来，一身滑雪便服，莺莺燕燕，煞是热闹。仔细一听她们谈话，原来是法文，有如吴娘软语，听来颇够味儿。她们都是从加拿大来玩的客人，身体健康，脸孔红如苹果。有的在看纽约出版的画报周刊《生活》，神气十足，好像是在看什么

---

①今译哈德逊河。——编者注。
②原文如此，应指州政府所在地。——编者注。

高深的书籍。

　　加拿大、美国二国边境，没有炮台，可见邦交的密切。移民局人员上来盘问，把我身边所带的证明文件都带了去。蒙特利尔终于到了，在黑暗中，车子慢慢爬进了车站。从车窗里看得见河上点点灯火，有如萤虫，可不知是否就是渔火。车停后，移民局人员领着我走，虽然不像监犯，心中总有一点那个。加拿大也不过是一个半独立国，竟然摆此架子，欺侮弱小民族。移民局的人到处找昌兴火车轮船公司的中国经理人，没有此君，他们可不让我走一步。末了没有别的法子，把我领到车站地窖去，叫开铁门，情形极为严重。那里边原是货仓改成，臭气扑鼻。移民局的人本是加拿大的法人，说着破碎的英语，我也没仔细去听，随便让他们领着走。一走进了第二层铁门，才觉有点奇怪。因为里面同胞很多，一个大地窖，满是铁床，好像沪、港间的三等客舱。里面主持者是个秃头的英国人，大概因为看见我是学生，比较客气。移民局的人说我得在这儿等那中国经理人。我那天乘了一日火车，晚饭没吃，一肚子气。

　　既到了移民局的拘留所，也就观察一下。拘留所的上下四周都是灰色的水门汀①。窗户上都有铁条，简直无异牢狱。除双层铁床外，还有几只破桌，算是饭桌。幸在寒冬，地窖里没有空气，反觉温暖，一至炎夏，可不晓得是哪一种滋

---

　　①"水门汀"为英语 cement 的音译，即水泥。——编者注。

味。厕所一门脏不可言，黄壁上有许多流落海外华侨题的诗，虽多不通，悲怨情绪充溢字里行间。被拘留的同胞约有二三十位，老老小小，瘦瘦身子，黄黄脸孔；有一部分预备回国，有一部分则是刚刚到加拿大的，各有不同的心情盘踞在心头。他们都是台山华侨，我虽懂广州话，却仍很难对付。后来他们中间有人拿护照出来看，看到哈瓦那领事宗君的签字与图章。拘留所的主持者是个秃头英国人，戴着眼镜在看英国北部某州的报。他旁边是个卖零食的柜台，敲敲落难华侨的竹杠。

昌兴公司的人终于来了，没有中国人，只有一个矮矮的爱尔兰人、一个蹩脚的酒鬼和一个类似白俄的青年。那爱尔兰人说我还得等那中国经理人，我说我还没吃晚饭，跟他大吵一顿。这种人最怕硬，给我一闹，他便去打电话，而那重要的中国经理人终于来了。他的名字不知是王赓还是王荆，初次听见好像就是"一·二八"献地图的风流军人；及至会面，大失所望，原来是个瘦瘦的小个子，脸孔半青，看样子说不定还抽大烟。我说广州话他听不懂，于是便用英文把他大骂一顿，他说他接到纽约昌兴公司的电报，以为我是第二天晚上才会到的。那时候已经八点多钟，肚子饿极，赶快上车站饭馆吃饭。侍女法人，娇小玲珑。点了一盘湖鲩，新鲜可口。

蒙特利尔是加拿大第一大都会，工商业极为发达，城中居民多法人，另有一种风味，影剧院也有演法国片子的。晚饭后在街上乱走。天气凛冽，积雪成尺。第二天到处参观名胜，详

情不便细述。晚上再回火车站赶车，在车站买了一些加拿大报
纸杂志，以便车上阅览。车上客人很多，说英语的也有，说法
语的也有，煞是热闹，茶房则仍是黑人。我在车上跟一位加拿
大法人谈了起来，是个卖运动杂具的兜销员，末了还是谈谈增
进中加友谊的方法。第二天早晨爬起身来，才知道下车客人已
经不少，车子反而一空。等黑人茶房把床翻成座位后，却有一
个外国老太婆跑来闲谈。据她说她的家住在温哥华，这次刚刚
从英国回来，她的儿子在伦敦结了婚。一问明了我是中国人，
她就说温哥华商人抵制日货，对于中国极表同情。英国首相张
伯伦给她批评一顿，不过，英国一旦作战，她又主张加拿大应
当保守中立。旁边一位加拿大酒商，听见我们谈得起劲，便也
参加起来。他说加拿大应当同美国取一致行动。加拿大本多美
国移民，有此态度本也难怪。英国对加拿大倘若拉拢不住，将
来印度更不堪设想。

加拿大报纸杂志还不及纽约。大概一看惯了《纽约时报》，
别的报纸都嫌材料太少。杂志纸张也差，图画不明，内容则跟
美国是差不多，大概读书趣味也受了美国的影响。所以加拿大
与其说是英国化，倒不如说是美国化。美国以地理上的方便，
借欧战后雄厚的资力，扩充势力于加拿大。英国虽占有铁路、
地产、银行等，但重要的矿业、渔业、林产、制造业等，则为
美人所操纵。例如太平洋铁路，本是英人资本，铁路经费百分
之八十作为英人费用，余下百分之二十又要修路修车，又要作
为加拿大人薪水。加拿大政府极为不满，另造国家铁路一条，

与太平洋铁路平行，以示对抗。英国资本家偶尔也在火车餐室里碰到，威风凛凛，神气十足。

第一天晚上火车沿着苏必略湖①走。天气越来越冷，半夜过一车站名威廉堡，据说最冷，因在深夜，没有下车，所以也没尝到冷的滋味。可怜的是那黑人茶房，一有客人要下车，他也得下去，这种生活实在太苦。

第二天晚上，车停产麦大镇温尼伯。因车停一小时半，决定下车吃晚饭。黑人茶房告诉我说车站附近有一条唐人街，可以吃中国饭。一下车始知天气极冷，寒风刺骨，牙齿抖个不停。车站相当地大，旁边有火车公司经营的旅馆，灯火辉煌。大概天气太冷，大街行人很少，只有几间小影戏院和食馆还开着。在寒风中走了十几分钟，才到唐人街，是大街上的一条横街，一看见饭馆便跑进去。里面布置尚新，或许是新开的。我说广州话，他们也认我做同乡，十分亲热。饭客多是本地华侨，备有客饭，取费三角半，与纽约哥伦比亚附近"谭李饭馆"差不多一样。美币比加拿大只高几分钱，使用美币极受欢迎。饭馆里装着一架无线电机，有法国式的爵士乐，其声鸟鸟，作客他乡听此音乐，旅愁万斛。饭馆隔壁是个礼拜堂，正在练习唱诗，歌调很熟，忆起儿童时代的主日学，仿如昨日。堂倌看见我寂寞无聊，跑过来谈话。一听说是纽约学生，就说曾在华侨报上看见我的名字、十分钦佩等等，其实我在美国始终未替华侨报

---

①今译苏必利尔湖（Lake Superior），是世界上最大的淡水湖。——编者注。

纸写过稿，何至于扬名加拿大？饭后在街上走了一下，想买水果，无奈店铺都已关门。后来跑到一间咖啡店，里面空气紧张，侍女且多妖态，我也没细心追究，买了苹果同香橙就走。一上车却给一记者抓住，俨然也是要人。他问我许多关于美国问题及中日战争等等，幸喜车即开行，否则不晓得要缠到什么时候。温尼伯的地位有如汉口，适在一国中心，铁道交集，据中国饭馆堂倌说，此城华侨也有三十人左右，不外洗衣、烧饭，欧洲移民也有来自乌克兰者。

第二天清晨一早爬起来，原要赶车站吃早饭，因为车上的饭既贵，且不新鲜。车子到一大站叫雷琴那，车站建筑颇为宏伟。同车有一女客带一女小孩子也上车站。昨天晚上我和记者谈话，她以为我是日本人，向我说日本话，因为她始终没问清我的国籍，所以我也由她乱说下去，以窥其究竟。后来我打听那女孩子，以一大苹果的贿赂才打听到她父亲在日本做杯盘等磁器生意。她的父亲虽没见面，大概是加拿大人，她那母亲看样子非白俄即东欧国人。后来她们打听到我是中国人，大家传为笑话。

从温尼伯上来一些新客人。有一对夫妇，丈夫病后身瘦如柴，本是火车公司的职员，对于英国剥削加拿大极为愤恨。此外又来了一位女书记，初次出门探险，一脸脂粉。后来混得熟了一点，才知道她是温尼伯电话公司的职员，中学毕业以后进职业学校，脸孔打扮虽然稍为过火，但是举止端庄，谈吐风雅，并非妖精。据我个人观察，加拿大女人没美国娘儿那么野，比较容易成为贤妻良母。

车一近落矶山①，风景渐佳。从蒙特利尔动身以后，最初所见，尽是茫茫白雪，我一生实在没看见过这样多的雪，看得太多，未免单调。一至温尼伯附近平原，大概多是牧场、麦场，一至寒冬，枯寂难堪。偶尔也有牧者骑马赶牛，那已算是胜景。所谓车站，有时不过是两三间平房，除铁路职工外，看不到别人。同车那初从英国回来的老太婆，常常指给我看车站附近一二间房子，说就是所谓流动学校，教员赶火车到各小镇上课，甲城星期一、三、五，乙城二、四、六。我和她谈起加拿大的教育，她说民众教育程度并不平均，视各省情形而定，有省提倡，有省忽略。说起加拿大的大学，如多伦多、麦其尔②，早已闻名，据她意思，加拿大大学程度很高，因为纪律较严。她有一个儿子在英属哥伦比亚大学念书，学校在温哥华，据说也有华侨子弟在那儿念书，不过人数不多。照她口气，好像美国学校比较容易，所以中国学生尽量往美国跑。说来并非无真理。国人对于美国大学情形极为糊涂，就是留学生，已经在美国念书的也弄不清楚。有许多学校以大学本部出名，如耶鲁、普林斯顿等，研究院则有时远不及哈佛、哥伦比亚、芝加哥等。加拿大大学研究院情形怎样，不敢乱评，不过，除医科外，也不见得特别好。

———————————

①今译落基山。——编者注。
②今译麦吉尔，麦吉尔大学是一所世界著名公立大学。——编者注。

车上有一个黑人茶房，说着英国音的英语，举止不俗。他告诉我中国人在海外发财的"秘诀"，不外"勤力"与"节俭"，特别是后者，所有生活上的享乐尽行废除。他告诉我许多黑人的苦楚，说来令人有点同病相怜。

车入落矶山，风景的美丽恍如梦境。到一避暑胜地，山青水绿，又在雨后，空气清鲜，漫步车站月台，恋恋不舍。车站有一大餐室，有一中国侍者，身穿白色制服，脸露微笑。因车行在即，不便谈话。想不到车开以后，忽来一位黄脸大汉，据他自己介绍是个煤炭商，这次特为"救国"事件上温哥华。他有点怀疑我不是中国人，因为我不会说他的台山话。两人一用英语谈话，实在不妙，同车加拿大人很多，听见两个中国人用英语谈话，有伤国体。他问我认得不认得加拿大某领事，我说不认得，他发了很多牢骚。奇怪的是，中国在国外的外交官及领事常为华侨所不满，不晓得究竟谁的不是。华侨说话也不一定靠得住，可怜是他们本受外国人所欺，与领事感情不好，情形更惨。

车在薄暮中到温哥华，及出车站，已是满街灯火。因为皇后船的码头即在车站旁边，先下去看一看。温哥华地方甚为清洁，天气又不太冷。到了码头，看到了绿色的太平洋水，猛然想起了对岸的祖国，心怦怦地急跳着。

徐　訏（1908—1980），原名徐传琮，享有"鬼才"之誉、以写作传奇小说且高产而著称的作家。早年到北平就读于成达中学。1931 年从北京大学哲学系毕业，转心理学系读研究生。1936 年赴法国巴黎大学修哲学，获博士学位。先后任《天地人》《作风》等刊物主编。1942 年赴重庆，执教于中央大学。1950 年赴香港。其成名作《鬼恋》曾三次被搬上银幕，并获得第七届亚洲电影节最佳影片"金禾奖"。

巴黎的小脚

徐　訏

莫摆桑①一篇小说《项圈》，在中国有好几个人翻译过，所以我想大家都熟悉的。这故事是说一个小职员的太太，因为部长的请客，在一家富家里借得一个项圈，出了一夜风头，早晨回来时，项圈忽然不见，于是倾家荡产购原样实物奉还原主。以后刻苦积蓄，悠悠十年，方才把家庭经济恢复。可是那个时候才知道前所借的项圈原来是"料货"。

这小说我很久以前读的，所以所记或者有点出入，可是这里所要说的不是故事的本身，也不是谈莫摆桑的小说艺术，所以也不必把这故事说得怎么真确。问题要想向读者提出的，是当穷人向富人借首饰时，竟会把伪的当真的借来，竟会当作真

_____

①今译莫泊桑。——编者注。

的去出风头。在她这一夜风头中，我相信席上许多阔人早就看出它是假的，而她自己不知道罢了。不用说她所戴的本是"料货"，就是真货，在你穷人身上，谁会相信不是料货呢？世界上生成就有这势利的观念，在阔人地方的东西，假的会变成真的，蹩脚的会变成讲究的，过时的会变成时髦的，而在穷人地方，则正是相反。小职员的太太以为阔人家的一切不会错，所以不问真伪就以为是了不得的宝物而借来，而出风头，而因此满足了虚荣。

世界上女人的服饰也正是一样，乡下人相信城里，城里人相信都市，一切都模仿都市的时行。各国都市又相信巴黎，于是巴黎就什么都好，什么都美起来——巴黎女子的衣装、帽样，巴黎的化妆品，以及巴黎的一切。多么不合理的是好，多么不舒服的也是好，与巴黎所风行的样子相悖的，无论多么美都丑，无论多么合理的都是野蛮了。

在巴黎的东方孩子，我一般地观察到，几乎个个人都有这势利的眼睛。许多离我们稍远，我们不常见的事物，属于西洋的，他们就以为是真是美是善，是进步；属于落后民族的，他们就以为是伪是丑是恶是野蛮。这种观念原是难怪的，因为整个国家的文明是别人进步；正如我们看见富人一样，因为一般地是他有钱，所以以为他一切用具与饰物都是比我们以及比他穷的人华贵了。可是文化与美有时候不是一般的，正如穷人也可以有一颗祖传的珍珠一样。普通一个工人、一个农夫，在我们一般地讲，学问自然不及大学生，可是他们特殊的知识与手艺，有时远超过大学生以上的。所以我们应当平心静气来看看我们眼上的东西，像一个当铺的伙计一样，一件货物无论是穷人是富人交来的，我们应当把它客观地估估价看。

或者大家以为巴黎是女子服饰最讲究的地方，所以一说到女子就记起巴黎，好像巴黎也是出美人的地方了。在中国，留学生回国，爱替外国吹牛，所以在国内的朋友好像都觉得巴黎是多美人的。我在巴黎日子虽不久，但街上每天看见无数的女子，没有一个可以称得起美的。有一次在图书馆中才发现了一个美女子，可是我后来听她说话又知道原来她并不是法国人，是一个白俄。在溜冰场上我又看见一个美女子，我以为这是巴黎灵气所钟之人了，可是听她说话，原来是西班牙人。我在国内北方的时候，记得人都说上海人坏，其实这是冤枉上海人的，我在上海住了许多年，真正上海人不过遇见十来个。所以说到巴黎女子美的话，恐怕也是冤枉巴黎女子吧。如果说"上海人"与"巴黎女人"的名词是以住在那里的人为标准，则说上海人坏倒是一个真确的判断，说巴黎女人美则是世界的谣言罢了！

一个美人，无论男的女的，同天才一样的难得。天才的出现并没有国际的界限，美人自然不会专出在巴黎。天才还有后天的环境、历史的传说，美人则比较更靠先天。美人的标准虽然各民族不同，但是各民族有各民族特殊的美点，同时，民族与民族间也有共同的共存的美点，先进的民族不见得多天才，近代自然科学的伟人叫爱因斯坦的是犹太人，社会科学的伟人叫作马克思的也是犹太人，犹太人是亡国奴，可是天才竟出于亡国奴里。虽然巴黎、纽约有几千女子天天在用科学方法把身材弄瘦弄胖弄长弄短在锻炼，以求切合于爱神塑像的模型，可是这只是一种努力，努力可以向美发展，但没有天赋还是不行的。

欧洲的文明，并不是他们多天才多圣人；国家的强盛，建设的进步，恐怕还在一般知识的提高与一般人民工作的努力与紧张。一个普通常用①的工程师、一个学者，只要一点点努力都可以有，用不着什么大天才的。一个衣服整齐、面貌身体正常的女子，家家的女孩都可以做到，用不着一定要美人。所以国家进步与落后只是一般人民程度的提高，欧洲比我们行的地方就在这里。他们人人都有中学知识，都有读报兴趣，都有普通事件的常识，都有水平线的聪明，都有点爱美的兴趣与打扮的能力，所以普通女子都不会穿颜色太不调和的服装，也不会做不整齐而奢侈的打扮，也不会有外面穿华丽缎子衣服、里面衬衫袖子非常醒龌龊的衣装。这就是他们的特点。所以说在巴黎看不见美女人并不是稀奇的事情。同样的，巴黎时行的装束说是怎么样在世界上出奇，怎么样特殊地漂亮，怎么样地美，也不是正确的了！自然，巴黎有它特殊的地方的漂亮的自出心裁的打扮，但是中国、日本、印度也何尝没有呢？以前我在杂志中、画报上、书籍里看到印度人、马来人鼻叶上戴着鼻环，或者当时是受了些白种人武断的批评的影响，以为这是一种野蛮的装

---

①原文如此，疑有误。——编者注。

饰，可是当我这次来欧洲途中看过几个这种装饰的女子后，我觉得这种武断的说法实在是再野蛮没有了！

因为在我们批评别人的野蛮时，到底指什么而说，我们自己都还不知道的。如果说她损害肉体去打扮是件野蛮的事情，那么中国的缠脚、西洋的束腰自然更野蛮；离开缠脚、束腰不算，那么西洋人、中国人不也都戴耳环吗？耳环与鼻环是一点点分别没有的，同样在肉体上穿一个小孔，同样套一个环子或是一粒宝石或一点金星。要是说野蛮不在她们损害肉体去打扮，而是因为这打扮不是美的，那么根本是说这话的人审美能力的残缺，而不是那打扮的残缺。

自然，大多数的她们因为整个生活的落后，衣服的不整齐与肮脏，使我们见了有点不习惯，但是她们有教养的女子，有许多特出的地方是我们中国人、日本人以及西洋人所不能及的。

我觉得中国、日本的女子，脸大都长得太平板，腿长得太短；身体的线条柔和，可是失之于弱；态度举动有静穆、文雅、幽闲的美，但是失之于懦。西洋的女子的举动、态度都灵活有力，可是失之于粗。鼻子常常太粗露不整，脸部有时就太蹊跷，头有时太大，头颈一般的更是嫌短。她们衣服没有领子，确是补救了不少的颈短的缺点，但自颈至肩的线条就令人感到粗糙。中国人在这点上是比西洋人美的，所以可以穿高领子的旗袍，但是一到肩部，线条就嫌柔弱。以前中国所谓美人肩，是使人看了觉得可怜的，现在虽是不时行了，可是一般地柔弱还是存在着。

　　印度人的美，所以为西洋人、中国人不及的地方，就是她们是介于二者之间的，有中国人、西洋人之美，可是很少有她们的缺点。以脸而论，她们是灵活而不蹂跷，平整而不单调的，眼眶有西洋人一样的深邃，睫毛可特别的长，眼球尤其清洁干净，所以眼睛灼灼发光，特别显得灵活有神。身体有西洋人的高度，所以腿不太短，态度、举动有静穆、幽闲之美，可是内藏着无限的活力与精神，因此没有中国的"懦"与西洋的"粗"的缺点。颈有中国人之长度，而头部似较西洋人灵小，所以自颈到肩背的线条是远比西洋人峻峭，比中国人健硕的。一般人都说中国人宜近看，西洋人宜远看；假如这是真的，那么印度人宜远看亦宜近看是没有疑问的。

　　人体美的标准，最没有办法的是皮肤的颜色，其实这是不必有什么标准的，正如一件衣料的美丑，黑底的可以有美，白底的可以有美，黄点蓝底的也可以有美的。中国人皮肤求白皙，西洋人因为太白皙，所以她们爱用黄棕色的粉脂，印度人皮肤是棕色的，我觉得用不着什么粉脂，已经有她的美点，以肤质论，自然没有中国人的细腻，但也没有西洋人的粗糙。近代西洋美容家首要的口号就是毛孔紧缩，但这只是呼声，假如有，也不是永久而普遍的。可是中国是天生有的，印度也有。

　　但是印度人有一个最不美的地方，就是嘴唇的颜色太黯，这在她们眼睛特别有光的脸上是更显得缺少一种均势的，要补助这个缺点，是要靠她们整齐而白皙的牙齿，可是印度美是在文雅之中含着力量的，勉强说或者是一种庄肃吧。这不知是否与她们宗教有关系，我觉得是有点神秘的趣味的，这种趣味因此就使她们不常露齿。我想就是因为这个缘故，所以她们需要一种装饰，以弥补这个缺陷，这装饰就是鼻叶上戴一个环子。从我所见到那几位所谓有教养的女子看来，现在用的大概不是环子而是一小点钻粒，正如我们中国常用在耳朵上的小粒钻饰一样。我觉得这在美学上很可以寻到根据，而她们是从几千年的审美经验上得来的，我们有什么立场可以说她们是野蛮的装饰呢？

印度人是需要一种合于她们唇色的红的，鼻子的旁边似乎也需要一粒痣，可是她们的鼻饰代替了这二层的需要。一般我们在杂志上看到的她们过去所用的环子，有时的确太大太长，这太大太长的来源，我想同中国许多人戴了满头满臂的首饰一样，是由美的装饰蜕化为赛富的作用的缘故。这是中西洋都有这种情形的，我想每个人也都有这种经验。中国的小姐太太们也可以想想看，是不是有时为要戴一双质料比较讲究的手套，而把整个身体的颜色的调和破坏呢？是不是有时因为要多戴一只指环，而把你整个素美的、纯洁的打扮损害了呢？所以这种变态的为赛富的作用而呈现的形态，不是原来为美的本质，我们是不能根据它来谈的。

她们一星的鼻饰，使我很容易想到西洋的 Beauty Spot，Beauty Spot 就是用漆黑的黑痣来点缀平白无瑕的脸上，使其有一点缺陷，可是这缺陷是使白底与黑点二者的矛盾与冲突发生一种衬托的作用了。但这是与鼻饰的作用不同的。

如果要说这种缺陷美的点缀是西洋近代美容上最奇的研究与收获，要来野蛮地批评东方的装饰是野蛮的话，那么我要向大家申说，这缺陷美在中国、在印度是早就在用过的。

我现在自然一时说不出中国开始运用缺陷美的年代，但是，中国女人在鼻梁上两眉的中间点染一种柳叶形的红印，是远在西洋运用黑痣以前；而这红印的点缀，也正是完全一种缺陷的作用。

中国现在，大人们有兴趣时，也替儿童们做这一种打扮，是还可以让读者去寻到这点点缀的作用的。

印度人运用缺陷美，也是在两眉的中间，也是红色，地位比中国似乎高一点，而形状则不是柳叶形，而是一种完全像扑克牌上的红心（Heart）或方块（Diamond）。这种缺陷美开始运用的年代我不知道，但是我在博物院看到"The Last Queen of Kandy"的像上是已经有这个装饰了。印度女人现在还多数同样地在点染。

这三种不同的点缀都是为缺陷美所需要，可是其要求是不同的，西洋人的黑痣作用是令人对她起了亲切无邪的感觉，中国人的红印是令人对她起了一种怜惜的情绪的，而印度的红心则会使人觉得她崇高而神圣的。这我想大概是各地社会环境，对于花、对于自然、对于女子美的赏鉴是不同的缘故。西洋要求的是天真无邪与亲切的姿态，中国要求的是值得怜惜的风度，这在以前西洋文学中、中国文学中表现得非常明显的。易卜生把小鸟般的娜拉拉出家庭到社会上来，是攻击男子社会对于女子以天真无邪、亲切的条件作为美的标准的。可是一直到现在，社会还是属于男子的，西洋的女子还要用黑点来表示她的无邪与天真。中国向来以病态美为美的原则，所谓"我见犹怜""弱不禁风"……都是文人赞女子的口头禅，缠脚的发明也是为适应这种要求，所以中国女子要显出病态来是自然的结果，鼻梁上的红印也是这个道理，所以她有时候不靠点染，而是靠手扭捏的。对于印度，我可说不出什么，但是从博物院中的皇后像看起来，从他们社会上宗教的空气看来，从女子们庄肃的风度看来，把女子打扮得有点神圣与神秘的意味，正是极不矛盾的事情。

中国现在是一天天欧化了，脚也放了，红柳眉形缺陷的点缀也不要了。这两年来，小姐们在夏天都爱穿露孔的皮鞋，我总是感到不美，对于上海那般西洋人，不管脚趾上染得多么红，我也是一样地感到。但是我说不出其中的理由。我想了许久，后来才觉得，或者是它引不起我自然的感觉的缘故。美，当然不仅是自然的，还有社会的趣味，但赤脚是向着自然美走的一种运动，如果不能引起人有点自然的感觉，这个失败就可以是不美的理由。譬如露腿，也是向自然美走的一种趋势，它就能够引起我一种自然的感觉，这就是它成功的地方。但是我还想不出这个不自然的地方在哪里。一直到见了印度女人的脚以后，才知道中西女人们的脚实在太病态了。中国现在二十岁左右的女子，或者还穿过中国的布鞋，中国布鞋有时候太小太短；后来同西洋人一样，穿西洋皮鞋，西洋的皮鞋时行高跟，脚趾往前冲，头又尖，到现在，弄得所有上海这般中西女子几乎没有一双健全的脚样，脚趾发育得尤其不健全，不是小趾深藏在第四趾下面，就是第二趾翻在大趾与中趾上面，又因头往前冲，脚趾都参差无序，有许多畸形的弯曲，有的还露着许多脚疖，看来实在不美。印度女人的脚的确少这些毛病。世界上脚最美的在塑像方面是释迦牟尼佛像，这在中国、在印度庙宇里都是一样的，在人方面是八岁、十岁以下的儿童。印度女人虽然不能同这些比，但至少令人起一种干净的、自然的感觉，其实印度女人现在也都穿高跟鞋了，能够保住这点自然的干净，我想她们一定有进房赤脚的习惯的。这是中国摩登小姐、西洋时髦女郎所不能及的。

前些天接到《宇宙风》① 寄我的一册陶亢德编的《她们的生活》，首篇就是谢冰莹女士的一篇"补袜子"的文章。她在狱中不肯脱袜子露出她缠过的小脚，所以想尽方法要补袜子。不肯脱袜子怕露出难看的脚，这是冰莹过于不看自己脚样而妄穿露脚皮鞋的中西名媛的地方，但是她怕丢中国的脸，我倒以为这是不必的。因为巴黎现在也正风行着小脚，这小脚的风气，我想不久就会传到美洲与日本的，像日本这样矮美的女子，有一双传统的大脚，为美，是应当而且必然地会接受巴黎的传染的。

----

① 1935 年 9 月在上海创刊的文艺期刊，林语堂等主编。初为半月刊，后改为旬刊，1947 年停刊。——编者注。

　　说到巴黎的小脚，使我想到中国有一个傻子的故事。这故事说一个傻子拿了一个长竹竿进城，竖着拿不进去，横着拿不进去，正在无法可想的时候，城上的兵士说："你这傻子，快交给我，我替你从城上递过去。"于是这长竹竿由城上安稳递过。但是他们竟会想不起像竹竿这样长的东西，平直的时候，从一个直径一尺的圆孔就可以穿过去的。所以一件大的东西，换一个方向可以变成很小，人类的脚也是一样，平看似乎一尺三寸，但竖起来同牛蹄并不差多少。巴黎的小脚第一个方法就是把脚竖起来，这就是说，她们的鞋跟已经高到把脚直竖起来的境地了。高跟鞋不是今日始，但为要脚小而更将其跟做高，这是现在才注意到的。这是第一个技巧。

　　第二个技巧是将鞋底做得狭，狭得只有二个手指的地位。以这不到一寸阔的地位，要放西洋女人五六寸宽的脚，无论她怎么把脚趾背在一起，也终是不可能的。所以实在说脚只是支在圆形的皮鞋面子上，皮鞋面子的下部是硬得同鞋底一样，所以脚放在那里不会软下去；从这支点到鞋底的空隙，则用皮用丝绒填起来。这个方法可以使我们想到中国的"里高底"的作用。民国年代生出来的人或者是没有听见过"里高底"，可是你们的前辈都可以告诉你们，这就是用木头做成小脚跟的样子，衬在鞋跟里，把较大的脚踏在上面。这也是把脚的宽度放到鞋面的一个办法，然而现在这办法换了一个形态用在巴黎时髦女子的脚上了。

　　这二种技巧，第一个是属于物理的，只是用小的方面露给我看罢了。第二个是利用我们传统观念的弱点，传统上我们总以为脚放在鞋底上，鞋底一定与脚底一样大，所以我们在她们鞋子上看，以为是多么玲珑的小脚了。但是她们还用第三种技巧，这是利用我们视觉的错觉的。所谓视觉的错觉，是根据心理学来的，说穿了非常简单，那就是下面三条同样长的线，错觉则告诉我们好像是 CF 线短于 AD 与 BE 二条的（图一）。同样的，他们利用这个原则，使我们看 X 鞋会比 Y 鞋小了许多，虽然它们是同一样的尺寸（图二）。

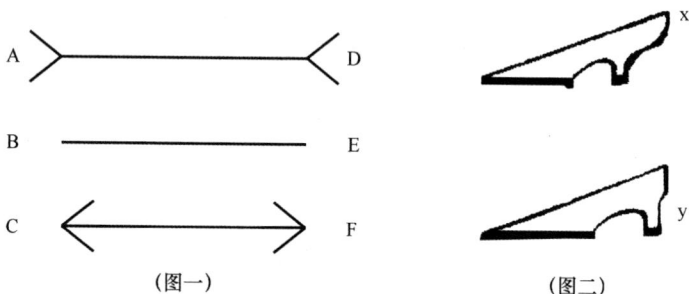

（图一）　　　　　　　　（图二）

这就是说，这个技巧的运用是她们把鞋跟斜到脚点的中心来了。此外，技巧上她们还注意的是把鞋子做得合式，整个地把脚裹住，使脚与鞋中间一点空隙都没有。这似乎在运用经济的本事了。

不管她们用什么样花样，事实上她们以小脚为美是与中国没有什么不同的，也没有什么比中国进步的地方。所不同的，中国的小脚是预备在长衫长裙里移动，是预备在大殿、深宫、广厦、金屋里"婀娜"的；而巴黎的小脚是要露在外面，在咖啡馆、歌剧场、跳舞场里去蹁跹的。前者是迎合封建社会的需要，后者是迎合资本社会的需要，需要不同，因而形态各别，可是其为男子中心社会中变态的装饰则是一样的。

我不是小脚的歌颂赞美者，但我觉得中国小脚在文化上只是一种变态，而不是怎么丑恶，也并不是什么野蛮的事情。在历史的过程中，畸形的装饰与习惯各国都有，但都有地理的、历史的或者社会的根据。中国的小脚是不合理的，但在当时环境里的确是一种美，这是无可疑虑的事。在社会进化的过程中，一种美到后来变成丑，也是世界各民族都有的事，不止中国小脚不美于繁华的动态的社会中为然的。巴黎的小脚能够美到几时，这也是有一个可数的年限。

历史的演进，或稍稍快点，或稍稍慢点，各国环境不同，使呈现的方式稍异，而其整个的趋势总是一样的。所以挂着五寸长的耳环而笑印度女子的鼻饰为野蛮，捧着巴黎的小脚而讥中国过去小脚为野蛮，这是件多么野蛮而不讲理的事情呢！

1936 年 11 月 11 日于巴黎

陈学昭（1906—1991），原名陈淑英，笔名野渠。"五四"时期的著名女作家，第一代法国文学中国女博士。早年曾参加浅草社、语丝社等文学团体。1927 年赴法国留学，兼任天津《大公报》驻欧特派记者、上海《生活周报》特约撰稿人。1935 年获法国克莱蒙大学文学博士学位。1921 年开始发表作品；自 1925 年散文集《倦旅》问世起，先后有小说、散文、论文、诗集、回忆录和译文集计 33 种著作出版。

法国女子是不是比中国女子幸福？

陈学昭

最近法国女子获得选举权与否的问题，终于在七月七日的上议院会议中以二百五十三票反对四十票而否决了。否决的大原因是：法国女子如果混入了政治潮流，就难免要荒弃她们为妻为母的责任。其实，这否决的结果似乎很是全法国女子所预料的；这件事，在十分之八九的法国女子，是抱着"我不管"主义的。法国女子真不关心这种事呢。

现在，上议院中却又有人提议要把男女在警厅结婚时所执行的这条法律也改去："妻该服从她的丈夫，丈夫有选择长住地点的权利。"提议的议员以为法国女子，特别自欧战以来，在社会上已有了她们独立的地位，不能再用这种法律来轻视、歧视她们了。这话当然很有理，但是上议院开会的时候会得通过取消这条么？我却不敢信任。

"法国女子是不是比中国女子幸福？"我偶然在一册时装杂志上看见了这样一篇小东西，这作者是一个法国已婚的女人，说："中国女子固然较我们为少幸福，但是却比我们少被弃。中国女子在物质生活上是没有负担的，然而现在革命的潮流把这推翻了，被弃的中国女子也逐渐增加起来了。"从事实上仔细一想，她的话比那种宣传对中国侵略的法国无聊文人说中国女子也拿了机关枪夺租界的对得多了。

法国女子什么都没有，她们所有的只是自由，但是她们这个自由在男权的社会上得不着保障，所以，她们因此有时可以占点便宜，有时竟因此吃亏。

一个法国女子，她可以自由与异性交际、自由恋爱、自由结婚，这是她的便宜。但是，吃亏来了——她与她的情人在未曾结婚之前偶然生了一个孩子，她的情人本来不过与她玩玩的，并没有与她结婚的诚意，当孩子生下后，他不承认这孩子是他的儿子，并且离开她而与别的女子正式结婚去了。她既然成了一个被弃的而受不到法律保障的可怜女人，这孩子当然变成私生子了。法律上规定，私生子的父亲不愿承认是可以的，但私生子的母亲却必须承认；就是私生子的母亲不愿领养，弃放在公立医院，由国家出钱去管领，那么，在警厅的育儿报告上还是用母亲的姓。这种可怜的母亲，我们在法国真是见得多多！她们难得肯把她们的私生子抛弃在公立的医院里，她们总是还去自己养育，勇敢地工作而把这孩子抚育长大，使孩子成为一个极好的外科医生，做公立医院的医生、医科大学的教授，成为一个有名的律师……而她自己从此孤独了一生。然而做私生子的父亲，却可逍遥法外！一个女人与男子正式结婚而生的孩子得受国家的津贴，私生子却没有！

法国女子因为自由的结果，难免不走上了轻浮这条路，这也是当然的结果。然而你如拉开法国社会上的第一层幕，向法国社会的底层看时，你会觉得法国女子是如此地勇敢，如此地负责，如此地母性！

有些在法国上了法国女子的当的无聊的留学生，说法国女子全是妓女化的，拿丈夫的钱去养她的情人。这类的事在法国社会上的确是有的，但是，一个妓女，人人都觉得她是可恶的，是骗男子的财产的魔鬼，可是当你一留心全法国的报纸，你却常常会看到嫖客把妓女白嫖了之后，还把妓女钱袋里的钱也抢走了的这类事实，所以法国女子就是狡猾作恶，她们的狡猾与作恶总还是着实比不上法国男子的狡猾与作恶。

中等及中等以下的法国女子，她在家庭里的地位完全与丈夫一样的。她就是不去做直接赚钱的工作，那么，她在家里也得做——烧饭，管理家务及孩子；或者管理家务，同时做赚钱的工作，如开设洗衣铺、咖啡店等。一天到晚是没有空的。法国的家庭既然完全是一夫一妇为主体，所以妯娌间的挤压、翁姑的虐待是谈不到的，因为妯娌与翁姑也自成他们的家，大家不合住的，他们之间谁也没有干涉谁的家务及一切的权力。这一点也可算法国女子比中国女子幸福的地方。

法国女子至少受了义务教育，同时又因社会情况的不同，所以一个法国女子如要找工作，是比中国女子在中国社会为容易。虽然她们工作所得有时还着实不够维持她一己的生活，但事实是法国女子对于结婚，不像中国女子样的完全看待作一种职业。当她们被弃了时，遇到丈夫是没钱而不能给她以多少津贴时，她们的物质生活由自己工作去维持，是不会像中国女子那样，一旦被弃，丈夫如不给津贴，她简直绝对没有办法来维持最低限度的物质生活。

中国女子，把恋爱、结婚完全看待作一种职业——不幸这个特别的职业是无条件的，而同时亦无保障的。找到一个丈夫，便是找到一种职业——中国女子的不幸便产生在这里！某妓女嫁了一个有钱的资本家，两人感情很好，还生了一个孩子，忽然这个妓女的新寡的姊姊到妹子家里来做客，便与妹夫结合了，这结合的结果，把某妓女挤出，弄得某妓女及她的孩子不能度活（这是一件事实，上海某报曾刊载过）。你觉得这真是一件情爱的事么？我绝对否认。我觉得这只是一个生活的斗争。

我有好些法国女友，她们比较懂得中国女子的情形的，都说中国女子是不懂得爱情的，所以中国女子是不易得到彻底的幸福。这话我不能否认，中国女子不但不懂得爱情，也没有谈爱情的资格。她们既然把男子当作一种职业的对象、一种虚荣心的满足工具，无论是明媒正娶，无论是介绍证婚，无论是同居之爱，其内里的精神则是一样的。我这话，中国的新女子们也许要反对。但我却有很多很多的事例，这还不过是最不复杂的一件：

　　我女友 A 的丈夫是做一个杂志的编辑者。有一个曾经是女子师范毕业的女读者，读了 A 的丈夫的文字很敬仰他，老缠不清地写许多单方情书给他，无奈他不理她。她还是写给他，他终于理她了。他与 A 的结合本来是半新不旧的，所以他自己也总觉得他还没有尝过真正恋爱的滋味。有了这机会，忽然有一个女子爱他，在男子，这当然觉得是有趣的事。于是悲剧就来了：他差不多要把 A 遗弃，与这女读者结合。闹到这样的光景，弄得 A 与她的孩子们很苦。你觉得这女读者真的爱这编辑吗？她从未与他谋面，她从未与他交际，从什么地方会发生爱情呢？这只是满足虚荣心的梦想所造成。虽然是女子师范毕业生，其实这种对于异性的梦想是与高楼上的小姐梦想后花园私订终身是同样的滑稽，同样的无聊，同样的变态，而不是真正的爱情。

　　中国女子是没有恋爱道德的（我是最反道学的，不过我在这里不能不借用"道德"这两个字，没有别的字可以替代）：一个妹子把她的阿姊挤走，弄得那阿姊本与姊夫有好感情的，结果也忽然变成了仇人；一个 B 小姐与他的要好女友 C 小姐的丈夫要好了，把 C 小姐挤走，弄得 C 小姐的生活没有办法……这样的事实实在太多了。贪懒的中国女子以为这样一举两得，但是悲剧却循环地来了！妹子把阿姊挤走后，不会就有别的第二个女子把妹子挤走吗？把 C 小姐挤走的 B 小姐也不会就给 H 小姐挤走吗？恋爱的牺牲精神，恋爱的责任心，她们是没有的。她们有的，只是职业性质的生活的竞争。要说她们是性的问题，未免太恭维她们了。

中国女子幸福的对象——男子，对她们是怎样呢？中国男子，他们看清楚了中国女子这种以婚姻为职业的事态，所以他们是不尊重女子的，他们是没有爱情的，他们都是爱情之贼。他们不懂得与女子交际的友谊，既然女子要依赖他们为生，他们对于女子自然还不是看作性与奢华与自私品的对象？在旧社会制度下，一个男子新讨一个妾，与以前别的旧的，只停止了性生活，而对她们的物质生活仍旧是负责的。法律并不规定他这样做，但旧社会的旧势力逼得他不好不这样做。所以当一个旧式男子讨了小老婆（其实现在新式男子也还是同样地讨小老婆），把旧的弃了时，不是到法庭上去彻底解决这事，却是什么家长啊、族长啊来调停。中国旧式女子没有法律保障，然而有旧社会的旧制度稍替她们做消极的保障。现在的新女子，行为与事实仍是旧女子的，不过因为表面上新了，所以旧势力的保障她也失却了。真的，现代过渡时代的中国女子，不论牺牲的多与少，谁也都做了时代的牺牲品。这种现代中国女子的苦闷，只有女子自身的努力才能够彻底解除。

自从革命后，旧的势力被推翻了。一个男子，今天由某人证婚与 K 小姐结合，隔几时把 K 小姐抛了，他只要说他从未爱过她，他们间没有爱情，就完事了。再与 L 小姐结合。再隔几时抛了 L 小姐，与 T 小姐结合了。随抛随结合，他对她们是一点责任也可以不负的。一个年已五十开外的男人，或者他也有好几个成人的子女了，忽然说是爱上了一个新式的女子，于是把他的太太抛弃了。他为尊重爱情起见，连旧式太太——替他生了好些子女的可怜女人的生活费也不肯负担，把旧式婚姻的罪恶全般推在那旧式太太身上。人家还要赞扬他为勇敢的忠于爱情的"新丈夫"，还要加以了不得的演说词，好像把这一件简单的两性间事件弄成为有历史性质的人民大事。这位"新丈夫"对于爱情或者很忠，但是他对于他的旧式太太就是没有爱情，至少友情是有的，因为有同居的历史，那么为什么这样一抛就完事了？这就证明这"新丈夫"对于女子是取不负责的态度的。我们在表面上看去，觉得做新式女子太便宜了，但事实上，新式与旧式，同样地是被男子玩弄了。只要他活得再久些，他不是可以把这新式女子抛掉，与更新式的结合吗？这种老头子口中的恋爱，骨子里还不是与抽鸦片的大老爷讨小老婆的因性的厌倦而谋性的变换是一样的？

爱情不能写保票，但是爱情却有责任与义务，爱情如脱却了责任与义务，便变了不尊严的两性玩弄。

中国女子不负担经济的责任，这的确在法国女子看去是幸福的事。但是因为这种只做消费品的依赖生活，造成一个男子要找许多钱来养活全家的人，特别是女人，于是他不能不去做卖国贼、贩仇货、贪官污吏，来维持这种经济负担。他不但要养活他的妻，还要养活许多不相干涉的人，什么内侄，什么外甥，连死了的叔父抽鸦片烟而负的债也要他负责归还。本来勤勤俭俭下来可以谋求学深造的男子，这样一来就完结了——他觉得做好既然是不可能，倒不如做坏。大家族制度是一个罪恶的结晶，然而专以依赖男子为生的女子却要负大半的责任。

恋爱以后怎么样？中国的时代女子应该想一想：占有了一个丈夫就完事了吗？依赖丈夫的生活是有保障的吗？对人的责任尽了吗？对己的责任尽了吗？在这伟大的时代，中国女子负有几重的责任：中国有知识的女子应该设法把自己的生活独立起来，同时领导那没知识的女子，共同谋一条真真女子职业的出路，勇敢地肩上对社会的责任及义务，这才是中国女子真真幸福的所在。否则，中国女子是永远地沉在循环的悲剧里！

1932 年 7 月 11 日

叶叔良（1913—），1936年毕业于中央政治学校大学部外交系，后赴法国留学，1938年获巴黎大学法学博士学位。1939年受聘为四川大学教授，讲授国际公法、条约法等课程。1943年任国立湖北教育学院院长。1945年任东北大学政治学系教授。1947年任同济大学法学院教授，讲授国际公法课程。1948年赴厦门，受聘为厦门大学政治学系教授。著有《第三国家的外交特权与豁免》（法文）、《国际公法二百问答》等。

法国真相

叶叔良

未至法国以前，即感到法国人具有两种最大的特点：第一，法人好色；第二，党派太纷歧，内阁时常更迭。但来法后，稍稍注意，知不尽然。好色者未必是巴黎本土人，也未必是法国人，反都是外国人。此种情形，正与在上海者不必大玩，而偶然一到上海者必大玩特玩，玩得不亦乐乎相同也。至于内阁更迭问题，表面上看来，似与政治效率有害，实则就未必尽然。法国内阁更换时，其政策每无大变，即使改变，也只更换大官（政务官），对于事务官及技术人员，绝不更动，所以内阁尽管更动，行政效率不受到什么影响。

在法法人较在华法侨，尤其在沪法侨，相去不啻天壤。在沪法侨本来多系谋利而来，至华后又受环境影响，故每有越轨之举动；在法法人则极友善，种族观念亦极淡薄，完全不像萨克逊民族之歧视异族。

法国人也跟一切外国人一样，其友谊，不论是同性或异性，十九以利为基础，绝少是由于情感的——关于这一点，我国人胜彼多多。法国人就跟一切外国人一样，吃硬不吃软。如对之抱不抵抗主义，或抱"宋襄公之仁"的态度，结果必大吃其眼前亏，被人鄙视。如果凡事据理力争，不屈不挠，法人必称之为英雄而颂之敬之。

法国人也跟中国人一样，不识字者极多。试举两个实例为证。我订阅《巴黎时报》，一夕正出屋时，邮差将报送到，我向门房索我所订者（此外尚有二份，一份为此屋公共者，一份为此另一外人者），门房知道我姓叶，但是摸索至再，授我以公共之一份，我说不是这份，不料他竟将其他两份完全交我，请我自择。于此可见他连此极简单之姓名也不认识。又有一次回寓时，看见床上有一张纸条，上有："Demin on chenje les dra 8 teurrl"，仔细研究，知是"Demain on change les draps 8 heures"（"明日上午八时换枕衣被单"）之意，但是应写作"Demain on changea les draps à 8 heures"方算全对。于此可见法人不能写字者也不少。中国人动以"外国人"三字表示有知识，实也不见得对。

外国人少年比较放纵，其理由甚多，可是其中有一个重要的原因，就是年老的痛苦。因为年老的痛苦，感到少年非及时行乐不可。

关于法国人年老之痛苦，现在略举二例。某老妇（为同学赵君之房东太太）年已六七十，自云有二女及五外孙，皆嫁富人，可是赵君住在她家里九个月，从未见有人前来探视。一日，其外孙女与人订婚，写信问该老妪索一锦架，老妪高兴万分，即自高屋上取出锦架，满以为其孙女日内必来取物，即可见面，谁知至今数月，竟不来取。其老况之可怜，于此可见一斑。

某法人又告诉我说，法国习惯，母亲与子媳同居者，母必操劳，媳则安享其青春之乐。盖母自认为依恃其子，即依恃其媳；既依恃其媳，自须为媳妇操劳也。又母多不能与子媳同居，其同居者，子媳经济必比较不裕，不能雇用老妈，乃以其母作为"不付酬报之老妈"（Une bonne non payée）。以上所说种种，不特在法国极为普遍，即欧洲其他各国，亦多如此。

法国社会阶级以律师、医师、工程师三者为最高贵，教授及法官地位当然也极高，可是法官与律师性质相近，教授在实际上也具备这三种条件之一。医师中以兽医、牙医地位较低。"商人"（Commercant）不啻为骂人名词，其地位之低于此可见。大资本家、大银行家每兼有上述三种资格之一，议员大部分为律师或医师，官吏地位也不见得很高，农工较商人为高，较律师等三项自由职业者相差就远了。新闻记者现在逐渐与律师等三项自由职业并驾齐驱，因为新闻记者是一种新兴的阶级。

住居大学城里的大多是学生。学生即使年龄已大，总是顽皮的，大学城里的学生也不是例外，风流韵事司空见惯，不必多写，就是其他幼稚举动，如闹饭堂等，也不能免。可是这里所谓闹饭堂，并非闹菜坏，也不是闹捉住苍蝇，而是闹女人的帽子。依西方习俗，女子可戴帽入室，但在大学城饭厅中，男生定好规则，一概不准戴帽，否则便以刀叉大敲大菜盘子，以及怪声叫喊"Chapeau！Chapeau！"（"帽子！帽子！"）以抵制。喊帽之声声震云霄，好在外国女子不比中国大家闺秀，也不在乎此。假如林黛玉式的小姐到这儿来，如此一叫，一定要弄得满面通红，或是竟开倒车向后转了。学生顽皮，中西一律，信然！

邹韬奋（1895—1944），原名邹恩润。著名记者、政论家、出版家。1912年入上海南洋公学附属小学，1919年由南洋公学转入上海圣约翰大学文科，1921年毕业。1922年在黄炎培等创办的中华职业教育社任编辑部主任。1926年接任《生活》周刊主编。1932年创办生活书店（三联书店前身之一）。1937年在上海创办《抗战》日刊。1938年10月到重庆创办和主编《全民抗战》。1944年因癌症病逝。

瑕瑜互见的法国

邹韬奋

一、 法国社会印象①

资本主义的国家原含有种种内在的矛盾，它的破绽随处可以看见。但是平心而论，它也有它的优点，不是生产落后、文化落后的殖民地化的国家所能望其项背的。例如记者现在所谈到的法国，第一事使人感到的便是利用科学于交通上的效率。在法国，凡是在五千户以上的城市，都可由电车达到，在数小时内可使全国军队集中；巴黎的报纸，在本日的午后即可布满全国；本国的文件，无论何处，当天可以达到；巴黎本市的快信，一小时内可以达到。巴黎的交通工具，除汽车、电车及公

---

①此标题为编者所加，后文两个标题系原书所有。——编者注。

共汽车外,地道车的办法据说被公认为全世界地道车中的第一
——这是研究市政的人告诉我的。我虽未曾乘过全世界的地道
车,但据亲历的经验,对于巴黎地道车办理的周到、所给乘客
的便利和工程的宏伟(有在地下挖至三层四层的地道,各层里
都有车走),觉得实在够得上我们的惊叹。

全巴黎原分为二十区,有十三条的地道车满布了这二十区
的地下,成了一个很周密的地道网。你在许多街道上常可看见
路旁有个长方形的大地洞,宽约七八尺,长约十二三尺,三面
有铁栏杆围着,一面有水门汀造的石级下降,上面有红灯写着
Metro(即地道车)的字样,这就是表示你可以"钻地洞"去乘
地道车的地方。撑着红灯的柱子上就挂有一个颜色分明、记载
明晰的地道车地图,你一看就知道依你所要到的地方可由何处
乘起,何处下车。走下了石级之后,便可见这种地下车站很宽
大,电灯辉煌,有如白昼,墙壁都是用雪白的瓷砖砌成的。你
向售票处(都是用女子售票)买票后,有椅子备你坐着等车,
其实不到五分钟必有一列车来,你用不着怎样等候的。这种地
道车都是用电的,每到一列,总是五辆比上海电车大半倍的车
子,里面都很整洁。中间一辆是头等,外漆红色,有漆布的弹
簧椅;头尾各二辆是普通的,外漆绿色,里面布置相类,不过
只是木椅罢了。车站口有个地道车地图,上面已说过,车站里
还有个相同的地图,入车站所经过的路及转角都有大块蓝色珐
琅牌子高悬着,上面有白字的地名,你要由何处起乘车,即可
照这牌子所示的方向去上车;乘车到了那一站,也有好几块这

样的地名牌子高悬着给你看。在车里面还有简明的图表高悬着，使你一看就知道所经过的各站及你所要到的目的地。他们设法指示乘客，可谓无微不至；所以除了瞎子和有神经病的先生们外，无论是如何的阿木林①，没有不能乘地道车的。有的地方达到目的地车站时，因"地洞"较深，怕乘客步行出"洞"麻烦，还有特备的大电梯送你上去。

这种地道车有几个很大的优点：（1）车价便宜：头等每人一个法郎十五生丁（法国一个法郎约合华币二角，一个法郎分为一百生丁），普通的每人七十生丁，每晨在九时以前还可仅出八十五生丁买来回票（因此时为工人上工时间，特予优待）。（2）买一次票后，不需钻出地洞之外，你在地道里随便乘车到多远的地方都可以。（3）各条地道纵横交叉，你可以随处换车，以达到你的目的地为止。因为车辆多，这种换车很迅速，不像在上海等电车，往往一等一刻钟或半小时。我们做旅客的只要时常拿一小本地道车地图，上面有各街道，有各条地道车，"按图索骥"②，即路途不熟，什么地方都可去得。记者在这里就常以"阿木林"资格大"钻地洞"，或访问，或观察，全靠这"地洞"帮忙（汽车用不起，电车、公共汽车价也较昂，且非"老巴黎"不敢乘）。

---

①江南人称人呆傻曰"阿木林"。——原编者注。
②本喻拘泥无机变。《艺林·伐山》：伯乐子执父所著相马经求马，而得悍马，不可驭；伯乐曰："此所谓按图索骏也。"通作按图索骥。骥音冀，千里马也。此处指看图行路。——原编者注。

除交通便利外，关于一般市民享用的设备，有随处可遇的公园。无论如何小的地方，都有花草和种种石像雕刻的点缀，使它具有园林之胜。马路的广阔坦平更不必说，像上海的大马路，在巴黎随处都是。此外如市办的浴室，清洁价廉，每人进去买票只需一个法郎（另给酒钱约二十五生丁），就可使用一条很洁净的浴巾（肥皂须自带，买票时如买肥皂，五十生丁一小块），被导入一个小小的浴室里去洗莲蓬浴（Shower Bath）。这种浴室虽有房间数十间，只楼下柜台上用一个女售票员，楼上用一个男子照料，简便得很。进去洗澡的男的女的都有。记者在巴黎洗的就是这样简易低廉的澡，因为我过不起阔佬的生活。

当然，如做深一点的观察，资本主义的社会常会拿这样的小惠来和缓一般人民对于骨子里还是剥削制度的感觉和痛恨，但比之连小惠都说不上的社会，当然又不同了。

其次是他们社会组织比较地严密。每人一生出来就须在警局注册，领得所谓"身份证"，以后每年须换一次，里面详载姓名、住址、父母姓名、本身职业及妻子（如有的话）等等情形，每人都须随身带着备查。每人的这种"身份证"都有三份：一份归管户口的总机关保存（大概就是内政部）；一份归本人保存；一份是流动的，就存在这个人所在的警局里，如遇有迁居，须报告警局在证上填注新址并盖印，如遇有他往的时候，亦须先往该警局通知，由该警局把这份"身份证"寄往他所新迁的所在地的警局存查。外国人居留法国的，也须领有这种"身份证"。这样一来，每人的职业及行动都不能有所隐瞒，作奸犯科①当然比较地不容易。在中国，户口的调查还马马虎虎，这种更严密的什么"身份证"更不消说了。

不过从另一方想来，这种严密的办法，其结果究竟有利有害，也还要看用者为何类人。在极力挣扎维持现有的不合理的社会的统治者，反而可借这样严密的统治方法来苟延他们的残喘。但是这是用者的不当，社会的严密组织的本身不是无可取的。

二、 法国教育与中国留学生

法国一般人民的教育比我们的普及，这是不消说的。但是在资本主义社会制度之下，教育究竟不能平等。例如法国的小学阶段的教育（七八年毕业）分为两种：一种是国民学校，那是完全免费的；还有一种称为"利赛"（即中学），据说教员比较地优良，功课比较地完善，训育比较地严格，但是非有钱的子弟不能进去。至于高等学校和大学，更不必说，没钱的人不能问津，要么只能进特为他们而设的职业学校。最近因有人鸣不平的结果，"利赛"初年级的一年已可免费，但是没钱的人读这不上不下的一年，于事何补？而顽固派则已大为愤怒，说这样使"上等人"的子弟和"下流"的子弟混在一起，将贻害无穷。

---

①作奸犯科谓所做奸恶之事，干犯法律也。——原编者注。

法国中学办法的严格，是在各国教育制度中向来有名的。毕业期限六七年。高中分文理科，文科毕业时须能三种外国语，其中有一种为死外国语，非拉丁文即希腊文；理科虽不必学习死外国语，仍须学习两种外国语。他们都注重翻译的能力，作为将来进而研究更深学问时阅读外国书报的基础。高中毕业即为"学士"。

关于高等教育，法国有国立大学十七所及独立的学院若干所。毕业年限自二三年至五六年，依科而定（医科最长，须六年）。毕业后称"硕士"。所奇者，要得这种"硕士"，难于"大学博士"（这个名词意义见后）。入学要经严格的考试，平日功课和毕业考试都较严。所以中国的留学生进这种"硕士班"的很少，进所谓"博士班"的反而多，因为进"硕士班"要经过严格的考试，进"博士班"只需有中国的任何大学的一张文凭，都得进去。学理科的还须随着教授在实验室里研究三四年，学文科的就只需预备一篇论文，学法科的从前也如此，近几年来较严，须考八门功课后才做论文，考得顺利的大概要两三年工夫。这都是指所谓"大学博士"。还有"国家博士"，非经法国本国的大学毕业，不能应考，论文也比较地严格。只有"国家博士"有担任中学教员的资格，"大学博士"和"硕士"都须经过"中学教育考试"合格后，才许任教于中学。这种考试均由大学教授主持，他们对于中学师资的认真，于此可见一斑。

中国留学生大概都注重在"大学博士"头衔的获得，这里面真正用功的朋友固不乏人，而不求实际单冀得一有名无

实的虚衔头，以便回国后在尊崇虚荣的社会里瞎混的也所在
多有。所以我们虽不能做一概抹煞之论，但社会对于人才须
求其实际，而不可奖励凭借虚衔头以自欺欺人的风气，这是
可以断言的。而且就是在这里面真正用功的朋友，在国外所
学的多属外国的材料，到本国后还须注意本国的材料，做继
续不断的研究，对于本国的社会才能有真正切实的贡献。此
外，还有一点也很重要，就是在未出国留学之前，宜先有比
较充分的准备。有某君到了法国之后，进中学不愿意 ——其
实能否考得进去还是个问题——进大学又够不上，于是他天
天吃饱饭后就跑到弹子房里去打弹子，连打几年，也算留
学，一时传为笑柄。这虽是极端的例子，但在文字工具及基
本知识方面没有相当的准备而即贸然出外留学，这样的不经
济确是无可讳言的事实。

　　法国的高等学府当然以巴黎大学为巨擘。各省的国立大学，
学生也不过数千人，而巴黎大学的学生特多。据该大学所发表
的前年统计，学生人数共达3万人之多（确数为29 743人）。其
中，本国学生21 467人，男生占15 687人，女生占5 780人；
可注意之点是女生人数仅占男生人数的三分之一。外国学生
8 276人，几占全体学生三分之一；其中，男生5 804人，女生
2 472人，女生占全体外国学生三分之一。最近因受世界经济恐
慌的影响，外人来留学的锐减，全体学生人数已减少5 000人左
右。其中文科6 000～7 000人，法科8 000人，理科3 000余人，
医科5 000～6 000人，药科1 000～2 000人。他们学文、法科的

人也比学理科的人多，这也是可注意的一点。听说他们本国毕业生的出路，以学理科的较易，因为人数少，供需还相去不远。

在旧社会制度下，高等教育的资本主义化固然是显著的事实，而且这样下去，在受此种教育者的本身，也一天一天地增加恐慌，也可以说是日趋于没落，日向穷途末路上跑。因为在现社会里，这种"商品"的生产过剩，到了后来连贱卖都卖不出去！在中国，大学毕业生每年整百整千地出来，而社会上天天闹着不景气①，从前有人骂大学生不肯做小事，现在有的甚至连小事都没得做。这种危象的日趋紧张，稍稍留心中国社会现状的人都能知道的。在法国，他们的情形当然不及我们的紧张，但据记者从多方面的探察，大学毕业生的"位置荒"也渐露着端倪了。得着"硕士"衔头而无事可做，只得做汽车夫的，已不乏其人；这比之日本的大学毕业生有的只得干倒垃圾桶的事业，固似乎胜一筹，但在素以在欧美各国中犹得"繁荣"自傲的法兰西，也渐有捉襟见肘的窘态了。

三、 在法国的青田人

关于在欧洲的我国的浙江青田人，记者在瑞士所发的通讯里已略有谈及，到法后所知道的情形更比较地详细。这班可怜虫的含辛茹苦的能力，颇足以代表中国人的特性、特征！而眼光浅近、处于侮辱和可怜的地位，其情形也不亚于一般的中国

---

①不景气，日本语，指经济衰落。——原编者注。

人。我每想到这几点，便不禁发生无限的悲感！

据熟悉青田人到欧"掌故"的朋友谈起，最初约在前清①光绪末年，有青田人某甲因穷苦不堪（青田县为浙江最苦的一个区域，人民多数连米饭都没得吃），忽异想天开，带着一担青田仅有的特产青田石，由温州海口而漂流至上海，想赚到几个钱以维持生活，结果很不得意，不知怎的竟得由上海飘流到欧洲来，便在初到的埠头上的道路旁，把所带的青田石雕成形形色色的东西排列出来。欧人看见这样从未看见过的东西，有的也被唤起了好奇心，问他多少价钱。某甲对外国的话当然是一窍不通，只举出几个手指来示意。这就含混得厉害了！有时出两个手指来，在他也许是要索价两毛钱，而阿木林的外国人也许就给他两块钱。这样一来，他便不久发了小财。这个消息渐渐地传到了他的本乡，说贫无立锥之地的某某，居然到海外发了洋财了。于是陆陆续续冒险出洋的渐多，不到十年，竟布满了全欧！最多的时候，有三四万人。现在也还有两万人左右，在巴黎一地就近两千人。洋鬼子最初虽不注意青田石的这项生意，而且是神不知鬼不觉地漏进来的，没有什么捐税，我国的青田人才得从中取些小利；后来渐渐知道源源而来，便加上捐税，听天由命的中国人在这方面的生意经便告中断。但人却来了，自问回中国去还更苦，于是便以各种各色的小贩为生。他们生活的俭苦，实在是欧洲人所莫明其妙，认为是非人类所办

①原文即"前清"，从原文。——编者注。

得到的!

现在巴黎里昂车站附近有几条龌龊卑陋的小巷，便是他们丛集之处。往往合租一个大房间，中间摆一张小桌子，其余的地板上就是铺满着的地铺。穷苦和恶浊往往是结不解缘的好朋友，这班苦人儿生活的龌龊，衣服的褴褛，是无足怪的。于是这些地方的法国人便都避之若蛇蝎，结果成了法国的"唐人街"。法国人想到中国人，便以这班穷苦龌龊、过着非人生活的中国人做代表！有人怪这班鸠形鹄面的青田小贩侮辱国体，但是我们平心而论，若国内不是有层出不穷的军阀官僚继续勇猛地干着"侮辱国体"的勾当，使民不聊生，情愿千辛万苦逃到海外，受尽他人的蹂躏侮辱，这班小百姓也何乐而为此呢？他们这班小贩这样说：每日提箱奔跑叫卖，只需赚得到一个法郎（就法国说），就是等于中国的两毛钱，每月即等于中国的六块钱；倘能赚到三个法郎，每月即有十八圆，这在他们本乡青田固不必说，即在今日的中国，在他们这样的人，也谈何容易？所以他们情愿受尽外人的践踏侮辱，都饮泣吞声地活着，因为他们除此之外，更想不到什么活路啊！

在巴黎的青田小贩所以会丛集于里昂车站的附近，还有一个理由：因为他们大多是由海船来的，由马赛上岸到巴黎，这是必经的车站。这班人由中国出来，当然们没有充足的盘川，都是拼着命出来的；到了马赛，往往腰包就要空了；尽其所有，乘车到里昂车站，到了之后是一个道地十足的光棍，空空如也，在马路上东张西望，便有先到的青田人（他们也有相当的组织）

来招待他去暂住在青田人办的小客栈里。青田小贩里面也有发小财的（多的有二三十万的家资），便雇佣这种人去做小贩，他便从中取利。所以在这极艰苦的事情里面，也还不免有剥削制度的存在。这种小贩的教育程度当然无可言，不懂话（指当地的外国语），不识字，不知道警察所的规章，动辄被外国的警察驱逐毒打。他们受着痛苦，还莫名其妙，当然更说不到有谁出来说话，有谁出来保护。呜呼中国人！这是犬马不如的我们的中国人啊！

这班青田人干着牛马的工作，过着犬马不如的非人的生活，但是人总是人，疲顿劳苦之后也不免想到松动松动的娱乐。巴黎是有名的供人娱乐的地方，但在这班小贩同胞们，程度绝够不上，无论咖啡馆也罢，跳舞场也罢，乃至公娼馆也罢，他们绝没有胆量进去问津。于是他们里面比较有钱的人便独出心裁，开办赌场，打麻将抽头。精神上无路的小贩们便都聚精会神于赌博。白天做牛马，夜里便聚起来大赌而特赌，将血汗得来的一些些金钱都贡献抽头的老板们。这几个开赌场的老板们腰包里丰富了，便大玩其法国女人，一个人可包几个女人玩。最后的结果是：小贩们千辛万苦赚得的一些血汗钱仍这样间接地奉还大法兰西！

这班可怜虫过的是不如犬马的生活，同时也是盲目的生活、无知的生活。往往因极小的事情，彼此打得头破血流。前几个月里有因赌博时五十生丁（约等中国的一角钱）问题的极小事故，两个人大打其架，不但打得头破血流，竟把一个人打死了。

法国警察发现了这个命案，当然要抓人。听说这个"打手"在同乡私店里多方躲藏，至今尚未抓到。

这班青田人有的由海船不知费了多少手续偷渡来的，有的甚至由西比利亚①那里走得来的。就好的意义说，这不能说他们没有冒险的精神，更不能说他们没有忍苦耐劳的精神；但是有这样的精神而始终不免于"犬马"的地位，这里面的根本原因何在，实在值得我们深刻思考。

二十二，九，二十九，记于巴黎

（《萍踪寄语》）

①今译西伯利亚。——编者注。

李石岑（1892—1934），中国现代哲学家，对中西哲学均有深入研究。早年曾在湖南优级师范理化科就读。1912 年赴日留学，1920 年毕业于东京高等师范学校。1921 年起任商务印书馆编辑，并在大夏大学、光华大学兼任哲学和心理学教授。1928 年自费赴法国和德国考察，并继续从事哲学研究。1930 年起，先后在中国公学、复旦大学、大夏大学、暨南大学等校任教。1934 年病逝。著有《人生哲学》《中国哲学十讲》等。

旅德印象记

李石岑

一个八十岁的带疯势的老妇人忽然从楼上跌下，幸好楼并不高，可是左臂已受重伤。上午跌倒，傍晚时她的儿子乘了汽车来了；儿子和她是分开住的，一会儿子又去了。

我跑到这老人床前去慰问她，问道："为什么不叫儿子在这边招扶？"

她说："他有一定的工作。"

我说："请假服侍两日又何妨？"

她说："工作比什么都还重要，我宁可多苦两日，不可叫他失掉一日的工作。"

我一到法国，就常常听到 Travailler-Travailler① 的声音。这

---

①Travailler，法国语，即"工作"。——原编者注。

回到德国来，才知道德国人看重工作比法国人更厉害些。所谓工作，并不一定是在工场做工，或在会社①服务，只要是劳动，都叫工作。他们对于工作觉得有一种乐趣。许多事并不需要学习，自然会做的，只要你养成一种爱工作的习惯，自然会产出许多好成绩，做你爱工作的报酬。

我住在一个德国人家里，家中仅有老父、老女二人，老父年纪近八十岁，老女年纪五十五岁。

先谈谈这个老女。她现在还是一个 Fräulein②。她曾到过英国、法国、意大利、瑞士等处。她的英语、意大利语都说得很流畅，可是现在老了，过去的事也不大提起了。她是一个最爱工作的人，她说一天不工作，什么毛病都出来了。她能够做各种上等西菜，从前每日往柏林去，任各种上等人家的烹饪，每日可得十余马克③。她又能够缝制各色衣裳，能够做男子的西服。她又会编织各种大花窗幔。她又会理园艺。她又会修钟表。她每次洗濯的工作更可惊骇。有一次我曾暗地计算着：计窗幔九件（每件长约丈余），被盖六件，Hemd④ 十二件，Schlüpfer⑤十三件，汗衫十九件，袜子二十四双，衣领十七件，长手巾六方，小手巾十五方。从上午九时起到下午七时止，此项工作完

---

①"会社"原系日本名词，今指"公司"之类的营业团体。——原编者注。
②Fräulein，德国语，系为"处女"。——原编者注。
③马克，德国币名，约合我国规银一元余。——原编者注。
④Hemd，德国语，即"衬衫"。——原编者注。
⑤Schlüpfer，亦德国语，即"外衣"。——原编者注。（此原编者注似有误，经查，为"短裤"之义。——编者注。）

毕，第二日一早挂晒满园；下午在厨室熨烫。熨烫的工作，非过来人不知道。第一须大气力，第二须懂方法。这位五十五岁的老女，两日之内，把这种洗濯的工作完全结束。此外还照常地打扫各室兼烹饪，并整理园艺。这段话诸君听来，有些不相信吗？老实说，德国女子的家庭工作几乎个个是如此。

再谈这个年近八十的老父。他真可怜，他走路不是走路，是数石板，因为太老了。可是他每日总要找许多工作去消遣。有一天他异想天开，他想把园中高五丈余的大树砍倒。一因遮住太阳，不便园艺；二因可充冬天的柴料。他做这项工作时，将茶壶、报纸之类放在身旁，以便于休息时消遣。总共花了一星期的工夫，他居然把这棵大树拿下。他最初挖去根株，其后从高梯爬上树梢，砍去枝条。当他爬上树梢时，全家和近邻都为之震骇，但他悍然不顾，结果如愿以偿。德国人爱工作的倾向大概如此。他们不像中国人，把工作当作苦事或当作丑事。穿了大礼服在马路上拖车子是很平常的事，他们在工作的能力上分阶级，不像中国人在穿长衣和短衣或在搬运行李和不搬运行李上分阶级。

王礼锡（1901—1939），字庶三，笔名王抟今，作家、外交家。早年就学于江西省第七师范学校。1932年在其主编的《读书杂志》发起轰动一时的中国社会史论战。1933年赴欧考察。抗战爆发后，在英参加组织作为世界援华工作国际联系中心的全英援华会并任副会长。1938年回国，翌年作为作家战地访问团团长率团前往战地，因黄疸病发于访问期间病逝。著有《海外二笔》《海外杂笔》《战时日记》《国际援华阵营》等。

卐字旗之威力下

王礼锡

一、 病中过柏林

我来到柏林，是负着病。下了火车，带着病的痛楚去找一个旧友。把这位旧友从睡乡拉起来，找一个便宜的公寓住下。除了在附近的中国馆子吃了几顿中国饭，上了两次医院，访问了一次国家图书馆以外，在柏林的全部光阴都消磨在病榻上。

虽然是带着病的痛楚，但街道上有一种清新之气，使你怡悦，尤其是在清晨。这种清新之气，无论在伦敦或在巴黎，都不会感到的。在巴黎的最贵族的区域，如香率丽色①一带，你可同时感到繁华与清幽。而热闹与快乐，你到处可以感到，清幽

---

①今译香榭丽舍，巴黎一条著名的大街。——编者注。

的趣味是不易得的。伦敦则全像英国人一样，满脸全是俗气。而在柏林，房屋街道都是很雅洁的，每一个街角几乎都有一种小庭园的布置，绿荫如染，可以使独行人得一刻的清坐，并行人随处可作幽谈。

房子里面的现代设备非常周到。伦敦用汽火代电灯的非常多。至于用汽火取暖，那要很摩登的人家才有，通常是煤火。房间里面的家具是不统一的，也和英国的政制一样，是遗产的积累，不是计划的创造。在德国，就是很小的公寓，房间布置得非常干净合用，东西不多一件、不少一件。自然，在英国每间房里所必有的废钟，大概绝不能在柏林找到。

英国和德国是欧洲两个资本主义国家很好的对照。英国是资本主义之母，所以遗产很多。好像一个自清代以来就是素封的人家，好的方面是遗产的丰富与复杂，坏的方面是不统一。冷热水管必然和笨重的黄铜脸盆并用，轿子与汽车同乘。而德国则像是一个三五年来在上海做投机生意起家，或是最近因为政治的偶然变化而登台掌财权的官僚，他在上海的住宅或南京的官邸，必然是很辉煌、摩登而统一的。所以英国的好处是丰富与复杂，要久了才可以领略；德国是统一而清新，一面就感到可人。

在柏林的街道上走，许多历史上的光辉的名字使你感到其国家在历史上的伟大。你可以看到勒新（Lessing）① 戏院、康德

_____

①今译莱辛（1729—1781），德国诗人、批评家及戏剧家。——编者注。

街、歌德街等等。自然，犹太人对于这个国家增加了极大的光辉。随手举几个例吧！如勒新在文学上，卡尔①在社会科学上，现在的爱因斯坦在自然科学上，这些都是德国史上，不，世界史上垂照千古之星。但是这些为人类明灯之人物，都正在遭受着苦难。有的身后遭焚书之厄，有的本身受囹圄或流亡之痛，而在以这些古人的名字做装饰的街头，骄悍的卐字旗在飘拂着，使这些名字减少了光彩。

希特勒对于驱逐犹太人，提出了民族问题的理由。不让世界第一等的日耳曼民族与低劣的犹太民族混血。我们假定希特勒是纯粹的日耳曼血。日耳曼的血，可以造出一个希特勒、歌尔林②一流人，而犹太人的血，可以产生卡尔、勒新、爱因斯坦，那当然日耳曼的血是优越呀。从前袁子才刻一颗"钱塘苏小是乡亲"的图章，有一位侍郎见之，做正色之规劝。子才说："尊名是否能像苏小一般流传得那么久远还是问题，古来有几位侍郎在历史上留名的？"所以一时的权位算不了什么，千古以后人愿与希特勒攀同种还是愿与希特勒同时的一位犹太人的妓女攀同乡，倒是问题，何况那些光辉的姓名。

希特勒法，一个人的前三代中若有一滴犹太血，就不得把笔为文。于是报纸上就增加许多有趣味的广告。有一个作家的广告说："我的法律上的祖父虽然是犹太人，但当我的祖母生我

---

①似应指卡尔·马克思。——编者注。
②今译戈林，德国纳粹党二号人物，第二次世界大战中的法西斯主犯。——编者注。

父亲的前后，她正恋着一个纯日耳曼血的男人，所以我的真正的祖父是纯日耳曼血的。"据说这位作家给他的祖父加上了乌龟的头衔之后，才依然能写作自由。所以犹太人不一定不能在德国工作，只要无耻就成。至于那些有廉耻的作家，那只有压抑他的天才。最近死去的犹太人老画家就是这样抑郁而终的。因为在希特勒的治下，不但不能有犹太血的文，也不能有犹太血的画。

柏林，这是一个物质上清新而精神上窒息的城市！卍字旗就是精神窒息的徽号。

负着病的痛楚，踏上这清新的城市，卍字旗像野兽一般张牙舞爪地在周围飞舞，而一路的先哲的街名又引起对历史的崇敬。当我们找到了寓所，倒在病榻上的时候，我就为我的旧友写出了这样一首杂感的小诗：

> 卖父求安真灭耻，
> 焚书杀士竟售欺。
> 可怜光焰垂先哲，
> 一路低昂卍字旗！

二、 德国人

有一次我同一个心胸很坦白的英国人 MaCousland 谈英国人的仪节。

"英国人所谓上等阶级（Upper Class）的客厅里所禁忌的话，到底是些什么？"我问。

"有争论的话。"

"这话怎么说呢？"

"在英国的客厅里，最得体的话是雅俗共赏、左右咸宜。把有争论的问题在客厅里提出，是唯一的禁忌。所以英国人最爱谈'油末'，因为这是言者有趣，听者无伤的，所以在我们英国人上等阶级的客厅，可以看得见伪君子的典型。"

德国人的性格（德国犹太人不除外）恰恰是反面。

德国人是最爱争论的，而且是一条一条、一点一点地极正经地争，纵然争点非常微小。例如，有一次同一位德国人看中国艺术展览会，他在宋太宗的像前面停下了，极力赞美这幅像：

"从耳边向两旁展开的一根线，真是别出心裁。"

"那是沙帽的双耳。"

"怎么？那是构成帽子的一部分？"

"对了！"

"不，那是两眼的平衡线。"

"你简直使我发笑。"

"好处正在这里，这是一种画法，我相信。"

结果，他竟坐下来争论了！

我第一次相识的德国人，是汉士（中国名字是我给他的）。在他的英语还不够日常寒暄的时候，他就爱和人争论经济问题，因为他原来是德国某刊物的经济编辑。尽管人家表示不爱听，他还要枝枝节节地在那里讲道。有一次，一位很爽快的女人在中途阻止他："汉士，我们不听你那一套了！"

"你不听，我也得说下去。"

"我要走了。"

"你得听完我意见再走。"

这是德国人的精神。要是英国人的精神是伪君子，德国人的就是真君子与真小人；英国人的是巧滑的，德国人的就是笨拙的；英国人的是诗的，德国人的就是论文的；英国人的是炉火纯青的，德国人的就是剑拔弩张的。总之，德国这点粗与真是可爱的。

但是，在卐字旗下的德国境内，这点精神却没有了。

无论你相信希特勒教与否，你见面必以"希特勒万岁"代替"早安""晚安"或"你好"之类应酬话。这自然绝不是诗的精神，也不是论文的精神，简直是奴隶的精神了。这类口号在德国是符咒，这符咒虽没有积极的效用，却尽有消极的效用。譬如，你见面时叫"希特勒万岁"，失业者虽不能因而得业，但不叫"希特勒万岁"，有业者其失业无疑。德国到现在真是精神最堕落的时候！

以炉火纯青来形容英国人的性格，以剑拔弩张来形容德国人，我觉得很多事件可以用来作注解。

譬如说你若在英国的晴天，出去时不带雨伞防雨，房东太太一定很委婉地和你说："我不觉得不带雨伞会是一件很聪明的事。"若雨天在德国，你劝一个女子带伞，她会很轻视地说：

"这点雨怕它干吗！"

又如一个英国人和一个德国人说翻了脸，德国人会马上站起来："我们来吧！"不小心，一拳就在你身上。英国人却会微笑一下，走开了。他心里想着好笑："谁同你干这个。"不过英国人却不是不抵抗的意思，他是轻视拔剑而起、挺身而出的那种小勇。

卐字旗下，对这种精神更加以扩张。年轻的学校学生都做击剑的奖励，比剑常常是争端的最后的裁判。Might is right 是教育的唯一信条，所以每每为了一个苹果之微，使两个孩子赚得一身血汗。

不过，除开德国统治者的那种下流气来说，德国人的原始天真味是可爱的。

三、 中国人在德国

中国不到能在世界各民族前站起来以平等资格讲话的那一天，中国人在世界任何资本主义国家是要受欺侮的。

不过各国欺侮的方式不同。

美国怕这穷国之鬼去找工做，赚了他们的钱，中国人全是污秽贫穷之国的人。

英国是讲自尊，如果对劣等民族不礼貌，那亦是有损自尊的事。所以他对中国人面子上下得来时，你不要误会那是他对你好。那是他的自尊，有时他以客气来代替冷淡。

在德国，则希特勒在他的《我的奋斗》里面明说了黄种人和黑种人是最低劣的人种，虽然日本人为了使馆的质问而声明除外。中国人虽然也质问了，但是并没有除外的。中国人在德国所受的待遇，自然是不言可知。

希特勒禁止德国人和有色人种通婚当然是人所皆知的事。却是德国女人太多，没有储蓄的女人得不到出嫁的权利。于是女性和有色人种来往的事就不能在希特勒的禁令下绝迹，并且依然盛行。

有一天晚上，我想出公寓散散步。大概从公寓门口走不到百步之遥，看见有三个黄脸的男人，挽着纠纠的女子散步。我很惊异。因为过去我听说德国女子若在街头与有色男人同行，会遭受褐衣党徒的当面侮辱的。

"不错，"有一位朋友给我解释，"在驴恩（Röen）这班人没有被杀的时候，他们的气焰很高，街头绝看不见这样的事，不要说拉手，并肩也不行。现在他们的热度也减低了。有时见面，也只是讲'你好'，拉拉手，不抬起手来叫'希特勒万岁'了。"

中国人在德国虽然是同在受欺侮之下，但有受一重欺侮与两重欺侮之别。就中有一种人，可与褐衣人攀通家，虽不能平行平坐，倒也可以自由住下去，至少可以欺侮同种。另一种人，则所学所行都与希特勒教不符，只好在两重欺侮下，忍气吞声地过下去。

这当然还只就学生讲。至于一班华侨，那更是无国之民了。据说，不知哪一任的领事下，一个侨胞给一个德国人打死了，有些好义而不知国情的学生去报告领事馆，领事说："我们的记录中没有这个人，我们怎么好过问？真怪，他怎么不来登记呢？"韩非子说过一个故事："郑人有且置履者，先自度其足，而置之其坐。至之市而忘操之。已得履，乃曰：'吾忘持其度。'反归取之。及反，市罢，遂不得履。人曰：'何不试之以足？'曰：'宁信度，无自信也。'"这位领事也和这位只信鞋样而不信足的人一样，他只信他的登记录，而真真实实的一个被打死的中国人在前面不能使他相信。

为了怕同外国人交涉的托词是很多的，这还是一个极不聪明的托词。好像明在德国被捕，而使馆的托词却是"这人在政治上确是有越轨的行为"。就是有越轨的行为，也不应交给外国人去办呀！

（《海外二笔》）

黄贤俊（1911—1959），中国作家协会成员。1930年曾赴德国谋生，后任德国公司驻中国稽察，1949年后历任文化部对外文化联络局译员，《光明日报》编辑，重庆西南政法学院德语教师。1928年开始发表作品。著有游记文学《德国印象记》，译著有德国话剧剧本《女村长安娜》等。

德国人生活的一斑

黄贤俊

我们一读德文，就晓得德国人是朴质、勤劳而呆板的人，他们所过的生活，则是有条不紊的生活。

德国人最看重钟点，一分都不能够耽搁，不然，失信误事，就被人家藐视。他们无论做什么职业，准八时或九时就上工，就是开会或宴会也要那么准时。他们一家人各安其业，做父亲的人有他的职业，子女也要清早上学，母亲有的出外做工，有的在家料理家务。他们家庭既是小家庭，当然俗务也不见多，并且自欧战后因经济关系，其父母自知节育，减少负担。普通的人仅有两三个子女，盖德国就是下等阶级的人也知道养子是要教育的。他们薄暮归来，一个小家庭颇见自得，在灯下各谈其目睹耳闻之事，享受一宵的天伦乐趣。

吃饭的时间在德国最不统一，皆随其工作之完否为定。普通中等家庭，早晨八时前以咖啡牛奶酪小面包吃。午饭任事的人，要于二三时回家用膳，吃一碗汤，一盘大菜，伴着两三种附菜，而马铃薯为不可少之物。如路途太远，则自备食物放在小盒子里，等肚子饿时，不拘什么，何时何地均可拿出来吃。这是非常司空见惯，不觉得一些儿的局促。德国人最喜午饭后睡几十分钟的觉（这在下等的人是办不到的），至三时又到公司去。午后七八时吃晚饭，把牛油涂着面包，配火腿、沙丁鱼或肝肠（Leber-Wurst），这些都是冷菜。吃完喝一点咖啡或是茶，接着谈天、打扑克或下棋消遣。他们在工作时间一意工作，至五时散公或七时放工后，就上一二家酒馆喝一点儿酒，这一喝非同小可，什么妈的牢骚都喷发无余。德国人最喜欢喝啤酒、抽烟，所以四十岁以上的男子，无不大腹便便，蹒跚地踱着，如南冰洋的企鹅一样。

德国饭馆也不见比中国少，不过他们的设备洁净得多。馆内桌子罩着白布，当中放着各种酱油及牙签之类。堂倌穿大礼服，招待异常殷勤。他们备有一种"普通菜"（Gemeines Mittagessen O. Gedeck），包含汤、大菜及果品（Nachtisch），其菜名皆先已定好，价在一马克二十分尼左右，颇为合宜。此外，单点所喜欢的菜则比较贵，一碗起码一马克余。他们无论如何总要喝一杯酒，因为饭馆所赚的就是酒钱，不喝酒未免太难为情一点。其卖饭的时间很长，每天由正午十二时至晚上十二时止。德国人一来吃饭起码就要耗去两个钟头，因为他们看报、谈天、抽烟、写信多利用这个时候，这未始不是很有趣的事情。

德国人最讲礼貌，一清早见人家就要道一声"早安"，进一步还要道什么"你曾睡得好吗"的话。吃饭的时候要对同席的人说"Guten Appetit"，吃毕还要说"Mahlze it"，未免太麻烦了。到店铺买了一件东西，什么"好吗""请""谢谢""对不起""再见"的话层出不穷，所以，一个人自起床至睡觉，也不知说了多少的客套话。这也有一个好，便是永不会感到我们中国人相见瞠目而视、不打招呼那样的难过。他们对于女人的礼貌尤见繁杂，说也说不完，一开口就是"尊贵的小姐（Gnaediges Fraeulein）""尊贵的太太（Gnaedige Frau）"，颇有点"奴颜婢膝"的风味，甚至见女人还要吻她的手，鼻尖不能触其手背。欧洲女权伸张大家是晓得的，什么均由主妇做主，如有宴请，主妇坐上方正中而丈夫可怜儿似地坐着下方斟酒。所以我曾说过：

"做男人当做中国的男人，做女人当做欧西的女人！"

德国人称呼和法国人一样，一是"Sie"，一是"Du"。前者对初识或不相识的人而称，后者对有感情或亲属的人或小孩子而称。两个朋友由"Sie"的称呼而进到"Du"的称呼，必经过相当的过程，同时要年长者出意方可。德国人对这一点十分认真，不是随便开玩笑得来的！

德国人极好清洁，就是一间小房子，也要陈设得井井有条，地板和楼梯总要擦得光亮亮的。她们一起来先把窗儿打开，扫地后用蜡膏擦之，其次便用布子拭各种器具，或用"收尘机"刷之。他们居住，或一楼两家或一楼四家，临街之家有一个平台（Balkon），栏杆上点缀盆景，更显得雅致，夏季合家便在那儿乘凉。每家有寝室、客厅、餐室、厨房、浴室（附厕所）各一，楼上有顶室（Boden）以供晾衣储物，楼下有地窖（Keller）以供洗衣（通常每月洗濯一次）、积柴，每室必开窗子以流通空气。他们合住屋子的总门九时就下锁，晚上找人是一桩不容易的事。

德国夏天不热，然多数人往各地旅行，以休憩其半年的劳苦。至于冬天呢，是很冷的，约在摄氏零下七八度左右，然家里备有火炉或蒸汽管，就是雪深三尺犹不知寒。中产的人选择山上购地建屋，为冬夏休憩之所。听说欧战前一个德国工人，身边至少有四五万之资产，可知其人民的生活是多么安定富足。近来境况虽大相悬殊，然国家对于失业者，犹有发给补助费，不是看他活生生地饿死的。

德国商人到七时就关门，晚上休息，工人也只做八九小时的工作，所以他们的生活委实不算苦；星期日还有整天的放假，他们也可以到娱乐的场所散散心。总之，他们有节制地工作，不是一辈子和牛马一样卖苦力，自然身体健康而疾病也减除不少了。

他们穿衣服不一定要美丽，以清洁为尚。男界的衣服尚黑色，不若美国那样花枝招展；夏季亦不用白帆布，不过用些较浅色的料子罢了。他们以礼服为必需品，因为如有宴会，则非礼服不可，不然至少要一袭晚餐礼服。女界的衣服不拘何种颜色，大体上说都很朴素，其时髦的衣样多仿造巴黎的新式。男女均注重体育，所以在星期日或暑假的时候，个个无不光着身子受大自然的洗礼，近来所谓倡行裸体主义，殆注重体育的一个象征罢了。

德国女人对于主妇（Hausfrau）的职务，一些儿都没有放弃，就是出来社会任事，一回家来马上换上家常的衣服到厨房操作去，即对小孩子的一切，亦事事周到。很多人以为欧洲太太不理家政，一味玩耍，其实大谬不然；不过她们工作是工作，游戏是游戏，不若中国女人干了一辈子的。她们一起来，就遣小孩子上学去，此外便要整理房间、缝衣、洗衣或拖着摇篮车载着小婴孩去吸新空气。至于老妈子或下女，在大战前很多人家雇的，近来多亲自动手，其勤苦的操作委实令人五体投地的。

德国家庭中的漫骂亦甚罕见，因为各人有各人的人格。做丈夫的不能拿压力去制服妻子，妻子也不能够浪使脾气，大家各"相敬如宾"，若使不同意，就马上用正当手段散伙。儿子至成人受室后亦另组织家庭，姑媳的争端简直没有，虽然这样一来老景比较萧条一点，但也有一个无牵无挂的好处。

五月十至十四日记
（《德国印象记》）

黄贤俊（1911—1959），中国作家协会成员。1930 年曾赴德国谋生，后任德国公司驻中国稽察，1949 年后历任文化部对外文化联络局译员，《光明日报》编辑，重庆西南政法学院德语教师。1928 年开始发表作品。著有游记文学《德国印象记》，译著有德国话剧剧本《女村长安娜》等。

谈谈德国女人

黄贤俊

据 1925 年人口的统计，德国女子 32 396 154 人，男子 30 196 421 人，计女子数超过男子 2 199 733 人，盖欧战时男子阵亡者很多。德国女人有种接近自然的"力学"的美，一个个的女人几乎直着脖子挺着胸膛，一双手臂多么丰满，而两腿又何等有力！她们的风骚与妩媚却荡漾着娴静的严肃，她们的微笑和语声也蕴藏着自重的姿态。她们的癖性毕竟是日耳曼族的癖性，脱不了勤奋与爽直，既足为人妻，复适为人母。她们的精神是毅勇耐劳，巾帼中犹带有丈夫的气概，善于理事更善治家。我们只消观其儿童就晓得德国的女人——母亲的家庭教育是多么完美了。

德国女人的面貌，不若英、美那样高突，眼眶不甚凹，鼻子不甚凸，总而言之，面貌是很平坦的。她们因国家注重体育的缘故，从少至长与运动须臾不离；又加近来自然主义的运动日炽，所以她们的筋肉十分发达，不失于肥，不陷于瘦，而身体不用说更形苗条结实。法国的女人美固然美，窈窕固然窈窕，但究竟是一股狐狸的妖态罢了。莱茵河畔的女郎虽然不错，然她们头发的颜色终逊于北德，盖北德的姑娘多半有金丝发（Golden Hair），这头发又金又软，在阳光里炫耀着，其灿烂夺目殊难用笔墨形容的！

世界上的女人到底是喜欢装饰的，而德国女人当然不能超然独外。德国望族中的小姐们最会涂脂抹粉，因为她们承祖上的遗产，不愁钱，不愁食，把许多时间都用到钩心斗角的装饰上去。这些贵族太太、小姐们于艳衣华饰之外，还喜畜哈巴狗，或柔毛皎洁的狮子狗。她们在街上一手握着白手套，一手挥着皮带儿，背后跟着小狗，风致尤为姣好，这是欧洲女人很普通的时髦。她们在冬天的时候穿着长长的绸衣，而外套特意比绸衣短二三寸，走路时那衣襟在呢外套下飘飘着，如蝴蝶儿在雪花里飞舞一样。她们多半穿着高跟的皮鞋，又衬着与皮鞋同色的袜子，手套春秋尚白色，寒冬尚棕色，帽子的样式形形色色，难于叙述。至于珠项链、戒指、簪珥等，她们无不准备周全。在跳舞或赴宴的时候，服装更为漂亮，且长得委蛇满地；脂粉弥漫着室中，香水同笛声混成一片。到了夏季，她们穿着蝉翼似的纱坎肩，袒胸露臂，也不着袜子，只光着足套上鞋儿走，把欲醉春风的柔白玉肤尽献给太阳。德国近来有很奇怪的风尚，夏季以黑为美，所以女人们特意到海滨晒日，把皮肤晒得日炙的颜色；而冬天又以白为美，可是既"黑"的皮肤如何变成

"白"，则非我所知了。

德国贵族太太、小姐们装饰固尚奢华，而平民阶级的女子也不以褴褛相见，至少要穿得稍为整齐一点。有时下女工余的衣服十分绮丽，初见却以为是富家小姐，直等握着她的手，觉得皮肤是很粗糙的，才恍然地悟她是下女了。盖德国人很顾社会的场面，骨子里如何穷，也要不动声色，外皮至少挣扎辛力敷衍地弄得干干净净。至于卖力的劳动者，只要在操作的时间内穿着工衣，工余也可以换上体面的衣服。他们绝没有以衣饰拿来分别阶级，这是很平等的一回事。

德国女人以前曾风行所谓束腰的时髦，现在总算已经解除，可是目下上了年纪的女人的身体还遗留那畸形发育的痕迹——臀部肥胖得如发酵一样，胸部臃肿得似疣瘤那般好笑，绝没有什么曲线美可言，不过给人一个欲呕的感觉罢了。

剪发也很普遍，其光怪陆离的发式，多从巴黎舶来的，倍得女人们的欢迎。

女人的恋爱观是虚荣的，脱不掉金钱、权势、面貌和学问四个条件。其中以金钱的恋爱为最多数，学问的恋爱为少数。现在我举一个例：勃朗斯威城有位富翁某君，为柏林最大书馆 Georg Wǝstermann-Verlag 的老板，只有一子，庸而弱，鄙而吝，一点样儿都没有。适本城女著作家的女儿甚美，飘洒艳丽，风韵妙绝，经人介绍与之相识。初这位女郎嫌他胸无点墨，不足为她的朋友，当然谈不到了爱，但是她的母亲日夜在她面前念着某君怎样富、怎样阔绰，以动女儿的心。盖她的母亲除金钱外，还有一个所贪，就是她自己的著作每苦无处出版，如她的女儿一旦与他成婚，则她立即以岳母的资格交了著作的红运，尽量满足她虚荣的心。到后来，这位如花似玉的少女卒与笨若蠢牛的他成为"伉俪"，未始不是"金钱"与"权势"二竖在暗地里作祟，竟把少女终身的幸福断送掉了。但反过来说，德国女人"金钱"的恋爱观还比较近于理智一点，知道静观对方的心情及一切，所以在大体上说，德国男女恋爱的过程须假以相当的时日，不若美、法"今日结婚明日离婚"那么轻狂悖乱，这不能不说是民族性的"必然"。

莎士比亚（W. Shakespeare）（1564—1616）的警句："弱者啊，你的名字唤作女人！"这用在我国女人的身上可谓恰当之至，但用到德国女人倒有些不对了。德国女人遇事能干，她的思想与精神与男子几可相埒。最近女子参政日多，而成绩亦斐然有声。至于工商界，可谓群雌粥粥，商店公司多数是女职员，待人接物十分和婉，极得顾客的欢迎，所以男子的职业几被她们掠夺殆尽。且听说当欧战爆发的时候，个个男子汉离家出征，其妻子用一副笑脸代替泪水送她们的丈夫奔上征途，好像把生死置之度外的；同时不惜把金珠宝玉全数变卖，援助前方的兵士，一面从事各种宣传、看护的工作，抑且代替出征的男子执理一切职业——这些在表示着：

德国女人是强者，并非弱者！

　　　　　　七月一三至一八日，三二年，记于更阑人阒之时王光祈（1891—1936），中国现代音乐学奠基人。1918 年毕业于中国大学。1919 年与李大钊等发起成立少年中国学会，又在陈独秀等支持下组织北京工读互助团。1920 年赴德国留学，1923 年转学音乐，1927 年入柏林大学音乐系深造，1932 年任波恩大学东方学院中国文学讲师。1934 年以《论中国古典歌剧》获波恩大学博士学位。1936 年病逝于波恩。著有《欧洲音乐进化论》《东方民族之音乐》等。

一位德国奇士

——捐款中国以征服欧洲

王光祈

五月五日，意大利 Brixen① 地方民庭开审"德国乞丐富翁巴舍（Basse）之遗产继承纠葛"一案，颇与中国有关。其中情节，甚饶兴趣与兴奋，兹特记其梗概如下：

有德人名为巴舍者，流落意大利地方，形同乞丐。去年九月饿死客舍之中。意国警吏检其行箧，乃发现巨额黄金，并有银行存款若干，总计约值五百万意币，约合华币一百万元。更有遗嘱一件，系将该款全部捐与中华民族，以做征服欧洲白种之用！吾国驻意公使闻之，乃偕秘书及领事前往该地，接受遗产，将存金及银行存款册子取去。但巴舍之妻在德接得此项消息，乃托其戚

---

①即布雷萨诺内，意大利的一座市镇。此处是德语。——编者注。

某女士延请律师，向该地法庭起诉，不承认中国方面有此继承之权，并指巴舍遗嘱为临死乱命，应属无效。盖在巴舍行箧之中曾有两种遗嘱。第一次遗嘱立于 1913 年，系将遗产全部赠与其族戚；第二次遗嘱则立于临死之前数星期，即将遗产全部赠与中国者。巴妻既在法庭起诉之后，法庭即令存款各银行暂缓付款中国公使。因此，中国使馆方面只领到二万意国金币。此案将于五月五日开审，记者作此通讯时，胜负如何尚不可知。柏林某报访员曾与巴氏之戚某女士做一度谈话，其内容如下。

该女士云：巴舍为人，少时即甚古怪，无人能了解其性质。其父开一肉铺，生意颇好，尝令其子巴舍在铺学习一年，继而复遣其投戎。迨巴舍兵役期满归家，其父已死。于是巴舍遂将肉铺产业继承，并自行经营一年，但其性质殊不近于此项营业。因此彼将产业出卖，其间并与其母及弟妹发生意见冲突。最后彼乃将其继承所得之财产携走。是时彼之年龄约在二十左右，为人缄默寡言，尤其是仇视女性。

最初彼到比利时，其后到法到美。未几复回欧洲，卜居意大利。彼精通各国语言，无论留寓何处，均能适应环境。当彼离家之后，即行开始从事股票投机生意。据云甚为顺利，所获颇丰。每隔二三年，辄回其故乡彭城（Bonn）① 一次，并在该处银行存有款项。但回来未久，旋又离去。

---

① 今译波恩。——编者注。

　　彼虽富有资财，但其衣服极为破烂，而且生平最为吝啬。其家人有一次出游名胜，便中寄彼一张风景明信片。但不久接得彼之回信，竟斥其家人：此后勿再浪费金钱，做此蠢事（指购寄风景明信片而言）。因彼此种古怪性质之故，以致亲族戚友之间早已不通往来。其幼弟某（已于1899 年死去）曾有一次在巴黎途中与彼相遇，但彼竟掉头不顾，扬长而去。其后于1913 年复回彭城，往访其妻一次。十年之前，尚有人在彭城街上见彼一次，弯背白发，衣服褴褛，直上前行，毫不左右顾视。自此以后，遂无人知其下落矣。当报端登载此次遗嘱之事，其家人始托该地女友代探其事，以及彼之生活情形。

　　该地女友乃回书述彼当时惨死情形。据云：彼居一间小房之中，每月租金仅十二马克。在临死之前三月来住于此，无人知其来历。直到后来，始知彼于1927 年曾旅居该地一次，但未几忽然失踪，尚欠房租三百意币未付。当时房主以彼系一可怜穷人，遂亦未尝追问，现在彼复来寓该地，终日闭居于小屋之内，不与人见。每日只离宅一次，前往商铺购买牛奶、面包、马铃著少许充饥而已。每遇女房东入屋打扫之时，彼则靠壁而立，呆视该房东之一举一动。

　　一日，房东入室，见其已死于地。（按：巴舍死时，年已八十有一。）据医生检验，谓系中风而死。并云：彼之饮食营养不足，以致身体如此虚弱，其时官厅检尸之吏遍寻室中行箧，以为或者可以觅得少许金钱，以做葬尸之用。不料竟于破衣箱中，忽然发现二万意国金币，该吏大惊，更往下寻。于是银行存款、公司股票以及奇异护照等物皆一一出现。该吏立即通知法庭。法庭方面初不相信，最后遣一律师前来，将其财产一一清算，约合五百万意币，计值一百万马克（约合华币一百万元）。同时并发现遗嘱两通。其一系立于 1913 年，以其财产继承权属于彼之戚属；其二则系临死前数星期所立，即以其财产全部捐助中华民族，以为将来征服欧洲白种之用者，其原文如下：

下面签字之人，名为亨利·巴舍，1850 年生于彭城，愿将其全部财产赠与亚洲中华民族，或中国政府，以为将来征服欧洲白种之用。余愿葬于祖茔内姑母某某之侧。

此事宣布以后，该地居民大哗。一日，保款律师之处忽来三位华人——中国驻意公使及其秘书，以及 Bozen 地方中国领事——要求该律师将巴舍全部财产交出。律师查核无误，遂将该项财产交给，中国驻意公使乃将二万金币以及银行存款册子等等运去，并到巴舍死所临吊一次。最后更持花圈，前往坟园之中吊幕。但竟未寻得该墓，于是巴舍并此唯一花圈亦无享受之福。

此事系发生于去年九月。同时此项消息亦为巴妻所闻。其妻是时年方七十，寂居养老院中，乃将此事嘱余（其女戚自谓）办理。余因委托律师 Lachmuller 博士起诉，以该项遗嘱系立于巴舍理智业已丧失之时，不足为凭。该律师并立即通知各银行，缓将款子交给华使，幸尚未晚。因此之故，华人方面除两万金币之外，尚无所得。

于是柏林某报访员复问该女士曰："女士以为此案能获最后胜利否？"

该女士答曰："据我们律师所言，甚有希望。"

该访员复曰："但是，如果巴舍对于欧洲各国真正得有不良印象，以彼时常周游各国，所见甚广，殆不能全然谓其毫无根据。"

该女士复含笑言曰："巴舍行箧之中尚有法国秘密侦探证书一纸，苏俄政府信件一封，伦敦外交部信函一件，德皇威廉第二最近相片一张。巴舍行踪，真令人莫明其妙。即我们的律师并不能解此疑案。或者彼曾为秘密侦探，亦未可知。但同时却与各国政府均有关系。总而言之，实在莫明其妙！我们所知者，只是巴舍曾做股票投机生意而已。其余一切皆如难谜，正与彼之生平为人相同。"

记者按：此案结局如何，现在尚不可知。如果中国方面胜诉，则此项财产似不宜全部皆拨作驻意使馆经费，或竟用之于内战，有负巴氏盛意。记者以为，至少须将其一部分建一"巴舍纪念图书馆"，收藏中西"国防书籍"，以为中华民族将来发扬国光之备。

中国虽弱，但在欧人眼中，终以其土广民众，而且有悠久历史，将来终有发扬光大之一日。从前拿破仑曾出言曰："如果中国人一动，则全世界皆将随之而动。"数年前，英国方面曾有一种小说，描写中、俄两国将来瓜分世界之情形，一时甚为流行。此次巴舍之发此奇想，恐亦受有上述英、法各种见解之影响。但彼何尝料及中国频年只知内争，以致现在饱受外人铁蹄蹂躏，至今犹无自拔之道？奈何奈何！

民国二十一年五月六日寄自柏林

王光祈（1891—1936），中国现代音乐学奠基人。1918年毕业于中国大学。1919年与李大钊等发起成立少年中国学会，又在陈独秀等支持下组织北京工读互助团。1920年赴德国留学，1923年转学音乐，1927年入柏林大学音乐系深造，1932年任波恩大学东方学院中国文学讲师。1934年以《论中国古典歌剧》获波恩大学博士学位。1936年病逝于波恩。著有《欧洲音乐进化论》《东方民族之音乐》等。

德国人之研究东方文化热

王光祈

最近一礼拜中，德国发生两种集会，皆与中国文化有关：其一为中国哲学讲演会，其一为东方美术展览会。

最近一二年来，德国人之研究中国文化，已成为一种潮流。或谓此种趋势，全系战后一种反动。此语是否真确，吾人姑且不论。但就此种潮流观之，必发生三种影响：第一，中国古代文化必乘此种机会多多输入欧洲；第二，中国文化输入欧洲后，欧洲文化必感受多少之影响，将来或可产生第三种文化；第三，欧人能略解中国文化，则对于中华民族必加上若干之了解，或不致再以未开化之人类相待。故此种潮流对于世界文化，对于中华民族，皆可谓有利无害。因而记者亦乐为介绍，非助国故党以张其帜也。犹忆前两月，此间大学某教授向学生讲授经济学时，曾谓德国将来宜与中国协手，以恢复德国。学生闻之，即用足擦地板，颇表示揶揄、轻视之意①。当时该教授即正色告学生曰："诸君尚以中国人为野蛮民族耶？中国古代学术实可与吾欧希腊学术并肩而立。中国人，聪秀之民族也，诸君慎勿轻视！"其时有中国人某君在座，真弄得"笑啼皆非"矣。

　　欲明战后德人思想之变迁，不可不先知战前德国学术界之情形。战前德国学术界，一自然科学之世界也，自哲学、文学以至于一切艺术，几无一不建筑于自然科学基础之上。而研究自然科学者，更排斥其他一切玄学（Metaphysik）不遗余力。柏格森，今日世界之大玄学家也，而德国科学家则谓柏氏之学说出发于一种极不明了之概念上。倭铿②，德国最近之大玄学家也，而德国科学家则谓倭氏只善于选择迎合社会心理之题目，以沽名钓誉。故倭氏在其祖国之声誉远不如在英、美、日本各国。总之，科学家所承认者，只有"真实"。所谓"真实"者，可以用尺子量，可以用天秤称，可以用显微镜窥，可以用数字算。此外，一切所谓形而上学，皆赐以荒诞不经之谥。在一方面观之，德国近数十年学术之发达，冠绝世界，未始非此辈科学家提倡拥护自然科学之力；而在他方面观之，自然科学既握学术界霸权，所有一切思想皆须受"科学霸王"之束缚，甚至

---

　　①德国大学生习惯，凡教员上堂，或者讲至精粹处，则用足连击地板，以表示欢迎之意；凡教员讲授错谬时，即用足大擦地板，以表示其嘲笑之意。——原注。

　　②又译鲁多夫·克里斯托夫·奥伊肯（Rudolf Christoph Eucken，1846—1926），德国哲学家，1908 年诺贝尔文学奖获得者。——编者注。

于说一句话、做一件事，皆以是否合于科学而推断其是非。人道至此，可谓苦矣！语云："物极必反，束久必伸。"德国学术亦复如此。自大战后，有一部分学者颇厌弃科学霸王之束缚思想，遂有相率返于自然之趋势，于是久为科学家所痛骂之玄学，又有乘机而起之倾向。一人倡之，百人和之，遂形成一种潮流。虽尚有一部分科学家拼命抵抗，然大势所趋，亦无可奈何。中国者，玄学最盛之国也。德人近日之研究中国文化，遂成为一时风尚，"老子哲学"尤为一般士夫所乐道。此德人近日之所以有中国哲学之讲演也。

此地连日开中国哲学讲演会两次，主讲者为威廉博士。博士曾寓居中国者十余年，通中国文字，译有老、庄、孟、列诸书，对于中国古代哲学亦尚有研究。此次受德人聘请，来此公开讲演。其讲演大意如下：博士以为世界上无无文化之民族，唯文化有强弱之分。所谓强文化者，可以耐久，可以受他种文化之侵略而不惧；所谓弱文化者，则反是。中国文化存于世界上者已四千年，在诸种民族文化中为最能耐久者。近来欧力东侵，遂使中国文化大有动摇之势。然吾人万不可以为欧洲文化之较高，故能征服中国文化；其实中国文化所受欧洲文化之影响，不是欧洲文化之精粹，而实为欧洲文化之毒物。质言之，欧洲文化之侵入中国，无非枪弹战舰之毒物，遂使中国文化被强权压迫，大有丧其所守之倾向，此实为最可叹息之事。（语至此，拍掌之声如雷。）

博士又谓中国古代哲学，实发源于初民祈祷式之《易经》。

欧洲哲学大半立于"存在"（Sein）之概念上，而中国哲学则大半立于"变易"（Wandel）之概念上。欧洲哲学多系有目的之前进，中国哲学多系无始终之循环：春去夏来，花开花落，无始无终，循环不已。若能安心立命以顺此循环者，则其乐无涯。老子、孔子皆极推重《易经》。老子生于乱离之世，故主张顺天道之自然，以返于简易。孔子目击混乱之象，又主张应人事之变迁，以建立社会制度。中国数千年来之文化，即建筑于孔子学说之上。孔子欲用祭祀之法使"现在"与"过去"相结，因之孔子学说遂渐趋"形式主义"。其末流之反动，则产出杨子之为我主义与墨子之兼爱主义。孟子生于孔子之后，力辟杨、墨之道，孔了学说因而日昌。在第七朝代，佛教传入中国，成就一种佛教文学，贡献一种特殊价值；唯现在佛教在中国业已衰微，云云。

博士又谓中、德两国文化宜携手进行。德人宜打破从前之强权梦。中国在不久期间内，必能将各国优先权取消，吾人慎勿轻视中国人。

此次讲演售卖入场券，每人三马克，而来听者仍异常踊跃，亦可想见德人研究中国文化之兴味矣。不但学术界如此，即美术界亦有此种趋势。

战前德国自然科学既如此其盛，其影响遂波及美术界。一时盛行所谓印象主义（Impressionismus = Eindruck）者，即将自然界事物照实写出，与客观之现象不差毫厘，不能稍杂主观之见；所有光线之配置、地位之安排，处处皆须合乎自然科学及数学。故吾人一览战前书画，风景天然，恍惚人在画中也。自大战后，自然科学之反动既起，于是一般美术家遂以为从前之美术太重客观而不重主观，若一草一木皆必与客观现象相符，何不用照相机摄影，何贵乎创造美术？因而大倡自我解放，注重主观之论，一时成为风气。又发生所谓表情主义（Expressionismus = Ausdruck）者，即将自己心中之想象写出，不管与客观之事实相符与否。换言之，爱如何画便如何画，不受丝毫束缚。故近日美术画，其所绘人物，往往足长手短，头大身小，颇似妖精；其所绘风景，则又红蓝绿白，一塌糊涂，仿佛此中有真意，不足为外人道也。此种风尚，不独德国如此，即法国亦然。犹忆去年记者游巴黎、卢森堡博物馆时，即见所谓新派画者杂陈于一室，其奇形怪状，殊不减于德国也。当此种注重主观之表情主义盛兴时，旧画派大加攻击。一般国民虽不甚了解，然此种新潮仍如排山倒海而来，不可抵抗。于是不知不觉间又与中国美术画之趣味相投。中国美术画者，大半皆表出主观感想而与客观事实不甚相符合者也。片石孤云，以寄遐想；落花流水，聊写幽思；然若察其光线，按其地位，往往在可解不可解之间。德国新画派颇能领略此中神味，所以近日此地有所谓东方美术展览会之发生也。唯此会所陈列者，以日本美术为多，中国美术居少数，且皆劣丑不堪。绘画中以美人为多①，塑像中以观音菩萨、罗汉偶像为最多。在记者观之，以为

①此种美人画在中国或自以为系工笔画，颇合法度；而在德人视之，则处处不合规矩准绳，正合主观新画家之口味也。——原注。

此种美术实有辱国光；而在德人方面，则又视为宝贵之物，往往一画一像，皆非数百马克不办。此亦可谓各人好恶之不同矣。

记者以为吾国提倡美术之人，宜选择多种名画，分赠世界各国有名之博物馆，亦为发扬国光之一道。与其藏之于家，不如公之于众。犹忆记者游巴黎鲁渥博物馆①时，世界各国名画皆灿然陈列，一至中国绘画陈列处（在一个极狭之过道处），贴有几张"门神画"，还有几张"机房教子""赤壁鏖兵"之类，看后令人汗如雨下。鲁渥博物馆为世界上最著名之博物馆，而中国之陈列乃如此，其他更可知矣。鲁渥博物馆中有日本画专室，多系日本人送赠者。于此可以想见中、日两国在国际上地位之悬殊实非偶然之事也。

德国思想界受自然科学过盛之反动，而有此种趋重东方式之倾向。然吾中国人闻之，不必引以为喜，更不宜灰其研究自己科学之热心。盖中、德文化不同，其所需要亦因而相异。我之所需，或正为彼之所弃，我之所弃，或正为彼之所需，非如此不足以产生第三种文化也。吾人之责任，不仅在保存国粹，更不仅在模仿外国，而在创造新文化。吾聪慧勤俭之中华民族终必为世界上最后胜利之民族。故誉我者，不必引以为喜，而毁我者，亦不必引以为忧也。

（《王光祈旅德存稿》）

---

①即卢浮宫博物馆。——编者注。

余新恩（1908—1977），湖北武昌人。1936年北京协和医学院毕业，获医学博士学位，任协和医院外科住院医师，次年赴奥地利维也纳医科大学进修胸腔外科。1939年任英国伦敦胸腔专科医院外科助理医师。1940年回国，任上海圣约翰大学医学院外科学（胸腔）讲师。1945年后任中华医学会总干事、《中华医学》杂志总编辑兼发行人、《中华健康》杂志总编辑兼发行人。

维也纳的咖啡馆

余新恩

一个严冬的晚上，我独自在瑞士的朱利希城（Zurich）①，在那云花纷飞中踏入了车站，预备去维也纳。这还是第一遭。

维也纳早经给我一个动魂的玄想。早年，在国内听那极流行的歌曲《晚安了，维也纳》，莫不心神俱往。维也纳的美丽、妩媚、至高，一切的一切，想象得如同仙境一般，这还是人间世吗？

可惜，这已成为过去的光荣了，只是些历史上的点缀。当年盛极一时的匈奥帝国②拥有欧洲的大半，谁不恭之敬之；其民则可甘其食，美其服，安其俗，乐其业。但是现在③呢？已是朝不

---

① 今译苏黎世。——编者注。
② 原文如此。今说"奥匈帝国"。书中他处亦同。——编者注。
③ 指在德奥合并以前。——原注。

保暮，衣褛食缺，有如过了青春期——在她晚年时期垂垂危殆了。

真的，维也纳实在是穷！第二天早晨抵达了维也纳车站，这是多么一个兴奋的时辰，因我到了一个占有历史极重要性的地点呀！至少，我猜想，还存有些庄严、伟大、隆重的遗迹。可是，大失我所望，她已遮盖不住她内身的破褛，所见到的只是些污秽、破旧及昏黑。车站外停着的几辆雇用汽车也是那样地陈旧，式样的古老，就在中国也早已绝迹了。

先将行李存在车站，站里连食堂的设备都没有。独自步出站外，若不是地上及屋顶上厚厚地披上一层白雪，恐怕所见到的又是些污秽、破旧及昏暗。

当时所急要的是热咖啡，在那冰冻的清晨，饿着肚，一夜又未得好睡，手脚都快冻僵了。我要找一个中等的咖啡馆，既没有最上等的那样昂贵的价格，也不致被像小咖啡馆那样地敲竹杠，因我是外国人，尤其是东方人。很奇怪地，走遍了两条街，见到许多招牌都写着"Cafe"字样，而找不到一家饭店。我曾疑惑好一会，这到底是什么意思？记得从前在上海，这种地方就是跳舞厅，难道维也纳街街有这许多跳舞厅吗？若是这是咖啡馆，奥国既是用德文的，当写着"Kaffee"。我为饥饿寒冷所逼，就当它是跳舞厅，就让它敲竹杠，终于在一家门口撞了进去。

进到里面，并不是跳舞厅，实在是咖啡馆。里面也已有了好些人，有的在饮咖啡，有的在看报，有的在谈天，有的在打弹球，有的在下棋。原来维也纳的咖啡馆是这样多，差不多每数武①就有一个。后来我知道他们所以用"Cafe"这字替代"Kaffee"，也是受拿破仑的影响呀！有时他们说"再见"，也不说德文的"Aufwiedersehen"，却用法文的"Adieu"。

维也纳为什么要有这许多咖啡馆？我起初也解答不出。我先是住在旅馆，后来因为要长住的缘故，打算住在人家里较合算。

在维也纳找房是不难的。许多像上海 Apartment 的入口处招贴了许多分租房间的广告，多半是写着几楼几号、有几间房、有或无家具、供或不供给早点、什么时候可以看房间等字样。好几个朋友分时来陪我去找房，虽看了不少，但是合意的却极少极少。

难合适的问题有好几点，这在我起初也不知道，久住维也纳的同学告诉我的。第一，这些租房，建筑、家具都相当陈旧（新的虽有，但是少而价昂，不如住旅馆），至少有几十年，也有已过百年的存在；而在维也纳，臭虫之多是无人不知的。所以找房不容客气地要把床褥翻开看看有无臭虫，同时还得同房东预先讲明一星期要换一次被单，否则她会一个月不同你换。第二，自然是价钱方面，租钱要公道，而且包括电灯、水及打扫房间，否则还得自己清理房间，或半夜正在看书时，电灯被房东给关上了。第三，最好不要找犹太人的房东，可是犹太房东事实上又是那样地多，因为犹太人最难合适，一点没有中国人那样的豪爽、讲交情，连一个铜板之差也会闹得天翻地覆的。还有，住房要退租，要早在一个月前通知（英国是一星期前通

---

① 数武为"不远处，没有多远"之义。——编者注。

知）。所以，择租要谨慎，否则要吃亏两个月的房钱。

也是巧合，因把屋子的门牌号数给记反了，结果倒找妥一个安适的房间，一直住到离开维也纳去柏林的那天。先是同朋友看报上的分租广告，晚上我们就照报上的地点去某街某楼看屋，门牌是三十一号。看过之后，对于我们的条件勉强还合适，不过尚非十全十美，我们没有定下，同时仍留心出租房间的地方。找了几天，竟没有一间比那更满意的。一天晚上七点左右，我们说再去那家仔细地看看，若能将就便租下算了。我们找到那条街，可是把门牌号头给忘掉了。我们都记得大概是十三号吧，就从那里进去，也是在三层楼，门口是一个样式。按了铃，也是一个老妇开门，可是这老妇面貌很慈祥，里面的布置也比较精致，而且干净整齐。我们一看就知弄错了。但是既开了门，也不能马上就走，遂告她我们想找一间房，当地情形不熟悉，不知她能举荐一间否？谁知事情是那样巧，她说她那里正有一间出租，问我们要不要看。这正是我们希望的。于是她带着我们进去。走到一间门首，她敲了两下，里面一个男子的声音说"请进"，她让我们在外稍候，她进去了。一下工夫，她出来了，说可以进去看，我们就跟着她进去。

里面房间相当大，全个地板都有地毯。一个高大的花磁火炉。家具虽然式样不新，但显然地有了过去相当考究的场面。床是铜床，还算新，床上正坐着一个中年男子在那里看书。我们互相打了个招呼，略约地看了一看，就退出那室。

我问房东那客是有病在床上吗？否则怎会七点多钟就睡觉？

房东于是慢慢地同我们讲了。那男子也是奥人，在维也纳某乡间业农，因为也要管理大批牲畜的关系，最近他来到维也纳，打算读点解剖学和病理学。不知怎的，家里最近没有钱寄来，他连房钱也付不出，自然没有钱买煤生火。因为冷，只好藏在被里取暖。她又说她的丈夫不久以前去世，家境也不宽裕，只好将这间最好的房间分租，她不能长期地收不到房租，若是我愿意住那房间的话，明天就可叫那人搬出去让我住。我们讨论了一会，各事都预先讲妥了，并付了定洋。第二天我就搬了进去。

住惯了旅馆，再住在人家，就感到许多不便的地方。天气冷，又没有热气管，还得自己买煤、买柴、生炉。除早饭外，午、晚饭都得上馆子。房间里没有自来水，洗漱的设备都是些瓷盆瓷缸，大多数没有浴室。因为电费在内，房东为节省用电起见，电灯是那样地不光亮。建筑老而家具旧式，沙发椅已失去了弹性。不但是我家如此，家家都如此，我那里还算是考究的了。

我向来不爱去咖啡馆，因在国内及他处得的经验，觉得喝完了咖啡就得走，多坐坐，侍役们就觉得你有点那个。可是出我意料之外，在维也纳适得其反。

我们住的是城内第九区医院及学校地带，咖啡馆之多有过于他区。没有一家不是设备新美、有热气，至少有火炉，有最舒适的沙发椅，晚上的电灯点亮得如同在阳光之下，与家里的一比，真有黑白之分。

　　一进去，没有一家不是广庭满座。我进去，总觉得是上北平的馆子，侍役们一列一列地站着点头笑迎，"早安，医生先生！""晚安，医生先生！"之声不绝于耳，同时找一个很好的空位给你。脱下大衣，他就同你拿去放在存衣室里，这样等到要走时，给你穿衣的又得给点小费，否则就放在椅上就不用另给小费了。将坐定，侍役就拿了好几份报给你看，早报、午报、晚报，此外还有许多书刊、各国有名的杂志。若是你是年轻的女子，他就会给你看巴黎最新时装的杂志。普通就要一杯咖啡，我常喝的是"Kffee mit Schlag"，就是咖啡上加点奶油。咖啡喝完了，侍役自会很机敏地端上两杯清水，这是微微带着点甜味的山水，是维也纳天然的特产，不另收费。买毕你坐上几个钟头慢慢地去玩味，喝完了也不用说话，侍役自然会另外再端上两杯。

　　不但是叫一杯咖啡可以坐上几个钟头，而很便宜的，只花几十个格罗新（Grochen）①，就是坐一天也是很欢迎的，而且往往也是常事。咖啡馆里什么样子的人都有——老头、老太太、年轻的男女，小孩倒是很少见的。常常看见老头在那里打瞌睡或是下棋，老太太十之九在打绒线，男女在那里说情话，学生们在那里读书、写信、写文章。

　　我头一次到咖啡馆，为的是去看报。对面坐着一个罗马利亚②（后来我认识他）的医学生，手里抱着一本《神经解剖

---

　　①又译格罗申，当时的奥地利辅币，100格罗申等于1奥地利先令。——编者注。

　　②今译罗马尼亚。——编者注。

学》，眼望着墙顶，在背诵各神经的曲折的路线。另外在一角里，也是个医学生，手里拿着本厚厚的《病理学》，嘴里呵着烟丝，在默记各种病状细胞的形式。倦了，还可以看四周各式各样的坐客，借以息息脑力。这里，咖啡馆里，无疑地，出了不少的"秀才"，许多博士论文都是在这里写成的。谁都想，咖啡馆是个消遣的地方，怎么谈得上"学问"两字？但是这是事实，维也纳的咖啡馆是足以自豪的。

有一点不能不说明，虽则各咖啡馆常常总是满座，但是绝不像他处咖啡馆，倒是从无喧嚷之声。大家很安分守己，谈话都是轻声息气的，绝不妨碍他人。因为大家都把咖啡馆当作第二个家庭，也有人把它当作办公处，什么事商、交易、谈判，都在这里接洽。

我自搬到人家住了之后，感到许多的不便，才发觉咖啡馆真是第二个家庭，甚至说是第一个家庭也无不可，这也无怪维也纳差不多整个城都是咖啡馆了。这是什么缘故呢？

维也纳是个老城，有悠久的历史。它的建筑已有好几世纪了。如今奥国正在苟延残喘，莫说是无钱来整顿市容，就连常年的军费都在踌躇不能自给，人民又是这样地穷。自然有钱的都是犹太人。大的商铺，几乎无一不是犹太人的资产；就是咖啡馆，也多半为犹太人所经营。人民穷，没有力改善他们的住宅以及装置新式的设备，都不愿在这上面花一个钱，过着得过且过的生活。

为了迎合普通一般居民的需要，于是咖啡馆相继开设起来，以补缺家里不完善的地方。只花几十个格罗新，可以去咖啡馆坐一天。那里的沙发椅又新又舒适；不花钱又可以看许多报章杂志；冬天可以省下柴、煤的钱，家里不必生炉，咖啡馆里是那样地温暖；晚上不用在家点灯，可省不少的电费，而咖啡馆里的灯比家里的亮上无数倍，可以看书、写信。咖啡馆都要在晚上过十二点才关门，所以一直可以坐到半夜。有些咖啡馆还带有厨房、浴室，这样去到咖啡馆连吃饭、洗浴的问题都解决了。一切生活上的需要都可在咖啡馆里求得，除了晚上回家去钻被窝外，在家旁无所事。因此，咖啡馆得称第二个家庭，甚至称为第一家庭也是名副其实了。

我本来是不惯上咖啡馆的人，到这时，除了去医院及要去的地方外，也有了跑咖啡馆的习惯：去看报，去读书、写信，去吃饭，去洗浴。这样，家里省了生炉的钱。除非我预备在家一天，那就将炉子生上。同时，也给房东省下不少电费。房东喜欢我，夸奖我们中国人好。

坐在咖啡馆里，除了看那些侍役往来忙碌不堪外，咖啡馆的老板也亲自在那里指挥帮忙，常常还得巡游一周，去到每个座位同客人道声早安或晚安。这种礼貌的周到，对于营业的兴旺是很有关系的，因为咖啡馆太多，人家不一定每次要上你这里来。我先跑了许多大小的咖啡馆，然后只去几家最合适的。我曾去过在我住所不远西角上的一家咖啡馆。第一次去，我曾向侍者要一份伦敦《泰晤士报》看，事后总有一个多月没有去。一晚我去了，这是第二次。我刚坐定，还未开口，那侍役就笑着拿了一份《泰晤士报》给我。他那种记忆、机灵、招待、客气，使我以后常去那里。

每次要走时，就叫侍役头来算账。小点的咖啡馆就由侍役本人算账。算账时得告以吃了些什么。好比吃了带奶油的咖啡一杯，几块点心，怎么样的面包蛋糕，都得说出名字，因为价钱不同。把钱交给算账者，并给他点小费。若是他是侍役头，除了给他点小费外，在桌上另放一枚十个格罗新，是给侍役的小费。离座走出咖啡馆时，侍役们都立正对你说"再见"，这又使我回想到在北平走出东兴楼时，两排的侍役立着对你鞠躬道谢的状态。

维也纳每个楼房入口处的大门在每晚十点钟就关锁了，晚回家的人，自己得带锁匙。有些住所的甬道及梯灯十点以后也关了灯，得自己带手电筒。有个朋友也是学医的，常常也是十点以后才由咖啡馆回家。有时他忘记带手电筒，就在那漆黑里摸着上梯。当时没有月光，又是那样地肃静。到了那时，处于那种环境，鬼怪的幻想会立刻冲入他的脑海。他告诉我，他唯一的办法就是马上背诵解剖学：有哪几条血管，怎样地分支，这样可使他立刻停止妄想。有一次他记不起一根动脉的支管，这使他专心地去想。他住在三层，却不知不觉地一直走到四层了还未想起。等他走到门口才发觉，于是再退回去。

我有时也忘了带电筒，晚上摸黑上梯。有时并不是忘记，实因出门时并没有预备晚回家，临时有事弄到过时才回去。虽然如此，我们仍旧去咖啡馆，仍旧晚回家，多背几次解剖学只有益无害。

　　在咖啡馆里有时很窘。偶尔逢到一个青田商人提着小皮包进来，包里拿出领带、丝巾、磁器等等，轻轻走到各客人前售卖。有的客人看到有上等中国人也在那里喝咖啡，于是过去讨教这磁器是不是中国货，值多少钱。由磁器上印着的字知道并不是中国货，因此回答起来是很困难的。

　　当奥国最危急时，我借着咖啡馆的无线电得听到由柏林传播来的希特勒的演词。事隔不久，在维也纳，在希特勒到达的那一天，也亲聆了他的演说。

　　德、奥合并之后，维也纳的咖啡馆并无若何分别。只是在那常去的咖啡馆里，侍役看见我有时向我摇头，表示那天《泰晤士报》被德国扣留了，不能阅读。

　　许多犹太人开设的咖啡馆，有的已被纳粹党收去自办；有的尚未收去，在咖啡馆的大玻璃窗上被用黑漆大字写着"犹太"，表示这是犹太人开设的，非犹太人得知而避之。再有许多咖啡馆的窗上写着："犹太人不得入内。"

　　德国是吞并奥国了，可是维也纳人去咖啡馆的习俗是无法改变的，除非把整个城里的建筑设备给换成同柏林的一样，那又是谈何容易。这样，维也纳的咖啡馆依旧保存着它原有的特性，仍成为一般居民的第二个家庭！

（《留欧印象》）

林无双（1926—2003），本名玉如，后改名无双，再改为太乙。林语堂次女，三姐妹中唯一继承父亲"神定气闲，从容不迫"的文风和"林家的艺术家的气质和不可救药的乐观"精神的人。1943年第一部英文小说《战潮》出版，被誉为"小妞儿版的《战争与和平》"。1944年从美国陶尔顿中学毕业，到耶鲁大学教中文。1952年主编文艺月刊《天风》。1965年出任《读者文摘》中文版总编辑。著有多部小说，多以英文撰写。

比国访僧记

林无双

一、 比国家庭与风俗

一星期前我们被人请到比国①去玩，住在朋友家里。乘了火车五个小时便到了海斯（Heyst），又坐了车子到诺克佐（Knocke Zuet）去。不一会就到了，便各处问人朋友家向哪方面走。过了十分钟果然找到了。那朋友是比国人，娶了个意国②女人。他家里讲五种语言——意语、法语、德语、英语和比国语。比国靠海一部分（Flanders）的话近荷兰话。在比国通行的有法文和荷兰文两种。

---

①指比利时。——编者注。
②指意大利。——编者注。

在那小小城里，一路风景很好，仅有椐木一种。远山看不清楚，大半都是云雾。那边靠近北海，有时风吹来极冷。诺克佐的房子很美，间间不同，间间好看，原因是因为有木板镶夹墙上①，可以变花样，漆的颜色很多，窗户大半是两色，房子看来都极新，间间有花园。听说青岛也是如此。

比利时居民大半用脚踏车，有好几种，有双座的，有靠背的，有做成汽车式而用脚踏的，各式各样都有。有好几种的车子还不过是二年前发明的，坐式极舒服，如坐在汽车里一样。这东西如果运进中国很有用，省人力又省车油，不必雇人，自己踏踏便行，又不是如独轮车般易倒，中国农人买来又合用又便宜。

二、僧　院

我们到比国去也有一个原因，要看陆神父（即民国二年内阁总理陆徵祥）。所以在第三天早晨便出行到安得鲁僧院（Abbaye St. Addré）。一到时便看见门外一群白衣和尚，手里拿的不是《圣经》，而是网球拍子，看起来真是一个怪相。那个朋友叫我们到礼拜堂去。我们在里面等了一会，念经僧（Benedictines）便排队出来。他们是一生住在这僧院里，在后面还有两种和尚，是赤足僧和白衣僧（Franciscans and Dominicans）。赤足僧又可叫游乞僧，一路出门讨饭为业；他们

①原文如此。此句中"原因是因为"不符合现在的语言习惯。——编者注。

剃了"马桶盖"头发，只留一圈的头发。白衣僧是穿白衣的，他们到非洲去传道。还有一种叫耶稣会僧（Jesuits），此种僧团是军事组织，起源是为要歼除耶稣教，拥护罗马教皇。上海徐家汇的教士就是耶稣会僧。在做礼拜时，念经僧上了台念经唱歌。如果有一个字念错便自行跪下，以自警惕。如所念经文，有援引耶稣上帝的话，他们便把帽子脱下鞠躬而唱。吃晚餐时大家跪着吃。到礼将毕时，行亲抱礼，由各队第一人开始转身抱第二人，相继而下，我抱你，你抱他，他又抱他，一直传下去，表明相爱的意思。相抱时，聊作亲吻之势。据陆神父说来，他们一天做七次礼拜。夜经从半夜四点到早晨七点，早餐后一次，十点一次，中午一点一次，下午四点又一次，晚上再一次。其中所谓夜经，长三小时，算为两次。这夜经最苦，但无人能天天到，大半是七天中到四五天，而方丈则天天须到。众僧在每星期五认罪，说明这星期有几天不能早起。此僧院是属念经僧，他们一天只有午饭后和晚饭后可以做半小时的谈话，余时须严守静默，不得开口，但是知客和尚和教书和尚除外。吃饭时有一个人读书给他们听，也不许说话。父亲同他们在斋堂吃饭，说因为没有人语声，呷汤声及杯盘声特别响亮。我们跟母亲是女人，不得入内院斋堂，只在外院招待。他们并不吃素，每星期吃两天鸡鱼，禁吃牛肉，叫作"吃素"（Maigre）；而其余五天吃荤者，吃牛肉也。据朋友告诉我们，原来吃素可以吃鱼，而鱼是水中物。唯其可吃水中物，故水鸭也可以吃；而水鸭是禽类，唯其可吃禽类，鸡禽类也，故也可吃。吃素论证如此。我们被招待那天，既非吃素之期，自然是吃牛肉排了。牛肉排之后，继之以冰冻朱古力。

午饭前，一个僧士领我们到各处参观，看到了墓地，上面只是用一些草做个十字架。在墙上又一个黑的十字架，用了白色的字在上面写僧人死者名字及生卒年月。有些在院里做僧而不死在那里，那么他们便用十字架做了一个纪念碑。我们看到两个死在中国的和尚的纪念碑。如斯①问那知客僧是否把尸体烧了。他答："我们不把他烧了，因为如果烧了，只剩了一点灰烬，看来似很不敬的样子。"

平常的人如果要进僧院做和尚，必须受戒——戒贪、戒逆和戒色。换句话说，就是守贫，守顺，守贞。受戒时，整身板直俯卧地上，表示投降于上帝。又各派和尚，剃头有特别徽记，如念经僧是留两条横痕。原来这是古时奴隶的徽记，而和尚取此，表示献身为上帝的奴隶。

三、 陆徵祥神父

陆神父今年六十七岁，在十二年前进僧院，他在民国二年时做过北京政府内阁总理。照他说来"教我者徐景澄先生（前驻俄钦差大臣），助我者吾妻（一个比国女人），而育我者，我父亲。如今他们都归返天国，所以我进僧院。"听说他信天主教是比国夫人之力。他说这么一天做七次的礼拜，如果不喜欢，

---

①即林如斯，林语堂的大女儿，作者的姐姐。——编者注。

那么不是不得了吗？但是如有信心，反以此为乐。陆神父身体不十分强，以前病过两三次。他说，从前做僧时觉得不好，后来做了神父，便觉得快活起来。本来陆伯鸿①先生已经答应为他在江苏修院，使得回国，这次陆伯鸿遇刺，事遂搁起来。但四川有一此教门的僧院，待身体强健，或可回国入川修道。

我父亲劝他写一本小小的书，关于中外僧院及中外教理的比较，及历述他信道的过程。这本书如写出来，真可给本国人研究中外教理及宗教制度宝贵的材料。陆神父跟我们谈话，是见客时得特许破戒的，但说话时声音很低，为人极和蔼慈祥，态度如蔡孑民②先生。

----

①陆伯鸿（1875—1937），清末及民国时期知名企业家、慈善家和天主教士。——编者注。
②即蔡元培。——编者注。

朱自清（1898—1948），现代著名散文家、诗人、学者。1916 年考入北京大学预科，1920 年毕业于北京大学哲学系。1925 年任清华大学中文系教授。1931 年赴英国进修语言学和英国文学，后又漫游欧洲五国。1932 年回国，任清华大学中国文学系主任。抗战爆发后，任西南联合大学中国文学系主任。1948 年因患胃病逝世。其作品主要有《踪迹》《背影》《匆匆》《新诗杂话》《欧游杂记》等。

威尼斯

朱自清

威尼斯是一个别致地方。出了火车站，你立刻便会觉得这里没有汽车，要到哪儿，不是搭小火轮，便是雇"刚朵拉"①。大运河穿过威尼斯像反写的 S，这就是大街。另有小河道四百十八条，这些就是小胡同。轮船像公共汽车，在大街上走；刚朵拉是一种摇橹的小船，威尼斯所特有，它哪儿都去。威尼斯并非没有桥——三百七十八座，有的是。只要不怕转弯抹角，哪儿都走得到，用不着下河去。可是轮船中人还是很多，"刚朵拉"的买卖也似乎并不坏。

威尼斯是"海中的城"，在意大利半岛的东北角上，是一群

---

①今译贡多拉。——编者注。

小岛，外面一道沙堤隔开亚得利亚海①。在圣马克方场②的钟楼上看，团花簇锦似的东一块西一块在绿波里荡漾着。远处是水天相接，一片茫茫。这里没有什么煤烟，天空干干净净；在温和的日光中，一切都像透明的。中国人到此，仿佛在江南的水乡。夏初从欧洲北部来的，在这儿还可看见清清楚楚的春天的背影。海水那么绿，那么酽，会带你到梦中去。

威尼斯不单是明媚，在圣马克方场走走就知道。这个方场南面临着一道运河，场中偏东南便是那可以望远的钟楼，威尼斯最热闹的地方是这儿，最华妙、庄严的地方也是这儿。除了西边，围着的都是三百年以上的建筑，东边居中是圣马克堂，却有了八九百年——钟楼便在它的右首。再向右是新衙门，教堂左首是老衙门。这两溜儿楼房的下一层，现在开满了铺子。铺子前面是长廊，一天到晚是来来去去的人。紧接着教堂，直伸向运河去的是公爷宫；这个一半属于小方场，另一半便属于运河了。

圣马克堂是方场的主人，建筑在十一世纪，原是卑赞廷式③，以直线为主。十四世纪加上戈昔式④的装饰，如尖拱门等；十七世纪又参入文艺复兴期的装饰，如栏杆等。所以庄严、华妙兼而有之，这正是威尼斯人的漂亮劲儿。教堂里屋顶与墙

---

①今译亚得里亚海。——编者注。
②今译圣马可广场。——编者注。
③今译拜占庭式。——编者注。
④今译哥特式。——编者注。

壁上满是碎玻璃嵌成的画，大概是真金色的地，蓝色或红色的圣灵像。这些像做得非常肃穆。教堂的地是用大理石铺的，颜色花样种种不同。在那种空阔阴暗的氛围中，你觉得伟丽，也觉得森严。教堂左右那两溜儿楼房，式样各别，并不对称，钟楼高三百二十二英尺，也偏在一边儿。但这两溜房子都是三层，都有许多拱门，恰与教堂的门面与圆顶相称；又都是白石造成，越衬出教堂的金碧辉煌来。教堂右边是向运河去的路，是一个小方场，本来显得空阔些，钟楼恰好填了这个空子。好像我们戏里大将出场，后面一杆旗子总是偏着取势。这方场中的建筑，节奏其实是和谐不过的。十八世纪意大利卡那来陀（Canaletto）①一派画家专画威尼斯的建筑，取材于这方场的很多。德国德莱司敦②画院中有几张，真好。

公爷宫里有好些名人的壁画和屋顶画，丁陶来陀（Tintoretto，十六世纪)③ 的大画《乐园》最著名。但更重要的是它建筑的价值。运河上有了这所宫房，增加了不少颜色。这全然是戈昔式，动工在九世纪初，以后屡次遭火，屡次重修，现在的据说还是原来的式样。最好看的是它的西南两面：西面斜对着圣马克方场，南面正在运河上。在运河里看，真像在画中。它也是三层：下两层是尖拱门，一眼看去是无数的柱子。最下层的拱

---

①今译卡纳莱托，意大利风景画家，尤以描绘威尼斯风光而闻名。——编者注。

②今译德莱斯顿。——编者注。

③今译丁托列托，16 世纪意大利威尼斯画派著名画家。——编者注。

门简单疏阔，是载重的样子；上一层便繁密得多，为装饰之用；最上层却更简单，一根柱子没有，除了疏疏落落的窗和门之外，都是整块的墙面。墙面上用白的与玫瑰红的大理石砌成素朴的方纹，在日光里鲜明得像少女一般。威尼斯人真不愧是着色的能手。这所宫房从运河中看，好像是在水里；下两层是玲珑的架子，上一层才是屋子，这是很巧的结构。加上那艳而雅的颜色，令人有惝恍迷离之感。宫后有太息桥①，从前一边是监狱，一边是法院，狱囚提讯须过这里，所以得名。拜轮②诗中曾咏此，因而便脍炙人口起来，其实也只是近世的东西。

威尼斯的夜曲是很著名的。夜曲本是一种抒情的曲子，夜晚在人家窗下随便唱。可是运河里也有。晚上在圣马克方场的河边上，看见河中有红绿的纸球灯，便是唱夜曲的船。雇了"刚朵拉"摇过去，靠着那个船停下，船在水中间，两边挨次排着"刚朵拉"在微波里荡着，像是两只翅膀。唱曲的有男有女，围着一张桌子坐，轮到了便站起来唱，旁边有音乐和着。曲词自然是意大利语，意大利的语音据说最纯粹、最清朗。听起来似乎的确斩截些，女人的尤其如此——意大利的歌女是出名的。音乐节奏繁密，声情热烈，想来是最流行的"借兹"（Jazz）③调。在微微摇摆的红绿灯球底下，颤着醅醅的歌喉，运河上一片朦胧的夜也似乎透出玫瑰红的样子。唱完几曲之后，船上有

---

①即叹息桥。——编者注。
②今译拜伦。——编者注。
③今译爵士。——编者注。

人跨过来，反拿着帽子收钱，多少随意。不愿意听了，还可摇到第二处去。这个略略像当年的秦淮河的光景，但秦淮河却热闹得多。

从圣马克方场向西北去，有两个教堂在艺术上是很重要的。一个是圣罗珂堂，旁边有一所屋子，墙上屋顶上满是画；楼上下大小三间屋，共六十二幅画，是丁陶来陀的手笔。屋里暗极，只有早晨看得清楚。丁陶来陀作画时，因地制宜，大部分只粗粗勾勒，利用阴影，教人看了觉得是几经琢磨似的。十字架一幅在楼上小屋内，力量最雄厚。佛拉利堂在圣罗珂近旁，有大画家铁沁（Titian，十六世纪）[①] 和近代雕刻家卡奴洼（Canova）[②] 的纪念碑。卡奴洼的，灵巧，是自己打的样子；铁沁的，宏壮，是十九世纪中叶才完成的。他的《圣处女升天图》挂在神坛后面，那朱红与亮蓝两种颜色鲜明极了，全幅气韵流动，如风行水上。倍里尼（Giovanni Bellini，十五世纪）[③] 的圣母像也是他的精品。他们都还有别的画在这个教堂里。

从圣马克方场沿河直向东去，有一处公园，从 1895 年起，每两年在此地开国际艺术展览会一次。今年是第十八届，加入展览的有意、荷、比、西、丹、法、英、奥、苏俄、美、匈、瑞士、波兰十三国。意大利的东西自然最多，种类繁极了。未来派、立体派的图画雕刻，都可见到，还有别的许多新奇的作

---

①今译提香，一般指提香·韦切利奥，西方油画之父。——编者注。
②今译卡诺瓦，意大利雕塑家。——编者注。
③今译贝利尼，文艺复兴时期欧洲艺术家。——编者注。

品，说不出路数。颜色大概鲜明，教人眼睛发亮；建筑也是新式，简捷不啰唆，痛快之至。苏俄的作品不多，大概是工农生活的表现，兼有沉毅和高兴的调子。他们也用鲜明的颜色，但显然没有很费心思在艺术上，作风老老实实，并不向牛犄角里寻找新奇的玩意儿。

威尼斯的玻璃器皿、刻花皮件都是名产，以典丽风华胜，缂丝也不错。大理石小雕像是著名大品的缩本，出于名手的还有味。

(《欧游杂记》)

林如斯（1923—1971），林语堂的大女儿。少年时随父亲浪迹欧美，抗战开始后曾在重庆生活，后随父亲赴美，之后又自主回国，在昆明军医署服务。1966 年林家回台湾定居，林如斯在台北故宫博物院工作，起先任院长蒋复璁的英文秘书，继而又主编该院出版的英文《故宫展览通讯》。她还编译、出版了《唐诗选译》。1971 年因长年抑郁自杀。为了纪念她，台北故宫博物院题写了"寂寞外双溪，逝者林如斯"。

弗洛兰斯游记

林如斯

在意大利旅行之十日内，我们居留在弗洛兰斯（Florence）①整整五天。是城位于意大利半岛之中心。在十五六世纪时，弗城是全欧洲文学美术之中心，现在还保存着那风味，人民大半还依手艺为生，最卓著的是但丁（Dante）的旧舍及坟墓都在此城，惜错过机会没去看，是为憾事。

我们寄宿于一"家庭旅店"，房间清洁明朗。日间在街道漫游，并无定向，只是闲中观察民间生活。五天中的时光，二分是去参观名胜古迹，三分只是在城内街道随意散步。弗洛兰斯为城不大，街道多半曲折蜿蜒，但条条皎洁无尘，除了偶然见到的马粪。真奇怪，全城的房屋无论大小，多半洗刷得非常干

---

①今译佛罗伦萨。——编者注。

净，玻璃窗都擦得非常之亮，处处显出整齐气象。

　　穿流过城中的有阿挪河（Arno River）①，河道不很宽，全无商船。有时可见老翁于扁舟上钓鱼为戏，有时只是全无人迹，河水涓涓向东流去。此河除了点缀景致之外无他用。跨河有三条桥，两条为交通之用，第三条专供旅行者游览。桥上两旁都建有矮小的房屋，一面向河，一面向桥中街，而且街道不见天。后来游博物院时才知道这条桥上头就是一道穿廊，通隔河两岸的两大博物院。最稀奇的是这桥上都是珠宝店，有贵有贱，有卖一角钱至一百元之指圈，然店铺都是那么矮小，老板多半住在楼上，晒衣服都用竹竿架出窗外，远望可见衣裤晾在这些鳌矮小屋之外，下面即是碧绿的河水。

　　清早在床上看见晶洁的日光由百叶窗射入屋内。外面的空气是清鲜而不炎热的。清醒之时躺着，可听见笃笃的马蹄声自窗外而过，或几声马夫的叫喊，过一会又静下去了。汽车声只是隐隐听见。不久可闻得邻屋打开窗叶之声，我也起来打开百叶窗。

　　弗城的居民大多是开小工艺铺的，在城里看不见烟囱林立的工厂，只是一家家自己主持的小小的店铺，或是皮货或是磁器之类。小孩子当看门的，父子当主人、伙计、会计及制造者，母女也帮着招呼顾客及制造各种卖品，这正是中世纪手艺时代的旧风味。弗洛兰斯的皮工是最有名的，专供旅客购买。皮货类多是皮匣子、皮夹子、皮书面、女人手袋及种种小珍品。我

---

　　①今译阿诺河。——编者注。

们到处走都看见这种皮工店，店窗陈列，美丽夺目，令人舍不得走开，必须进去买几件才甘心。因为这是几百年来传下的手艺，描金做色，精致古雅。又像手工时代的制品，质料坚实，做工精良，绝非机器制造的劣品所可比。所做的皮匣子最可爱，光滑和润，令人玩摩不忍释手。匣子的开关都不用"蝴蝶"或螺丝钉之类，只是全用皮制的，并且开关极便。我们都很中意，各人买了一个或两个，又用金铂印上各人名字，不另取费。店主又很和气地带我们去参观地下的工作室，内有数人都忙着做他们的事。他们见有中国妇儿便互相谈笑。皮匣子的制法大概是先用蜡油等洗擦那片牛皮，然后用热铁烫压成匣子，后又用蜡等揩擦，使其光滑。以后再印上金字、金线或花样。其法先用真金铂蘸蛋白质按在皮面，再用烘热的雕花铁模压上，将余者揩去，花样自见。看他们工作很是有趣味。这种以工艺为生的风俗也是中世纪传下来的。

弗洛兰斯的磁器也很著名。这磁器不是指杯盘碗碟，是指艺术品，如磁制之圣母玛利亚像、舞女之身像等。其彩画颜色，非常逼真。他们常假借圣母之题目来做他们心中理想的美人像。所以圣母的地位与中国的观音菩萨略同，在美术上一样重要。

又有一件自古传下来的工作，就是石工。这不是说此城著名的雕刻石像，而是指意大利有名的大理石、云石所雕制的艺术品。他们将各色宝石雕琢配合，成各种花鸟、山水图样，意思略与中国古玩中的珠花、玉树、盆景相同。中国的宝树将水晶、珊瑚、各色宝石雕成枝叶；而在弗洛兰斯城，所并的景是平面的，仿佛一面天成的宝石图画。石色有红，有绿，有翡翠，有鹅黄，有淡蓝，有深蓝。其石有的出自俄国，有的出自爱尔兰。我看见一面尺二的鹦鹉，凡身上所有的颜色式式俱全，真是鲜艳夺目，晶莹可爱。所做的花样，有人物，有花鸟，有山水，有马头，有猎犬，有田舍等等，都做得极好，可是价钱很贵。后来父亲买了一面黑地彩花小鸟宿在枝上，花去了四十里拉，约值华币六七元。更奇而更合于中国收藏家嗜好的，就是几片天然景致的云石，不是人工凑合的。父亲买了一片，只二十里拉。说了人家不相信，明明是一幅绝妙的海滨图，仅长八寸，高三寸，而石上图中，近地是海滨的崖石，层层叠叠，或欹侧成洞，或耸立成崖，上面远处是云天，可惜两片云色太浓，像瑕点，再细看时石上有一棵树，枝干是棕红色，而上端绿叶成个伞盖形。石崖空处是沙滩，滩右看去隐约一个穿入海中的石矶，而在沙滩上又显出一个船影，还有倒影，好像沙滩积水时所显出，若隐若现，浑成个天然的美景。记得以前在西湖畔刘庄见过一面石儿，上有天然的水鸭形样，头颈俱全，疑为人工所做，不想又见到这更奇的绝品，所以极为珍爱。

弗洛兰斯居民各家自己管自己的店，不管是皮工、果店、面包铺或屠夫，各人自己忙碌，可是忙中寻闲，自己任何时间停工、开工，不须赶赴上工的时间。当我们在那里时，父亲要去理发，可真奇怪，星期一是理发师的假日。父亲遍街奔跑而找不到一家理发店。

意大利人主要的食物是酒与面包，故意大利人多半大腹。酒是意国最大的出品，当然很便宜，他们餐餐喝酒。面包都是一长条的，街上不时看见他们提一根可有二尺长的面包而行。面包外香脆而内湿软，可当饭吃。意大利人还有一种特别的食品是干酪，气味恶劣，中国人最不喜欢。一日黄昏，我们访览回来，由菜市经过。此时菜市空着，有三数游客站着闲谈。菜市转弯有一轮车，数人围着吃东西。其时昏暗不明，看不见他们在吃什么东西，只听得咀嚼声。我们跑近了看，但见荷叶上一大块生牛肚。贩牛肚者用利刀切一块块给人吃。大概不贵，只见买者掷数枚铜钱于案上。外人常说中国人怪，吃猪脚、牛尾，吃这种生牛肚不更怪吗？

当我们参观美术博物院回来，路经一家烧食店。有两三位英人臂下夹个书本围立着吃。有烧鸽子、烧鸡、烧腊肠之类。这是当时在炉上烧，现烧现吃的。在灶上有一枝旋转的铁叉，鸡、鸽都叉在杆上，一烧熟即刻给顾客吃。我们五人共吃两只鸡，当天午餐吃不下去。又看英国人吃得不能说话，一人手里拿一只鸡啃着。这才是真正享乐，还要刀叉干吗？我想那平常受礼节束缚的英人，今日得畅然用手撕鸡肉吃，不知其心中快乐为何如？我们看他们狼吞，他们看我们虎咽，大家相视莫逆，心中总是一句："弗洛兰斯好啊！"

弗城既是艺术中心，当然艺术学生及美术院很多。弗城最大的美术院名字很长，记不清。房屋本来是皇宫，地方非常大，许多艺术专校的学生就是天天到那里去研究。博物院有七八处，如细细玩览的话，就是三个月也看不完。我们只是走马看花，看了几尊石像及十五世纪以前的画片而已，然已跑得脚酸。原是两座皇宫，改为美术院之后，又用长桥过道相连。单桥上的画片一天就不够研究。都是油画，然画题不出于《圣经》故事及王族之肖像。十五六世纪的画总是画人身和人面而已，不见什么山水花草之类。到十八九世纪才看到风景画，如秋景市色之类。然其画人情态，非常高明，仿佛眼睛盯着你走。西洋画又有一样特处，他们总是把整个画涂上颜色，不见空白，这也许是因用油画的缘故。在这美术院内，总是看见美专生在那里仿描名画，慢慢一笔一笔地看着画。他们说常要两三个月才能完成一幅，大的要五个月。还有一种学生停立一画片前，在那里出神，时或在小册内做笔记。在弗城常可看到长发蓬蓬的学生和不穿袜的女郎并肩而行。或有老人胡须长白，坐在门前谈天，稀奇古怪的人都有。

　　弗洛兰斯有一礼拜堂是著名画家米哥安杰罗（Michael Angelo）① 所计画的。里面原不是礼拜堂，而是几位帝王的坟墓。入门是地窖，有许多拱柱，而房间矮小。上楼有一大堂，三位帝王的大理石棺材设于壁边。全厅是大理石做的，五彩耀目。堂中全无一物可见，花纹之地板也是宝石砌成的。离地约六七丈始为天花板。天花板上画着人类始祖从乐园被逐出，在地受苦，至耶稣降生受难、复活登天的故事。是出于米哥安杰

---

　　①今译米开朗琪罗。——编者注。

罗的名笔。人身都是肌肉，强实有力。这礼拜堂据饭店主人说，
是世界上最美的礼拜堂。其实说它庄严华丽可以，说到伟大雄
壮，还是须让法国的礼拜堂。

王礼锡（1901—1939），字庶三，笔名王抟今，作家、外交家。早年就学于江西省第七师范学校。1932年在其主编的《读书杂志》发起轰动一时的中国社会史论战。1933年赴欧考察。抗战爆发后，在英参加组织作为世界援华工作国际联系中心的全英援华会并任副会长。1938年回国，翌年作为作家战地访问团团长率团前往战地，因黄疸病发于访问期间病逝。著有《海外二笔》《海外杂笔》《战时日记》《国际援华阵营》等。

两个奇迹

——澎湃城与维苏威火山

王礼锡

一、 澎湃城

　　当着"澎湃①出入口"一行大字赫然出现于我的眼前时，我的心中有说不出的惊奇之预感。我过去只有将出南口②看长城，荒漠中骑骆驼访金字塔、狮身人首像，及在开封图书馆的入口，将得细看殷虚③中甲骨时有此同样感觉。

————————

　　①澎湃（Pompeii），又译潘沛依、庞培。意大利拿波里湾东有维苏威火山，纪元79年火山爆发，其南麓之澎湃及黑口列难二城同时埋没，1748年始渐发掘，宫室市街依然存在，游其中者，恍如置身罗马古国。——原编者注。
　　②南口，在平绥铁路河北与察哈尔交界。——原编者注。
　　③殷虚，古代殷的故墟，虚通墟。即今河南安阳城地。——原编者注。

长城、金字塔、狮身人首像的单纯伟大，足以使人感到绝言说、绝描写的惊骇，但只是古代的人工伟迹而已。殷虚甲骨上的象形文字，是数千年前人类生活的自己描画，可以使数千年前人类的活动透过这些象形文字而复活，其内容已经较之一些壁画或一二古物的发掘为丰富。但在这里——澎湃，我们可以目击此间人类在两千年前的街道、房屋、娱乐、政治生活，总之，一切文化都照原样封存在那里。两千零一十三年前，维苏威火山将它的热灰很惨酷地封存，给我到现在做游观的资料。这是如何动人的史迹！

在纪元 79 年 8 月 23 日下午一点钟的时候，澎湃城中歌舞升平的居民骤然为天空非常浓黑的烟云引起了惊异的情绪。这垂天之黑云逐渐扩大，白天渐变成了黑夜，不，黑夜至少还有几点星光，而那里是一星微微的光也没有。那城中的居民简直不知什么事情降临了！"妇女的哀号，小儿的啼哭，"白林尼在他痛定思痛的信中描写："男人的狂喊与咒骂，在黑暗中环绕着我们互相答应；女人呼唤她们的小孩，大家高声叫唤他们的亲戚朋友，大家企图在声音中相互辨认；有些人在死的恐怖之中希图免死，有些人祈求菩萨的保佑；但是多数人简直相信菩萨不灵，相信他们所听说过的世界末日，是已经到来了。"这样继续了若干天，等着"黑暗逐渐地退去，太阳发射它微弱的光芒"的时候，澎湃全城连着将近三万的生命，都给火山灰埋没了，好像下过一番大雪之后，一切地面的草木都被掩盖了一样。澎湃城就这样为维苏威火山的偶然喷一点灰所封存，直到 1748 年才重见天日。然而已是死城了。人民议事厅是在 1862 及 1876 年之间才被发掘。而最有趣的威地居室，在三十九年前才见天日。为了发掘技术的进步，发掘越迟的，保存得越多。也许再经过若干年，在此死城中还有更有趣的发现。

澎湃城被埋没时的恐怖，现在还赫然在我们的眼前。那里还有一个年轻的女人伏睡着，用她的脸抵住地面；一个挣扎着的十来岁的小孩；一个男人用他的衣衫掩着嘴，希望不让火山灰窒息他；还有一只狗，在非常痛苦之中挣扎而死，四脚朝天，拼命地拳曲它的身子，想集中千钧之力与命运搏斗；还有切了一段的面包，装在盘子里的硬壳果子，大概是一个快乐的家庭正在享受他们的午餐或晚宴。而无端的灾难忽然降临，就遗留这一切给我们后人来做见证。一切人物都被火山灰埋葬之后，雨水再使这些火山灰筑得更坚实。人的躯体逐渐分解，所剩下的至多是些骨头；而剩下的空隙，就恰好是人形。用软石灰质去充满这些空隙，就成了这些惨酷的摹本。

同时，我们在废墟中，可以看见灾难未降临以前的歌舞升平、奢侈淫佚的景象。有建筑得非常宏大的圆形剧场；有无数的酒家，柜台上埋着成排的酒瓮，想见当年柜台边站满了疯狂的醉汉；有不少神女生涯的妓馆，在绘画上更能表示当时风气之淫佚，妓馆的墙上，四周都以彩色画成春宫。导游的人引到妓馆门口时，拒绝了太太、小姐们进去。就在威地那样宏大的居室，里面的一间小房也是太太、小姐们的禁地，因为四壁也是画着春宫程序图。在大门口的墙上，绘着一个老汉，手里提着天秤，天秤的两端，一面是一包黄金，一面是他的"伟器"。拿波里的国家博物院中有一个禁室，据说里面所陈列的都是这类"禁脔"，就连男人也不让看。当时的人们，在这座城里尽量地享受现世的快乐，其余泽尚施及现在的人们，多一个谋生之道。像那些看守的人们，在别的处所是得不到多少酒钱的，而看守这些禁地的人们，每次开门，每客都得给一"里耳"① 以上的小账。

从澎湃城中的房屋构造上，很容易使我回想到早年时家乡的阴暗生活。我们家乡的房屋构造和澎湃城的房屋竟不谋而巧合。导游者最爱用惊奇的颜色来指示房屋的构造。"你看！这多奇怪啦！澎湃的房屋全没有窗子，只在'暗厅'中屋顶上开一个方洞，整个屋子里面的房屋，就全靠它通光。方洞下面筑一个浅池，雨水就从屋顶的方洞流下池里。"在我看来，丝毫不觉奇怪。我们乡下的房子也正是只在下厅屋顶上开一个天井，做雨水下注和通光之用。所以阴天在上厅简直难辨认三四尺外的人的面目。阴雨连绵的二三月间，下厅满是泥泞。在这样阴森森的房屋里面，鬼怪恐怖的阴影就在小孩们的心中滋长。夕阳初隐，油灯如豆的厅中，三五妇孺坐暗厅谈鬼，桌下屋隅到处像有鬼影蠕动。以面当火，怕鬼袭其后；依人而立，足以防背

①里耳（Lire），意币名。——原编者注。

后的袭击，又怕脚下会滚出一个血淋淋的头来。澎湃当年不知是否如此。

在我们家乡的房屋，窗是有的，只是开得很高，无论从里面看外面，或从外面看里面，都非有五步以上的梯子不可。而且小得进不了人，又有铁格子挡住。在小说上看见那些越窗偷情的故事，总不大了然。虽然在窗里面可以进一点光，但窗底下的半边房间永远是黑暗的。我幼年的深度的近视，大概就是在那样环境中养成的。澎湃的房屋，据说是全没有窗子，而在黑口列难（和澎湃同时埋没的）却看见铁格的小窗，和我们乡间的窗子简直是一样。

若有哲人来这古城找东西文化的异同时，这里很有不少的材料。那时已有水管埋藏在地下，直通到喷水池中，从花瓶中、石像的口中或生殖器中喷出水来，已经具有自来水的雏形。他如人民投票的宣传、酒徒的立饮，乃至澡盆的形式，都是一条线下来的痕迹。其实，专从这些材料来分别文化，也好像专从人种的有色与无色来分别智、愚、贵、贱一样的无稽。中国有人发明了豆腐，以后世世有豆腐吃，而西方没有，难道这豆腐就是中国文化的特征，吃豆腐就是中国人生活之态度吗？

二、 维苏威火山

游过澎湃之后，那天下午就去游维苏威火山。这火山在两千年前曾经喷出一些灰，流出一些熔泥，就轻轻地把两个大城市封存了。1922 年，还曾经玩了一段小戏法，在它的烟突里面，做了一段较长的呼吸，拿波里等地方就有七天不见天日，几乎和澎湃、黑口列难同一命运。造物主恰好把它的鼻窍安在拿波里，使它不时有这些异常的恐吓，同时有此伟大的壮观。

先坐电车到山脚下，然后再换缆车上山。远远地望见一座雄伟的山，山顶上常常喷出黄烟，在天空结成极美观的彩画；望山脚下，则反看不见。缆车上所看见的，只是山凹中一段一段的堤防，专为防止熔泥下注的。这些赤火一般的熔泥常常把整个村庄糊没，好在它流得很慢，所以人们可以逃避。缆车渐渐地向山顶拉，天气渐渐地变冷了，冷得几乎不能耐。车中预备了很多毛毡出租，这些乘人之危的东西当然是贵得出奇，我就没有要。

缆车停下来，我们从车站出到山路上，一个导游者领着走。山路上还有未化尽的雪，但山下却是中国长江流域初夏的天气。满山是烟，从崎岖的山路向下望，简直是个烟海，渺茫茫一片，什么也看不见。我在庐山看落日时，满谷薄雾，觉得好像烟海，现在才真看见烟海了。

跟导游者走了一程，转过一个坡，就看见火山的喷烟口了。原来我们简直就站在对着喷烟口极近的一个峰上，中间只隔着一个熔泥流注的坑。维苏威山顶上像是被一个巨人用斧头很粗鲁地在山顶上砍了几下，把尖顶砍去了似的。缺口的线条是表现得粗鲁而有力的。黄烟就在这缺口里面吐出。

俯视熔泥流注的坑中，有各种颜色的旋流，有黑色的、赭

色的、白色的和通红的，都有一层一层的旋纹，似乎在里面还
是流动的，简直像是一个伟大的熔炉。我们战战兢兢地站在崖
上，一失足就有沉没在熔炉里的危险。

导游者指着那个熔炉对我们说："胆大的跟我下去，下面更
有趣呢。"我们许多人就跟他践着火山的流灰，从陡绝的路下
去。好在路旁边很粗率地做了一段一段的木扶手，有时足下一
溜，一面把住扶手，就像溜冰一般的溜下去。走到半山，两脚
已经走乏了。我想底下也没有什么好看，不过走得离熔炉近一
点，看得更清楚一点而已。但有时也有生命的威胁，真会一失
足成千古恨，因此，我就站住了。停了一刻，他们已经到底，
而且已经在熔炉里面走。澄区①也下去了，向我招手，我也就奋
勇下去。

到了熔炉的边上，才知道那些黑的、赭的、白的，都已经
凝固了，或正在凝固中。但上面虽然凝固了，从边上的空隙里
还看得出底下通红的火，好像冰没有结得到底，底下还是水一
样。我只好跟着导游者一步步往前试探着走，生命付托给命运。
底下热得烫脚，因此两脚在凝铁（就叫它做铁吧！）上很快地起
落。通红的部分走近了，导游者说："这是今天从火山里流出来
的。"有几个工人用一根铁杆，在熔铁中挑一块起来，把一个铜
板按在中间，冷一会就成一个很古雅的水盂般的东西。我也买
了几个。我想这是极好的纪念品，这是 1934 年 3 月 5 日从维苏

---

①"澄区"是人名，与作者同游。——编者注。

威火山中流出来的熔铁，将来我的书案上，就有维苏威的小模型。

当我走到熔炉的边上时，忽然火山里面发一声怒吼，真好像暴风烈雨中一声焦雷，或火车出轨时轰然倒地，不，这些都不够说明这声音；或者共工①怒触不周之山，天崩地裂之声，可以用来相比，但那声音我们又没有听过，无法去想象。总之，我才下了危坡，就为这有生以来没有经验过的巨响所震慑，觉得这是世间未有的危境。这是安静的地壳最脆弱的一角，也是平凡的世界最伟大的一角，好像在资本主义的世界中有一个俄国一样。跟着巨响，这伟大的巨人就在它的永远张着的口中，喷了一阵黄烟，漫天都黄了，山川为之变色，太阳为之无光，人们在这惊怖之中都哑了。

本来意大利这块土地就是由火山产生出来的，两千万年前，火山的胎中产生出这一块后来无论在宗教、政治、文学上都翻了许多花样的土地，火山就是意大利的摇篮。同时这不安全的摇篮，在意大利也做了不少的事，做了不少的陵谷变迁的把戏。我们置身在这魔术场中，当这魔人之前，看他在热情时的鼾声，不胜惊叹于自然之伟大！

由火坑中再攀登到白雪耀眼的山顶上，许多不敢下去的人都来探问火坑中的消息。再由缆车、电车送到歌舞升平的都市，

---

①共工，我国古代之水官也。《淮南子》："昔者共工与颛顼争为帝，怒而触不周之山。"不周山即今昆仑山脉。——原编者注。

许多熙来攘往的人们在这巨人的呼吸所及的区域，居然像若无其事一般的，我这才松了一口气，看看手中维苏威的小模型，真感到我是从魔窟中生还了。

"朝游拿波里，夕死可矣！"① 这个谚语是的确不错的。

---

①拿波里，临拿波里湾，与维苏威火山近在咫尺，风光秀媚，故意人有此谚。——原编者注。

庄泽宣（1895—1976），著名教育家。1916 年毕业于北京清华学校。1917 年公费留学美国，先后获哥伦比亚大学、普林斯顿大学教育与心理学博士学位。1922 年归国后，历任清华大学、厦门大学、中山大学、浙江大学、岭南大学、广西大学心理学系和教育系教授及主任等职。著有《职业教育通论》《教育概论》《各国教育比较论》《西洋教育制度的演进及其背景》《如何使新教育中国化》《各国教育新趋势》《乡村建设与乡村教育》《战争受害国的文化与教育》等。

丹麦的印象

庄泽宣

丹麦真是一个可爱的国家，丹麦人可说是具有德国人的身体、美国人的精神。我们走遍欧洲，感到这是最近于理想的一个国家。以人口而论，丹麦只有 3 600 万；以面积而论，只有 17 200①方英里。整个国家只有一个大半岛、一个大岛及无数小岛，然而因此海岸线有 3 400 英里长，而人民个个努力且能合作，在历史上经过许多风浪，屹然独立，为世界各国钦仰！

从英国到丹麦有三条路可走：一条是经比利时、德国，一条是经荷兰、德国，一条是直过北海而达丹境。我们因为想看看比利时，本定走比利时这条路，后来觉得火车经过也看不到什么，而且火车也坐厌了，决定乘船走北海的那条路，自伦敦

---

①原文如此，"方"字在这里应指"平方"。后文同。——编者注。

坐一小时半火车便到海边 Harwich。那里每晚（星期日除外）有丹麦邮船横渡北海，计在海上一昼夜，虽略有风浪，但三等舱亦甚舒适。连日奔波，二十四小时中几乎睡了二十小时！船上餐室的饭已是丹麦式的。鹅蛋比任何国的都来得大，比中国的约大两倍，牛奶牛油的浓厚、肉类的丰美，也非他国所可及，毋怪丹麦人都是身长六尺、寿高六十了（丹麦人平均活六十岁，寿高为各国冠）。船抵丹境，再换火车，因为代表中国出席心理学会的关系，不得不坐二等，实则三等也有睡车很可坐得。半夜开车，经过两个海峡，火车上船，乘客安睡车中，可完全不知道而渡过（第二次渡海费两小时），次早便到丹京①。

万国心理学会为尊重丹麦心理学前辈 Hoffding 教授（其著作曾由王静安先生译成中文）起见，上次在美开会时决定此次在丹京开会，并推他为会长，不幸数月前他已逝世！乃改推现任丹京大学心理学教授 Rubin 为主席。开会时丹皇亲来出席，参与盛典，但并未致辞，只与各国正式代表握手言欢而已。丹皇与瑞典皇为亲兄弟，与英国皇为表兄弟，但丹麦早为立宪国，国皇无权，且极平民化，唯丹麦与瑞典及英国国交或因此而更密。

记者除出席心理学会外，曾参观国际民众学院、丹京民众高等学校、不良儿童感化院及实验小学。国际民众学院在

---

①指丹麦首都哥本哈根。——编者注。

Elsinore①，离丹京汽车道或火车约一小时半路程②，于1921年成立，已往学生代表二十余国，但有少数学生仅住院数星期，多数学生亦只住半年。该院宗旨及方法与其他民众高等学校大致相同，不过学生来自各国，因此语言及国际问题研究较为注重。丹麦民众高等学校计有六七十所，但在丹京仅一所。民众高等学校本以农民为对象，所以都在乡间；丹京者则为工人而设，上课多在夜间，学生多不寄宿，但宗旨及方法仍与其他民众高等学校相同。不良儿童感化院专收各校训育上有问题的学生，完全寄宿，功课注重手工、园艺及体育，务使儿童无空暇，自不作恶，学生人数不过二十，可见丹麦儿童之驯良。实验小学规模颇大，注重儿童自由工作，与其他各国实验小学大致相同，设备亦佳。

丹麦在文化及教育方面近百年中向一新方向走，其原因不一，概而言之，可说是一方面因为教育普及、经济平均发展，一方面因为出了几个民众领袖的缘故。丹麦小学教育在百年以前已经普及，近百年来则致力民众高等教育的普及。进过民众高等学校的已达农民的百分之五十。经济发展以合作事业为基础。丹麦地瘠物少，但五十年来因合作运动的普及，全国农民加入合作社的达百分之九十以上，一切农产物非经合作机关的科学试验达到某种标准的不准发卖，竟使丹麦的特产如牛油、

---

①即赫尔辛基，又称"埃尔西诺"。——编者注。
②此句不合今语法，原文如此，后文个别句子亦是。——编者注。

鸡蛋、火腿等垄断全欧市场，以至英国人非丹麦的鸡蛋、火腿吃不饱早饭！丹麦的富是普及的，全国大富翁绝少，而人人几乎都有中产之资！本来一个国家的中心是在中产阶级，而丹麦的中产阶级便是一般农民，这一般农民复能利用农暇去为学问而求学问，到民众学校去共同生活、交换意见，真是太平理想国的景象。

丹麦近代文化的代表人物很多，最著名的便是格龙维（N. F. S. Grundt Vig，1816—1870）①。他的生平与事业已经有人向国人介绍过。他最注重人与人的关系，他的思想影响到一切事业，尤以民众高等教育方面为最大。他以为人生最宜受教育的时代是十八岁到二十五岁，方法注重师生感化，内容注重口头讨论与音乐及实际问题研究，以书本为次要。他的主张已经影响到各级学校及丹麦以外各国，前途未可限量。

丹麦海岸线虽长，但山地不多，交通方面除汽车、火车外，自行车很多，以丹京而论，便有二十五万架②，几乎满街都是。丹麦的通俗图书馆有七百八十九所，借的书每年有七百万本，可见教育的普及。

总之，我觉得丹麦文化具有一切西洋文化的好处而并没有一切西洋文化的坏处，而且以农民为全国基础，大可供中国的参考，深盼国内多派人来考察。

①今译葛隆维，丹麦教育思想家。——编者注。
②原文如此，今用"辆"。——编者注。

庄泽宣（1895—1976），著名教育家。1916 年毕业于北京清华学校。1917 年公费留学美国，先后获哥伦比亚大学、普林斯顿大学教育与心理学博士学位。1922 年归国后，历任清华大学、厦门大学、中山大学、浙江大学、岭南大学、广西大学心理学系和教育系教授及主任等职。著有《职业教育通论》《教育概论》《各国教育比较论》《西洋教育制度的演进及其背景》《如何使新教育中国化》《各国教育新趋势》《乡村建设与乡村教育》《战争受害国的文化与教育》等。

捷克：一个新建立的国家

庄泽宣

我们游俄的愿望既无从达到，不得已取其次，到一种族语言都与俄国相近而且建立时期亦相同的国家——捷克——去看一看。捷克的大部分（BoRemia，Moravia，Silesia）在历史上一千年前已成独立国，但近百年为匈、奥所吞并，直至欧战后始复兴，同时 Slovakia 和 Carpathain Ruthenia 也加入它们，合组成一共和国，称 Czechoslovakia①，所以我说它是一个新建立的国家，而不是一个复兴的国家。

捷克的独立运动是由几个领袖领导的，其中最主要的便是今总统 Masaryk②。他的父亲是一个车夫，他小时学打铁，后来

①今译捷克斯洛伐克。——编者注。
②今译马萨里克，捷克斯洛伐克首任总统。——编者注。

感到学问的重要，把打铁赚来的钱跑去维也纳求学。不久他发表他的处女作——《自杀，一个近代文化的共同现象》，声名大噪。回国后不久便任大学哲学教授，著作甚多，重要的有《马克思主义的哲学与社会学基础》《具体名学研究》《俄罗斯的精神——历史、文学与哲学》，后者凡两大卷，在战前为研究俄罗斯的标准著作，虽俄国学者亦甘拜下风。欧战既起，他知道故国复兴的机会来了，遍走各国，一面游说，一面组织，在巴黎成立了一个捷克斯拉夫①建国委员会，他自任委员长，其他委员有现任外交总长、前大学讲师 Benes②，天文学家 Stefanik③；创捷克斯拉夫军，加入协约国战线。这位天文学家不久成了法国军队中的将军，不幸革命甫告完成，飞回国的时候，飞机跌下来跌死了。1918 年 6 月各协约国政府便承认捷克国，到十月间革命成功，建国委员会便在捷京④正式成立政府，两年以后议定宪法宣布，总统七年一任，不得连任，但第一任总统可连任一次，足见人民对于此老教授之信仰。

这位老教授治捷克，悉以民意为归，今日捷克境内种族复杂，宗教信仰亦各不同，但悉同等待遇。各民族如学生数多，可独设学校，用所说方言教授。以德人而论，捷克且有用德语

①见上页注①。——编者注。
②即贝奈斯，捷克斯洛伐克的建国者之一，将军、第一任国防部长、科学家、外文家和政治家。——编者注。
③即什特凡尼克，捷克斯洛伐克政治家、总统。——编者注。
④指捷克首都布拉格。——编者注。

教授的大学及专门学校，中小学更多。不过全国一千四百万人口中，约三分之二属捷克及斯拉夫民族，所用语言极似俄文。（全国小学生数已达一百七十余万，实已普及。）

这个新国在经济上地位也很高，旧日匈奥帝国精华几全在此。据统计报告，他的磁业占旧匈奥磁业全部，糖业及玻璃各占百分之九十二，纺织及造纸各占百分之七十五，皮革占百分之七十；尤其重要的是矿产，计煤占旧匈奥帝国所产百分之七十五，旧日之金银矿几全在捷境；钢铁亦大部分在此，计每年产额钢有二百万吨，铁有一百四十万吨。宜乎捷克富而匈奥穷了！世界上的皮鞋大王是捷克人，他的工厂面积甚大，每日出鞋数万双，销货至美国与中国，去年也从飞机上跌下来跌死了。

我们在捷京只留两天，见闻颇多，但只有时间参观一间实验学校，一间大规模的安老育幼院，一间民众教育中心机关。实验学校与他国所见的大致相同，不过与大学教育学院关系甚密，闻全城有二十余实验学校（小学及初中），均受大学教育学院的指导，房舍及设备亦佳。民众教育中心机关称 Masaryk Institute for Adult Education（Cultural Federation），成立于1906年，计分演讲、图书馆、艺术、组织、书目、电影及青年等部，本称文化协会。革命告成后，今总统对于该会甚为热心赞助。他老人家七十岁的时候，信仰他的人便捐集一笔巨款称"国父基金"，在这笔基金里抽出四百万元给文化协会。在他七十五岁时，这个协会为纪念他起见，改称今名。

还有一个纪念"国父"而且象征他人格的机关，便是捷克首都市立安老育幼院，原名称 Masaryk Homes。此院建筑开始于 1926 年，完成于 1929 年，计占地二万八千八百方米，凡二十一大建筑，费去十万万元。内有六所安老院，一所为夫妻俱存的，可容一百对；余为男或女的，可容一千三百五十人。另有养病院四所。育幼院凡四所，孤儿、病儿、低能儿及体弱儿童各有其所，予以适当的教养。一切设备均极端科学化，各有专家主持，诚集安老育幼之大观。低能儿有低至终日吃睡的，亦有可略做手工的，亦有能略识文字的，身心两方面皆受训练，使不致流入社会作恶害人。捷克人对此院极以为荣，称为世界上所仅有。

有一件事情我们没有赶上看到的，是今年七月间捷克全国体育协会的大会操。这个协会已有七十年的历史，到现在有会员约六十万人。这个协会的目标不仅在鼓励体育，且注重人格训练。任何人皆可入会，但须证明公私德皆无缺点；最初半年至一年须受严重的监督且须上课与上操，而无选举与被选举权。经过此种选择后始可充正式会员，参与会员大会及选举职员。会中一切经费概出自会员，每五年全国大会操一次，遇有机会则加入国际竞赛，已引起全世界的注意。除此协会外，尚有运动协会，会员计二十万人；捷克籍德人体育会，会员亦二十万人；社会共和党有工人体育会，会员十万人；天主教体育会，会员亦十一万人；无产阶级体育会，会员有四万人；其他体育会三十余，会员各数万人。可见捷克体育之普及。

这个新建立的国家已有了很好的基础，且联合 Rumania① 与 JuKoslavia② 称小协约国，左右欧洲政局，前途未可限量！

---

①今译罗马尼亚。——编者注。
②今译南斯拉夫。——编者注。

谢六逸（1898—1945），著名作家、翻译家，中国现代新闻教育事业的奠基人之一。1917 年考取公费留学日本，1919 年入日本早稻田大学专门部政治经济科学习；1922 年毕业回国，到商务印书馆工作。先后任暨南大学教授、中国公学文科学长兼中国文学系系主任；在复旦大学创建新闻专业，并任复旦大学新闻系、中国文学系系主任。新闻记者须具备"史德、史才、史识"三条件，就是谢六逸先生提出的。

日本的杂志

谢六逸

顾名思义，既称杂志，内容宜求其"杂"。我国的杂志，虽欲求其杂而不可得，因为文章缺乏，编辑技巧不精，铅字不整齐，插图模糊，"花边"不全，如何能"杂"呢？

杂志的"杂"，并非"杂种"（国骂之一）的"杂"。凡办杂志，不可不"杂"。学院派的杂志，似乎不宜"杂"，其实不然。一种学术值得办一种杂志来研究发表，那种学术，已很复杂。是则专门研究此种学术的杂志，只就内容一项来说，也不可以不杂。

几篇皇皇大文，每篇长若干言，据说每篇都是数年研究的结晶品，参考书籍在数百种以上（有每篇篇末的注一、注二以至于注 N 为证）。不幸六七十万言的杂志，被几篇皇皇大文章一塞，早已塞得胀腹鼓鼓的了；即有空白，又再补上近于"乌鸦在天空中放屁之理论与实际"的文章；至于编排呢，照例是名人的文章放在头上，或者将政治、经济论文列在篇首，"小说"之类老是放于末尾。每篇的题目一律用二号或三号铅字，作者的姓名一律用四号或五号字。从封面后的"目录页"起到"里封面"为止，每行的长短划一不二，不见一个花边或者一张"扉画"（Cut）。办杂志老是因袭这个旧套，不怕那几篇"皇皇大文"减色吗？这样的东西似乎难以称作杂志，亦即难以称作近代集纳主义（Journalism）①领域里的"杂志"，勉强称作"论集""论丛"何如？

凡办杂志，不管是否学院派的、专门家的，或者通俗的、一般人的，我们可以在每项问题中求其复杂，在编排上求复杂，在排式上求复杂，在使用铅字花边上求复杂，在插图或饰图上求复杂。不宜单调刻板，不宜错落满纸（其甚者误驻×大使为驻×大便），不宜在封面登商品广告。我前面所说的"杂"，不外这个意思。一面办杂志，一面又怕"杂"，何必办什么杂志？尽管编"某某诸公论文汇刊"好了，幸勿掠夺"杂志"的美名！

闻镀过"足赤"回来的人说，"伦敦的乞丐办有一种小报，指导乞讨的路线"。乞讨也要办小报，做精神上的沟通，我国的报业经营者也许要嗤之以鼻，骂一声"小瘪三办报，狗嘴里吐不出象牙"。从前我得了一张《大正新报》，是日本东京屑屋组

---

①此处是音译。——编者注。

合（即上海的收旧货者，吾乡称作"收破铜烂铁"者的行会）
所办的，里面刊载各种旧货（例如垃圾桶里的破香烟、罐头之
类）的行情，还有附刊，登着小说、散文呢。在我国的新闻经
营者听了，又要说"这个不能够赚铜钿了"。

这个例说明了什么呢？答曰：在现社会里，定期刊物的领
域已扩张了。连乞讨和收旧货也有定期刊物，可见其"杂"。从
前不办杂志则已，如办则必研究这种杂志的后台老板是谁，具
有什么作用，按月津贴若干，主编者除名分上的薪俸外还有油
水没有。翻开内容一看，字里行间尽是崭新的名词，例如"积
极"等等。出了四五期之后，大约津贴不来，便关门大吉，这
不愧是中国杂志的正统派。办杂志如果遵循正统派的成法，活
该个人或公司的"血本"倒霉。

希望杂志办得好，"杂"得妙，"销"得好，第一要"杂志
记者"得人。日本的杂志记者确实有一副本领，他们的本领，
我可以借用中国赌徒的三字口诀来说明——就是"忍""狠"
"等"。

日本的社会较之我国的安定得多，讲到研究学术，当然要
算日本的环境适宜，因之肯提笔写文章的人也多。如像《改造》
《中央公论》《主妇之友》一类的杂志，资本丰富，肯出稿费，
要罗致名流学者的稿子有何难哉？然而名流学者有时不免装腔
作势，有时确实无闲，那么，杂志社的记者就得"忍"，暂时得
自称"百忍堂主"了。所谓"忍"者，即厚脸皮之意，应付一
个名流要脸皮厚，应付一批名流也要脸皮厚。他们罗致稿件，

在会面时除了接连行九十度的鞠躬礼而外，还得用各种方法和他们联络，目的在于使他们的好文章都在自己杂志上面登出。要达到这个目的，非做"百忍堂主"不行，如稍一碰壁，便怫然不悦，或思改行，那就永远拉不到佳稿。我读过好几位日本杂志记者的苦心谈，觉得他们的坚忍甚可佩服，犹如"难行苦行"一般，他们简直不是在拉稿，而是在打仗。

美国的影片公司拍摄电影，不惜将宝物破坏牺牲，可谓"狠"心；如不狠心，只好用纸扎的汽车表演互撞了。办杂志怕痒怕痛，既要马儿跑，又要马儿不吃草，哪里有的事？一篇文章，老板肯出三元一千字，但要除去标点，除去括弧当中的外国字，又要除去空行，拨一下算盘珠子，除干打净，实得二十三元五角九分；但是开了支单，只有二十三元，老板的意思是省一文好一文，对好说话的不妨多刮一点，聚沙成塔，几年工夫，要成为一笔巨数呢！稿费打了小折扣，纸张又得买顶便宜的，铜版、锌版不愿做，印刷的工价愈低愈好，可是他希望他的"杂志"能不胫而走，岂非矛盾？日本的杂志记者在资本容许之下，他们对于作家的稿费能自己做主。为了与别人竞争，他们允许极高的润金，不怕资本家多话。在资本家方面呢，如果杂志销路好，这点稿费是容易收回的，因此杂志记者虽"狠"而老板不怕。不吝啬稿费，其"狠"一也。

其次，文章务求其多，各种性质的文章，只要有价值，合乎体裁的，都得设法罗致。比方《中央公论》《改造》一类的硬性杂志，亦兼载软性的文章、画家的绘画，使枯燥严重的空气得以调和。又如《文艺春秋》那种杂志，只消翻开目录一看，搜罗材料的丰富，可一望而知。诸如此类的杂志，买了一本，可供半个月的阅览。纵使不能以质胜，也能以量胜；横竖一本杂志的代价有限得很，买了一本，供十数日的消遣，何乐而不为？杂志能够适应读者各个人的需要，销路自然可观。推原其故，还是杂志社出得起稿费，向多方面罗致文稿所致。归根结蒂，不能不说是杂志记者的功劳，其"狠"二也。

能"忍"能"狠"之外，还须能"等"。"等"者包括"跑路""伺候"之类。作者住在外埠的，如果拍电报还不见稿子寄来，就得花一笔旅费，派遣记者去坐索。甚至有住在旅馆里面等候三四天，仍旧拉不到稿子，空手而回的。作者住在近处的，屡次催促，不见稿来，发稿期迫，只好带了"便当"（饭盒）到他的家中去坐候——这种情形，记者不以为侮辱，作家不嫌其麻烦，此所以作家能与记者打成一片，符合所谓"产销合作"。

要杂志办得好，必须先要记者好。前面说的"忍""狠""等"，实在是杂志记者在责任上应该做到的，不足为异。杂志是一个艺术品，杂志记者应有他们的修养与人格。通过他们的技巧，使成千上万的人得到一个艺术品。读者对于能够负担这种使命的人，理应致"革命"的——不，说错了，致虔诚的敬礼。距今十一年前，《中央公论》有一位著名的杂志记者，名叫泷田哲太郎（号樗荫，殁于1925年），颇受当时一般作家的敬仰。已故作家芥川龙之介曾说："泷田君是一个热心的编辑者。尤其在诱导作家写小说、写戏曲，能具独特之妙。……我受了他的多方的鞭挞，不觉奋然地写了百篇左右的短篇小说。"（见芥川著《梅马莺》二四四页。）德富苏峰也称赞他道："我在《中央公论》上用匿名发表的文章，都由泷田君笔记而成……泷田君的笔记，我最放心而且满足。"（见《成篑堂闲记》一四七页）。像泷田君这样的记者，我们能有几人呢？作家能执笔创作，但未必能具备编辑技巧，并且没有时间去下"忍、狠、等"的功夫。一个杂志的编辑要挂出作家的招牌是可以的，但必须有一个精通编辑技巧的人做他的助手，而且这个助手须有修养、有人格才行。日本的各种杂志虽有挂起作家的招牌的，然而都各有负专责的记者。日本杂志之所以有精彩，我想这也是原因之一吧。

如果到了东京，试走进神田一带的大书店里去，站在杂志摊旁边"立读"一下，不免要惊异种类的繁杂。单就杂志的外形讲，五光十色，刺激视觉，不由得不伸手去检起一本来翻阅；见了意匠的新颖，印刷的精良，又不由你不放下这一册，另去翻别一册；又将惊异连"抽烟"［《莨》（Tobacco）］、"钓鱼"（《水之趣味》）也得办杂志。至于各级学校的课外读物（定期刊行的），社会科学的专门刊物，自然科学的通俗杂志，少年、少女、文艺也纷纷陈列在那里。用武士豪侠、市井琐闻做主要材料的杂志（《讲谈俱乐部》《读物》《实话》）和奉马克思理论的文艺杂志并列。不过大家可以放心，谈"抽烟"的杂志里在大谈马克思爱抽烟斗；讲马克思理论的杂志决不谩骂办"抽烟"杂志的人为没落颓唐。患这种"幼稚病"的时期大约彼此都已属于过去了。政客、绅士，学生、工人，各人检选各人喜悦的杂志，各得其所。可没见有人写文章加以训斥说：你们不读圣经贤传，专看杂志，不怕堕落吗？

当恭维的地方不妨恭维，因为日本杂志的发达无非是他们努力的结果。大概我国的杂志经营者不至于说我"长他人志气"吧。

郁达夫（1896—1945），原名郁文，字达夫。现代著名作家。1913 年赴日留学，1922 年从东京帝国大学毕业。1921 年 7 月与郭沫若、成仿吾等在东京成立新文学团体创造社；同年第一部短篇小说集《沉沦》问世，影响巨大。其小说、诗歌、散文、文论、政论多而优质，在现代文学史上独树一帜，代表作有《沉沦》《故都的秋》《春风沉醉的晚上》《过去》《迟桂花》等。其作品感情奔放、恣肆坦诚，同时又忧郁感伤，表现出强烈的个性特色。

日本人的文化生活

郁达夫

无论哪一个中国人，初到日本的几个月中间，最感觉到苦痛的，当是饮食起居的不便。

房子是那么矮小的，睡觉是在铺地的席子上睡的，摆在四脚高盘里的菜蔬，不是一块烧鱼，就是几块同木片似的牛蒡。这是二三十年前，我们初去日本念书时的大概情形。大地震以后，都市西洋化了，建筑物当然改了旧观，饮食起居和从前自然也是两样，可是在饮食浪费过度的中国人的眼里，总觉得日本的一般国民生活远没有中国那么地舒适。

但是住得再久一点，把初步的那些困难克服了以后，感觉就马上会大变起来。在中国社会里无论到什么地方去也得不到的那一种安稳之感，会使你把现实的物质上的痛苦忘掉，精神抖擞，心气平和，拼命地只想去搜求些足使智识开展的食粮。

若再在日本久住下去，滞留年限到了三五年以上，则这岛国的粗茶淡饭变得件件都足怀恋：生活的刻苦，山水的秀丽，精神的饱满，秩序的整然。回想起来，真觉得在那儿过的，是一段蓬莱岛上的仙境里的生涯。中国的社会简直是一种杂乱无章、盲目的土拨鼠式的社会。

记得有一年在上海生病，忽而想起了学生时代在日本吃过的早餐酱汤的风味，教医院厨子去做来吃，做了几次，总做不像，后来终于上一位日本友人的家里去要了些来，从此胃口就日渐开了。这虽是我个人的生活的一端，但也可以看出日本的那一种简易生活的耐人寻味的地方。

而且正因为日本一般的国民生活是这么刻苦的结果，所以上下民众都只向振作的一方面去精进。明治维新到现在不过七八十年，而整个国家的进步却尽可以和有千余年文化在后的英、法、德、意比比。生于忧患，死于逸乐，这话确是中、日两国一衰一盛的病源脉案。

刻苦精进原是日本一般国民生活的倾向，但是另一面呢，大和民族却也并不是不晓得享乐的野蛮原人。不过他们的享乐，他们的文化生活，不喜铺张，无伤大体，能在清淡中出奇趣，简易里寓深意，春花秋月，近水遥山，得天地自然之气独多。这一半虽则也是奇山异水很多的日本地势使然，但一大半却也可以说是他们那些岛国民族的天性。

先以他们的文学来说吧，最精粹、最特殊的古代文学当然是三十一字母的和歌。写男女的恋情，写思妇怨男的哀慕，或写国家的兴亡、人生的流转以及世事的无常、风花雪月的迷人等等，只有清清淡淡、疏疏落落的几句，就把乾坤今古的一切情感都包括得纤屑不遗了。至于后来兴起的俳句呢，又专以情韵取长，字句更少——只十七字母——而余韵余情却似空中的柳浪，池上的微波，不知所自始，也不知其所终，飘飘忽忽，袅袅婷婷；短短的一句，你若细嚼反刍起来，曾经年累月的使你如吃橄榄，越吃越有回味。最近有一位俳谐师高滨虚子，曾去欧洲试了一次俳句的行脚，从他的记行文字看来，到处只以和服、草履作横行的这一位俳人，在异国的大都会，如伦敦、柏林等处，却也遇见了不少的热心作俳句的欧洲男女。他回国之后，且更闻有西欧数处在计划着出俳句的杂志。

其次，且看看他们的舞乐吧！乐器的简单会使你回想到中国从前唱"南风之薰矣"的上古时代去。一棹七弦或三弦琴，拨起来声音不响亮，再配上一个小鼓——是专配三弦琴的，如能乐、歌舞伎、净琉璃等演出的时候——同凤阳花鼓似的一个小鼓，敲起来也只是"咚咚"的一种单调的鸣声。但是当能乐演到半酣，或净琉璃唱到吃紧，歌舞伎舞至极顶的关头，你眼看着台上面那种舒徐缓慢的舞态——日本舞的动作并不复杂，并无急调——耳神经听到几声"玲玲玲"与"咚咚"笃拍的声音，却自然而然地会得精神振作，全身被乐剧场面的情节吸引过去。以单纯取长、以清淡制胜的原理，你只要到日本的上等能乐舞台或歌舞伎座去一看，就可以体会得到。将这些来和西班牙舞的铜琶铁板，或中国戏的响鼓十番一比，觉得同是精神的娱乐，又何苦嘈嘈杂杂，闹得人头脑昏沉才能得到醍醐灌顶的妙味呢？

还有秦楼楚馆的清歌，和着三味线太鼓的哀音，你若当灯影阑珊的残夜，一个人独卧在水晶帘卷近秋河的楼上，远风吹过，听到它一声两声，真像是猿啼雁叫，会动荡你的心腑，不由你不扑簌簌地落下几点泪来。这一种悲凉的情调也只有在日本，也只有从日本的简单的乐器和歌曲里才感味得到。

此外，还有一种合着琵琶来唱的歌，其源当然出于中国，但悲壮激昂，一经日本人的粗喉来一喝，却觉得中国的黑头二面绝没有那么地威武，与"春雨楼头尺八箫"的尺八，正足以代表两种不同的心境，因为尺八音脆且纤，如怨如慕，如泣如诉，迹近女性的缘故。

日本人一般的好作野外嬉游，也是为我们中国人所不及的地方。春过彼岸，樱花开作红云，京都的岚山、丸山，东京的飞鸟、上野以及吉野等处，全国的津津曲曲，道路上差不多全是游春的男女。家家扶得醉人归的春社之诗，仿佛是为日本人而咏的样子。而祇园的夜樱与都踊更可以使人魂销魄荡，把一春的尘土刷落得点滴无余。秋天的枫叶红时，景状也是一样。此外则岁时伏腊，即景言游，凡潮汐干时，蕨薇生日，草菌簇起，以及萤火虫出现的晚上，大家出狩，可以谑浪笑傲，脱去形骸。至于元日的门松，端阳的张鲤祭雏，七夕的拜星，中元的盆踊，以及重九的栗糕等等，所奉行的虽系中国的年中行事，但一到日本，却也变成了很有意义的国民节会，盛大无伦。

日本人的庭园建筑，佛舍浮屠，又是一种精微简洁，能在单纯里装点出趣味的妙艺。甚至家家户户的厕所旁边，都能装置出一方池水，几树楠天，洗涤得窗明宇洁，使你闻觉不到秽浊的熏蒸。

在日本习俗里，最有趣味的一种幽闲雅事，是叫作茶道的那一番礼节。各人长跪在一堂，制茶者用了精致的茶具，规定而熟练的动作，将末茶冲入碗内，顺次递下，各喝取三口又半，直到最后，恰好喝完。进退有节，出入如仪，融融泄泄，真令人会想起唐宋以前太平盛世的民风。

还有"生花"的插置，在日本也是一种有派别师承的妙技。一只瓦盆，或一个净瓶之内，插上几枝红绿不等的化枝松干，更加以些泥沙岩石的点缀，小小的一穿围里，可以使你看出无穷的、多样一致的配合来。所费不多，而能使满室生春，这又是何等经济而又美观的家庭装饰！

日本人的和服，穿在男人的身上，倒也并不十分雅观；可是女性的长袖，以及腋下袖口露出来的七色的虹纹，与束腰带的颜色来一辉映，却又似万花缭乱中的蝴蝶的化身了。《蝴蝶夫人》这一出歌剧能够耸动欧洲人的视听，一直到现在也还不衰的原因，就在这里。

日本国民的注重清洁，也是值得我们钦佩的一件美德。无论上下中等的男女老幼，大抵总要每天洗一次澡。住在温泉区域以内的人，浴水火热，自地底涌出，不必烧煮，洗澡自然更觉简便；就是没有温泉水脉的通都大邑的居民，因为设备简洁、浴价便宜之故，大家都以洗澡为一天工作完了后的乐事。国民一般轻而易举的享受，第一要算这种价廉物美的公共浴场了。这些地方，中国人真要学学他们才行。

凡上面所说的各点，都是日本固有的文化生活的一小部分。自从欧洲文化输入以后，各都会都摩登化了。跳舞场、酒吧间、西乐会、电影院等等文化设备几乎欧化到了不能再欧，现在连男女的服装、旧剧的布景说白，都带上了牛酪、奶油的气味；银座大街的商店，门面改换了洋楼，名称也唤作了欧语，譬如水果饮食店的叫作 Fruits Parlour，旗亭的叫作 Café Vienna 或 Barcelona 之类，到处都是。这一种摩登文化生活，我想叫上海人说来，也约略可以说得，并不是日本独有的东西，所以此地从略。

末了，还有日本的学校生活、医院生活、图书馆生活以及海滨的避暑、山间的避寒、公园古迹胜地等处的闲游漫步生活，或日本阿尔泊斯①与富士山的攀登，两国大力士的相扑等，要说着实还可以说说，但天热头昏，挥汗执笔，终于不能详尽，只能等到下次有机会的时候再来写了。

1936 年 8 月在福州

---

①今译阿尔卑斯，位于日本中部地区。——编者注。

钱歌川（1903—1990），湖南湘潭人。著名散文家、翻译家和语言学家。1920 年赴日，在东京高等师范学校留学。1930 年任中华书局编辑。1931 年参与主编《新中华》杂志。1936 年自费赴英国伦敦大学研究英美语言文学。1939 年回国后任武汉大学、东吴大学等校教授。1947 年春前往台北创办台湾大学文学院并任院长。钱歌川在台湾、新加坡、美国发表了大量的散文和英语教学资料。著有《钱歌川文集》四卷。

日本妇人

钱歌川

从前有位享乐主义者，为我们的日常生活定了一个理想的标准，至今脍炙人口。他说，人生之乐，莫过于住洋房子，吃中国菜，讨日本老婆。洋房子装修精致，空气流通，明窗净几，居之自乐。中国菜变化无穷，各味俱备，中外同钦，永吃不厌。唯有第三点讨日本老婆，却有许多人以为不然。中国人选择老婆的目标，总是放在那些软语温存的吴姬越女身上，西洋人则以为优美与妖艳是南欧女人的特长，至于日本妇人却很少有人想到。第一，日本妇人没有苗条的身体，也没有都丽的装束，既不像中国女人的脉脉含情，也不像西洋女人的表情活泼。所以一般人，无论是从西方来或是从东方去，初履日本国土时，也并不全像陆蒂在《菊子夫人》中所描写的那样，是抱定宗旨要去讨个日本老婆的。我初到日本去的时候，只觉得日本女人讨厌。如果有人一定要我从日本女人身上找出一点惹人情爱的地方来，我只能指出她那一双素足。当然，日本女人可爱的地方绝不止她一双素足，不过她的美点不是你一眼可以看得出来的。你要仔细地观察过她的生活以后，你才晓得日本女人确实是人间最好的妻室。她做你的老婆真是太好了，好得使你不敢相信世界上有这样的女人。

你只要到日本多住一些时候，你便可以发现日本女人的美，那时你对她只有称赞，绝无嫌恶。真的，日本女子简直是一首诗，不过她的生活却是一首挽歌。看过《蝴蝶夫人》那个影片，或听过那同名的歌曲的人，没有不感到文艺家的描写是太动人了，因为那故事过于凄惨，反而使人不相信有那种事实。但如果你看见了日本女子的实生活，你才知道那确是一首人间最悲痛的挽歌。

白色在日本也和中国一样，是一种死的颜色。但日本女子在结婚时却要穿白衣。不穿吉服而穿丧服，正表示她是从此死去，与世长辞。她结了婚便与世间的一切断绝关系，留下她所残余的那一点儿微弱的生命，以事一人。

所以日本女人只有在处女时代才有她的自由，才有她的生命，一旦走进结婚生活，即失去她的一切，而取来一个丈夫。这个丈夫便成了她的上帝，君临在她头上，剥削了她的自由，夺取了她的生命，她以后的生存全成为一种寄生的、无自由意志、任人调摆的东西。她的人性会完全丧尽，除了服从以外，不知其他做人的可能。她知道爱，但不知妒；她知道苦，但不知怨；她一味牺牲，却不求代价。这样便造成了一个典型的日本好妻子。

　　不消说，做一个好妻子的第一条件，就是贞操。日本女子在结婚前尽可以风流自赏，与人滥交，但有了一个丈夫以后，这便成了一种严厉的禁律。在从前，日本妇人与人通奸的处罚就是死刑。这用不着要诉诸法院，丈夫自己就是最高法院，他可以随时执行。但做丈夫的却可以自由纳妾。无论妻子怎样一心一德服侍丈夫，对于别的男子不敢斜看一眼，但她的丈夫并不因此就专心爱她而断绝一切外遇。有些丈夫的自私是无止境的。有了好妻子以后，还得纳妾，纳妾之不足，还要去嫖妓。如果单是出外去嫖也就罢了，他却不管他的妻子能堪不能堪，还得把艺妓带回家来，来到他妻子全为着他一个人的舒服而奴役的家庭中，反要他老婆来服侍那妓女，把她视为丈夫的上宾，跪着招呼他们吃饭。如果丈夫留她过夜的话，妻子还得为丈夫和他的情妇排床褥，自己则侍候在门外，听丈夫的呼唤差使。他在半夜享乐之余，也许想吃点东西，或是喝一二盅酒，这时他便只消拍一二下手掌，跪在门外的妻子便马上会进来替他预备。这时已反宾为主，那妓女便成了她的主妇，可以高卧不动，等她送酒食到床头来享受。丈夫甚至要她调制兴奋剂，以助他当夜的享乐，她也不敢不做，而且不能表示不高兴。她必得强笑装欢，奉承她丈夫的意旨，她要是面带泪痕，便不免扫她丈夫的兴致，结果也许要挨一顿毒打。她如果不肯这样去服侍丈夫，就要被丈夫遗弃。休妻在日本是一种奇耻大辱，那时她不仅无面见人，连娘家都不能回去。她只能从一而终，丈夫无论怎样不好，都是她前生运命注定了的，她只有服从。服从丈夫，就是服从运命。

丈夫夜里不回来，无论怎样迟，她也得等待，不能先自去睡，丈夫即使在天明时才回家来，她也不能说疲倦或是说她有点头痛那一类的表示不乐的话。

丈夫无论怎样使她不堪都可以，她却一点儿也不能使丈夫不乐。这便是日本老婆的特长，别国的女子无论怎样也望尘莫及的。

日本老婆还有一种好处，就是她能不辞劳苦在家操作，比任何忠仆都好。她把孩子背在背上，家庭中无论什么事——洒扫庭园，洗濯衣服，弄饭做菜，缝纫插花，她都可以去做。一方面她是一个崇高的母性，一方面她又是一个忠实的仆人。讨日本老婆是有百利而无一弊的。老实说，比住洋房、吃中国菜还要实际得多。洋房有时要坏，中国菜有时要做得不合口味，唯有日本女人侍候丈夫无微不至，跪迎跪送，开门盛饭，柔顺始终不变，受尽各种虐待，几千年来没有听见她一句怨言。

日本女人从小就受的那种特殊的教育，男子的大学里是没有女子的座位的，她们虽然也偶然有一二处受高等教育的学府，但教的仍然是侧重家政学一类的学科。怎样服从男子，怎样牺牲个人，便是她受的教育的全部。礼节是值得她一生一世去学习的。愈是上流社会的人，礼节愈多。烹茶就是一门大学问，她知道用什么火，用什么茶具，用什么茶叶，烹多少时候，应当怎样品法，这个似乎只有福建人可以和她比美。福建人也一样可以烹出她所烹的那种浓绿的茶羹来，不过福建人吃的茶杯是小小的酒杯，而日本是用陶制的大碗。

插花也是日本女人的一种专门知识。几枝生花插在竹制的花瓶内，在我们看来是很简单而不费事，然对于日本女人却大有考究，不能随便一点。经她插好以后，你不能移动它一枝，或去掉其中一瓣，若是那样，便要破坏她费了多少工夫插成的整个的美，虽然我们一般人对于她那种美并不能欣赏。

他如怎样叩头、怎样鞠躬，也是不可少的礼节中的必修科。她在家一定要先跪下，才能去推门，绝不可先把门推开，然后才跪下去。在大街不便叩头才不得已代之以鞠躬。鞠躬时必得深深地把头弯下去，不弯腰当然是失礼的，谁先抬起头来，便算谁先失礼，所以一方抬起头来看见对方还垂着头，便马上又弯下去，等到那边的头抬起来，看见这边的头在下面，只得自己又弯下去，这样一上一下，两方都争先恐后地弯下腰去，无意中便造成了一座坚牢的城壁，即是一部十六个汽缸的流线型的汽车驶到她们的前面，也只好停下来，莫想突破她们的鞠躬阵。

我们普通国家的语言，男女都是一样，只有在东方这个日本之国里，女人另外有一种话语，是男人所不说的。她们为要完成她们的礼节，竟至造成一种女人专用的客气话出来。不过英国绅士说敬语是为自尊，而日本女人说敬语则为自卑；英国人不愿说普通俚俗的话语以保持他尊高的身份，日本女人满口恭敬的言辞，只是表示她对男人的尊重。日本母亲对于她自己所生的男儿和女儿，说话都有不同，对女儿可以随便不客气地说，对男儿一定得说敬语，因为哪怕他是一个小孩子，而且是她自己所生的，但他毕竟是一个男子。她虽没有读过英国Wordsworth 的"The child is father of the man"的诗句，但她知道他是一个男子，生为男子就应该受一切女子的尊敬，他母亲既是一个女人，当然脱离不了这个原则。

　　新死的英国文人契斯透登平生以善逆说著名，有人说求真理就譬如是去罗马一样，不一定只有一种方法可求，所谓"条条道路通罗马"，而契斯透登却说这不对，要到达罗马，并不必即要由那些道路走去，你如果是生在罗马或住在罗马，岂不是较别人更先就达到罗马了吗？有些人已经先有了真理，自然用不着再去跋涉追求。法西政府现在正要那些在街头的妇女回到家庭去，谁知日本妇人从来就没有离开过家庭，你如果把法西的那种办法认为是真理的话，那我敢担保说，日本是早已经得到这种真理了。

廖世承（1892—1970），著名心理学家、教育家。1909年入南洋公学，1912年考入清华学校高等科，1915年毕业后赴美，入布朗大学专攻教育学、心理学，1919年获教育心理学博士学位。回国后，先后任职于南京高等师范学校、国立东南大学等校。参与创建中国最早的心理实验室之一——南京高等师范学校心理实验室，致力于教育科学实验，并与陈鹤琴一起进行心理实验研究。著有《教育心理学》《智力测验法》等。

游日鸟瞰

廖世承

这次赴日，时间很匆忙，没有什么详尽的参观记录。但游踪所及，也曾用凌空的目光观察日本。兹就臆想所及，把它的优点缺点写出来，供国人参考。

（一）在中国住久了，一到了日本，就觉得社会秩序安宁，各事欣欣向荣。他们整个的国家，可说是官安其职，商安其业，民安其居，社会上自呈一种熙熙攘攘的精神。反观我国，无年不有内乱，无地不有战争，喘息未苏，风鹤频惊。在这种状况之下，各业哪里振兴得起来？我记得上次财政部报告谓全国军费已超过国家全部收入，如编遣实行，军费尚须占到岁入百分之八十。再加水旱兵灾，如何得了？报载本年陕西灾民死亡的有一百数十万，人民救死扶伤不暇，哪里再有精神做贡献事业？总之，内战一日不停，军费一日不裁，各种事业永不会上轨道。

日本外务省文化事业部某君告我"日本人决无自相残杀之理，没有一个日本兵肯打日本人，也没有一个日本人民能容忍这种举动"。这几句话虽不免自夸，但也系实情。

（二）在日感到的第二种印象，就是法令尊严，官吏大都能奉公守法。偶有一二舞弊行为，一经检发，政府即能雷厉风行，严惩不贷。作弊的人经告发后，在社会上鲜能立足，因此大家不敢轻于尝试。有一分财力，即有一分事业；有一分精神，即有一分效果。我国社会适得其反，银钱过手，每生弊端。一般人民对于"揩油"作弊等事视为当然，恬不为怪。流风所被，其害实难胜言。我今且举几种大的说一说：（1）银钱中饱后，事业便成虚悬。（2）在机关任事的人都抱一发财观念，因此对于本身职务，不肯积极进行，造成苟且偷安的风气。（3）位置愈高，发财的机会愈大，因此争夺扰攘，倾轧不已。

（三）在日第三种感想，即国家基本事业的发达，如电气事业、丝业、纺织业均蒸蒸日上，国计民生赖以维持。我国表面虽提倡国货，实际事事仰求外人。日本形式上虽无排外举动，暗中则处处抵制外货。以卷烟一端而论，日本货与外国货价格相差过远，外来香烟天然在淘汰之列。再以西装而论，近来日本各机关人员穿西装的很多，但衣料既属国产，缝工及附属品亦不借助外人，因之利权绝不外溢。在日时，尝参观三越吴服店，其规模之大，远过先施、永安、新新里边物品，国货至少占百分之八十；而我国三公司的洋货约占百分之七十以上。两两相较，实觉寒心。日本工业近来亦突飞猛进。以前重要的机器大都向外洋购置，后来能仿效欧美的出品，最近且能改良他们的机器。我国现在尚未达到仿效的时期，独立改良更说不到。

（四）不论实业、交通、市政、卫生，政府均能按照计划次第推行。记得前三年参观日本时，东京市下水课正预备一千五百万元，筑一大规模的污水池，以便试验有效后推行各地。近此事已成功。东京又在建筑地底轨道，已筑成四分之一。逆料二三年后，日本地底轨道又可与欧美并驾齐驱。余过神户时，见神户至大阪筑一柏油大道，长十五英里，阔较上海大马路约一倍左右。在道中驰骋时，觉气象光昌。因思我国已成之路尚不时拆毁，为之三叹。

（五）政府目光能顾到各方面。关于此点，可举两个例子：（1）游人一进日本口岸，就看见群山蜿蜒，满目苍翠。日本多山地，但无山不绿，无地不垦，不若我国山地，任其荒弃，非特不尽地力，且牛山濯濯，至不美观，即小见大，可以察识政府办事的精神。（2）日光为日本最著名的胜地，山上多寺院，政府年贴修理费数百万元。半山中有一宫曰东照宫，宫内有一阳明门，雕刻精工，价值巨万。政府所以如此不惜所费，无非使游览的中外人士觉得日本规模的宏大、风景的可爱。

（六）日人办事认真，能按照目标进行，不折不挠。从欧美人的眼光看起来，日人动作迟缓，觉得不如西方人的敏捷。但据我人详细的观察，日本所以能保持现今国际上的地位，自有它的特点。此特点为何？即脚踏实地、一步一步地向前干，丝毫不肯苟且。前数年东京大地震，全市损失不知凡几，但不数年已恢复旧状，焕然一新。地震时帝国大学受灾也很大。此届赴帝大参观，见一部分校舍正在改造，并新筑一规模宏大之图书馆，所费由美国火油大王之子 John D. Rockefeller, Jr. 所捐助，捐款电文略谓："余深知贵国人民能于短时间内恢复此在世界上享有荣誉之大学，唯余愿稍尽心力，使此恢复时期益行缩短，谨无条件地捐助日金四百万元。"于此可见唯自助者乃能得人助。

（七）日本人民大都俭朴耐劳，少奢侈习惯。此点为欧美人所不及。参观任何学校时，都见有提倡勤俭、力戒奢侈的标语。不过他们的标语集中于一二点，学校中的训练以及社会上的组织都以此一二点为依据。不如我国的标语，五花八门，贴得很多，讲到实际上的设施，又和标语渺不相关。

（八）日本街上警察绝少，汽车、脚踏车络绎不绝，自能遵守行车规则，不闯祸伤人。我国则适得其反。上海马路上印度阿三和中国巡捕站了许多，东西指挥，而汽车伤人的事依然层出不穷。前几月沈商耆先生的惨死就是一个例子。沈先生是社会上有名望的人，所以大家注意；其他不知名的中国人，死于汽车轮下的，一月中不知有多少？人命的微贱，开车人的横暴、不守规则，处处可以看到。

（九）日人最注重礼貌，中小学内均有作法室，练习东西洋应对周旋的礼节。社会上彼此交接，也有法度可寻。我记得有一次上电车时，足未立稳，车身已移动，偶不小心，皮鞋脚踹在一仅穿袜子的工人足上。我觉得踹得他很痛，他也把足指抚

摩了好几次，可是他非特不以恶声相加，并且还是和颜悦色地
向着我。这或者因为他个人的性情特别好，不足以代表一般人
的教育效果。那么，为什么我从没有听到汽车夫当车身前行碰
到阻碍时出口骂人？礼貌是形式的，骂人也是一件细微的事情，
但有否自制的能力，尊重他人的观念，即由是剖分。没有自制
能力，不能尊重他人人格的人，便可放辟邪侈，无所不为。

（十）在日本游览时，最足以唤起我们注意的，便是日本男
女的体格发达和清洁习惯。日本学校内对于体育都异常注重。
任何中学校，有柔道场、剑道场的设备，有军操、柔软操、武
术的功课。女校亦然，对于普及运动非常注意。因此以矮小著
名的日本人，体格日渐发展，竟有睥睨我人之概。忆在日光游
览时，同行者均坐汽车上山，山高四千三百尺，汽车盘旋而上，
需转弯四十余次，步行约需四小时，我们在车内见道旁有一女
子，足穿木屐，背负小孩，安步上山，其体力可以概见。

清洁为日人的特性，无论家庭、学校、旅馆、饭店，都清
洁异常。一般人民对于卫生亦极讲求，即房金最低贱之宿泊所，
也备有浴室，预备寄宿的人每日洗澡。

讲到日本的缺点，也有数层要说：

（一）精神严肃固为教育的优点，但日本的学校过于严整，
对于情感的陶冶、自由发表的精神，似尚缺乏。现时已有不少
青年倾向过激言论，幸而此刻社会秩序安宁，不致发生问题，
一旦国家有变动，也许多数青年有轶出轨外的行动。

（二）闻留学日本的前辈道及现时日本有身份的人对普通人

讲话，较前客气得多。但是阶级观念依然很重。讲话时，上一级的人对下一级的有一种语气，平等地位的人又有一种语气，下级对上级又有一种语气。各人说话，须恰如他的身份，不亢不卑。此亦阶级观念太重的一个例子。此观念不革除，也非社会之福。

（三）日本女子的地位在社会上甚低。以前的女子教育，完全在造成一个供男子驱使的被动人物。现时女子的教育虽已提高，女子大学虽已设立，女子的职业虽已增加了不少种类，但社会上对于女子的观念依然不重视。较之欧美，奚止霄壤？此观念不变迁，于日本民族的发达也有关系。

我对于日本的优点提得甚多，缺点说得甚少，这因为观察的目的旨在采取他人的长处，不在找寻人家的过失。并且所谓鸟瞰，只能得到一个大概，有时还恐受到 Camonflage（此字欧战时用得很多。双方往往故布疑阵，使敌人在飞机窥探时，无从得到真相）的影响。

十九，二，十六

陆晶清（1907—1993），著名文学家、编辑。原名陆秀珍，笔名小鹿、娜君、梅影。1922 年入北京女子高等师范文科班学习。1926 年前后与石评梅共同编辑《蔷薇周刊》。1931 年赴日与王礼锡结婚，数月后回上海协助王礼锡主编《读书杂志》。1933 年与王礼锡流亡英国伦敦。1939 年初回国。1945 年以特派记者身份赴欧洲采访。1948 年回国，先后在暨南大学、上海财经学院任教。

东瀛杂碎

陆晶清

一、 日本的樱花

正是日本举国狂欢的樱花节，我到东京。

有多年了，对于日本负盛名的樱花一直欣羡着，因为人们有意夸张的描写和述说，使我对日本的樱花有极好的印象。每逢春二三月，在祖国翘首东望，遥想三岛樱花节的盛况，总不禁飘飘然，甚至于以不克躬逢其盛而惘惘。今年，在醉人的春风中，樱花盛开的时候，我居然闯进了这正如着了魔的国度里，实现了多时的梦想，应该是多少获得些愿望满足以后的愉快。而事实并不然，樱花竟这样地使我失望！

当我渡过重洋，初踏上三岛时，在神户的码头上看到了接我的锡和东霞君，第一件事就是探问樱花的消息。经久住日本的东霞君娓娓动听地详述了樱花节的情况后，我更耐不住地盼望能立刻看到樱花，能投身到为樱花盛开而狂欢的人群里。从神户到东京一段途程中，在火车里承东霞君几次指示我看到车路旁的樱花，便觉得并不胜过雨后的梨花，但犹以为是坐火车看花，未尝认清她的真面目。

初到东京时的几天，因为忙于筹备自己的终身大典，没有空余的时间去专看樱花，但每日从市内到市外，由市外回到市内的路上，也曾从人家低低的篱落间或远远的村庄上，见到些正盛开着的樱花，所得的印象仍然不佳。质诸开口必赞扬樱花的东霞君，据云：看樱花须到一定的场所去，才能领略到她的妙处。他既言之成理，我自然只有首肯。

在我们新婚的第四日，一个风清日丽的朝晨，东霞君提议去上野看樱花。我是十分地高兴，忙着做午饭吃，忙着收拾屋子，忙着换衣服。锡呢，他虽然从来不肯赞扬樱花，但为了不愿扫兴，也颇起劲地忙着帮忙我做事，忙着打扮他自己。东霞君在我开箱子拿衣服穿的时候，更特别地说到日本女子看樱花时的艳装，这自然是暗示我须穿得漂亮点，方不致见笑于长服大袖、擦白粉着木屐的日本女流们。我不敢辜负他的好意，并且也怕到那美丽的樱花下，粉白黛绿的异邦女子间显现"寒尘"，拣了件颇为艳丽的衣服穿上，像煞有介事地修饰了一番。大家都准备停当，我们便出发了。

由我们的家到上野，虽然需换几次车，但半点钟工夫就到了。在上野公园前下了汽车，已看到沿途的密密层层的樱花，再上了小坡走过一段铺着碎石的路，进了公园的门，樱花更触目皆是。东霞君对樱花是赞口不停，我则只感到失望更深。在蔚蓝晴空笼罩下的一树树樱花，是无色无香，自然没有桃花的艳丽，而素雅又及不上梨花，骄阳照映着，只显出一种残败的可怜相。虽然看花的人们是那样地狂欢，那样如潮水般地涌着，但这人造的热闹空气并不能替那单瓣而黯淡的樱花加些彩色。

我觉得上野的樱花真不及北平中山公园的榆叶梅。她没有榆叶梅那样娇艳的姿色，榆叶梅盛开时是灿烂如锦绣，小立花前，使人总易感到沉醉；也及不上我们"红楼"内的一株梨花，那几枝梨花是洁白得十分可爱，无论在晚阳照映时或皎洁的月光下，都能看出她是素雅有致。

樱花是使我失望了，从前未见到樱花时所幻想的许多关于樱花的好印象，那天都在樱花树下一一地毁灭了。樱花既无可留恋，所以我们很快地就离开了上野公园。

日本看樱花的地方很多，除了上野还有几处，最著名的是飞鸟山。据说，要到飞鸟山去看樱花，才能明了日本人对于樱花节是怎样狂欢。那地方在樱花开时变成了魔窟，赏花的人们都如着了魔一样地疯狂。尤其是一般男女劳动者，他们去飞鸟山看樱花都化着奇怪的妆，暂时忘却了他们积年累日的劳苦，在那里饮酒、唱歌、狂舞，男人遇见不认识的妇女可以任意拥抱，强迫接吻。我曾经在电车上看见游过飞鸟山归来的男女，他们都饮得醉醺醺的，头上戴着纸帽或包着彩色的布巾，更插着些红花；脸上抹了白粉和胭脂，嘴里哼着不和谐的调子，大有余兴犹存之概。就因为看到他们是那样地狂得可怕，所以虽然朋友们屡次怂恿我到飞鸟山观光，终于没有勇气去，这自然一半也是为我对于欣羡很久的樱花已根本失望。

二、 三日热海

我们蜜月旅行的目的地预定是"热海""箱根""日光"三处。因为一些琐事的缠绕，在结婚后十日才启行到热海去。

热海是出温泉的地方，距东京不甚远，由我们住的代代木上原坐急行电车去，只要五个钟头就到了，不过中间需得换一次车。

那天我们因为午前到市内买东西，所以是午后一时由新宿驿搭车出发。所携带的行李很简单，只各人提着一个小皮箱。锡提的一个皮箱较大点，是装着我们两人的几件薄薄的衣裳和几本书；我提的一个小得好像日本小孩们背在背上的书包，里面只能放我们洗漱用的东西和信纸、信封、日记本。

在车上我们吃着橘子、花生，一面从车窗里看路旁的风景，一面讨论到热海的住的问题，锡怕我吃不惯日本饭，睡不惯地铺，主张住"热海饭店"，因为那是西式的旅馆，食住都比较舒适；我则愿意尝尝日本风味，所以最后的决定是住锡从前养病时住过的"柳屋"。

五点钟后车抵热海驿，出了车站我们就坐汽车直到"柳屋"。因为锡是旧主顾，"柳屋"主人特别地表示欢迎。刚刚拣定了屋子，一个脸上涂了几分厚的白粉的下女便送来洗澡用的和服，很恭敬地跪在地上请我们去洗澡。这是很使我为难的一件事，因为我知道热海的无论任何旅馆、任何浴堂都是男女合浴，在我这初到日本的人，对于和许多男女在浴池里"赤诚相见"，颇有些不习惯，也不愿意。但是，好奇心又驱使我想去见识见识，很费了一番踌躇后，才拿着洗澡的东西到浴池去。

我让锡走在前面，要他先看看浴池里有没有人，他到了浴池门前并不报告我什么便忙着脱衣服，我只得自己冒险走上前去看，从玻璃窗里看到两个热气腾腾的池里都坐着许多裸体的男女，于是我转身便跑，虽然被锡捉住了，但终于没有进去，一直到了夜深人静，浴池里只遗下两池清水和静寂的空气时，我们才去洗澡。其后几天，我们洗澡的时间也总是在清晨和夜深没有人时。

澡没有洗成，我们便又穿好衣服，出了"柳屋"，到海滨游玩。那时候，疲懒的晚阳铺在海面上，碧绿的海心卷起白沫的高浪，激荡着一直到海岸边的沙滩。沿海滨有卖食物的小贩，有看海潮的游人，有在沙滩上跳跃、嬉戏的小孩们，还有二三艳装卖俏类似娼妓的年轻女子，在人群中如穿花蝴蝶般闯来闯去，脸上现着笑涡，口里唱着轻歌，这大概正是她们出来招揽顾客的时候。据锡说，就在这一条海滨道上，到夜间也有如上海四马路那样可怕的事，因为他和 W 君有一夜散步时，曾经被一种带凄意的娇音追逐了很远的路。

因为肚子饿了，所以我们没有在海滨多留连便回到"柳屋"吃饭。这是我第一次吃真正的日本料理。当下女将两份饭菜用小桌子抬到我们面前时，生鱼和萝卜的臭味已警告我不敢下箸，但是肚子空空的又不能不填一点东西，只好推开了所有的几样菜，用茶送一碗饭到肚里。放下了碗筷看看锡，他正吃得起劲，每样菜都不落空，吃不够还把我的一份也拿过去吃了一些。当时犹以为他是真爱吃日本料理，过后才知道并不如此，乃是为了想激励我，不惜出此苦肉计。

饭后我们又出"柳屋"散步到一条热闹的街上。那是热海最繁盛之区，有卖各种食物、用具及玩具的铺子，有咖啡店、电影院、邮局、书店、像馆①……短短的一条街上，分布着这许多的铺店和场所。我们几乎是各铺店都走进去看看，无论它卖的是什么东西。结果在一家食物店里买了些食品，又到一家灯光辉煌、乐声悠扬的咖啡店喝了红茶，就回转"柳屋"。

夜深，洗过了澡，回到房间时下女已替我们预备好两个睡铺。厚重而笨大的日本被，样子很像一件衣服，有两只大袖，有领口，被盖到身上，手可以从两只袖口里穿出。就为了这奇怪的被，逗我笑到半夜都睡不着。

翌日清晨，很早我们就到海滨去看朝阳。晓风习习中，看看远远的海天相接处散出了霞光，白浪就涌着红日上升，渐渐地离开了海面，高悬在晴空。

早饭后，锡带我去看附近出温泉的地方。由"柳屋"后面走上一条坡路，便可以看见半山间处处都在冒烟。山路的沟道

---

①即照相馆。——编者注。

中有很多的水管，是为引温泉到海滨一带各旅馆的浴堂而装置的。浴山坡就有几家浴堂，据说设备很好，自然都是男女混浴，所以我们是屡过其门而未曾入。

承"柳屋"主人的好意，指示我们一个看樱花的地方，好容易走了半点多钟才找到，已是汗流浃背了。而樱花呢，并没有看到，只见满地的残瓣，大概已是过时了。

在热海我们还看过一次日本电影。那是因为夜间无地方可逛，散步时经过影戏院前，所以就被吸进去。影片的好坏姑且不说，只规规矩矩地在硬的地板上跪那两个钟头，已是生平第一次受到的奇罪，所以没有等到完场，我们逃出了——自然得了这次经验以后，凡朋友们来约看影戏歌剧时，我总先问声："要脱鞋跪地板吗？"若应声为"然"，我便打九十度的躬表示谢意。

因为我感到食住都不惯，在热海只住了三天就回来了。临行时"柳屋"的主人男女老幼都跪着送我们，很殷勤地请我们暑天再去住。我不会说日本话，只好用中国话答复他们："谢谢你们，我是再不来盖大被、吃臭鱼了。"并且对他们深深地行一个日本式的鞠躬。

王礼锡（1901—1939），字庶三，笔名王挢今，作家、外交家。早年就学于江西省第七师范学校。1932 年在其主编的《读书杂志》发起轰动一时的中国社会史论战。1933 年赴欧考察。抗战爆发后，在英参加组织作为世界援华工作国际联系中心的全英援华会并任副会长。1938 年回国，翌年作为作家战地访问团团长率团前往战地，因黄疸病发于访问期间病逝。著有《海外二笔》《海外杂笔》《战时日记》《国际援华阵营》等。

印度一角

王礼锡

当无数肥大的鹰用各种英武的姿势遮蔽海空而来的时候，这就表示快到孟买①了。

孟买到得很早，大概六点钟就靠岸了。七点钟进早餐的时候，饭厅里的中国人除我和澄区外，只有一位研究性学的李文和一位学交通的吴君。吃过早餐，我们四个人就先上岸；三等舱九个中国人，恰好分成两批。叫了一辆汽车，每人四个卢比，十六个卢比逛四点钟，价钱稍为贵一点，不过希望他能多带我们走几个地方。

在英国区走着的时候，简直像是上海之晨，街上铺子的门

---

①孟买，在印度半岛西岸，当欧、亚航路之冲。贸易繁盛，为世界棉场之一。——原编者注。

都关着，警察懒洋洋地在街心无所事事。稀少的行人点缀着这宽大的街道。车夫说孟买人很懒，不到十点钟没有生意做，我们就先看别的地方。我们穿过一个公园，在一个高平台上眺望海景。

"那是一个庙。"车夫指着远远一个三面围海水的地方，"从前一个高僧死时，遗嘱要葬在这里，潮水来时就有一个孤庙在水中央，去求福的人们须坐小船才能去。"

我们急于要看火葬场，但到那里时，还没有正在焚烧的尸体，只好回头再来。从火葬场侧面进去，像是一个荒废的花园。一排一排的花畦，用大鹅卵石筑成长方形齐腰的矮围墙，中间头着肥美的土，许多没有人修理过的花在里面杂生着。车夫说那是回教徒公葬的墓地。那真是公葬了，在里面，石头是同样的，花是同样的，找不出一点私的符号，一块刻了字的石头都没有。

出了火葬场，穿过一些很脏的街道。在街道上发现印度女人爱穿红衣服，多是披一块旧土红色的布，更显出她们的脏，想我佛释迦牟尼在出游时，看见四苦①中的"生苦"而想修行，大概就是这样的印象。而释迦牟尼的父王在空中给他布置许多引诱他的美女，在她们睡时，表现各种丑态，而更加坚定他的修行的心，也大概是这样的一些美女！

街上有在地下摆着摊子卖药的，一个医生面前堆着许多树

---

①四苦，佛教谓生、老、病、死四者为人生之大苦。——原编者注。

皮草根，这大概也是印度的国药、国医，不禁使我想到中国的
国药、国医运动，并且还在什么议会上有着什么提案。还有一
个剃头区，在一个大场中，摆着无数的剃头摊子，他们就这样
蹲在地下工作。车夫是个白人，他用着轻轻的口吻问："中国
也是这样吗？"吴君说："我们中国有的是大剃头铺。"其实中
国下层的生活何尝不如此？上海城隍庙一带，和这里相差多
远呢？

　　我到孟买是第三次了。这次因为要的车子的时间很久，他
就把印度人的宗教生活也领我们看了不少。他们拜树、拜蛇，
拜牛。他们在大树底下摆着几块神像。所谓神像者，只是几条
蛇而已。街头一个人牵着一头牛，慢慢地蹀着，手上拿着一大
把青草；行人有祈福的，就以一文钱买一茎青草给牛吃。有一
个小学生走过牛身边，把手摸摸牛，又拍拍自己身上，大概这
也是一种祈福的仪式。在一个神庙侧面的空地，一群奇形怪状
的人围着一个全身赤裸，只余一条像带子般的短裤的瘦人，身
子上涂满了白色的灰，看见我们来时，他更拼命地把灰向身上
涂。据说，他自称是神，许多人也就去礼拜他。一个正在礼拜
着的老头望着我们说："你们觉得饥饿吗？"我想这大概是一句
参禅的话，希望我们也去礼拜，以满足精神的饥饿吧。

　　这些现象引出一幅中国农村的迷信图，闪耀在我的眼前。
当我在小学念书的时候，一般乡村小孩的头脑中都给恐怖占据
满了，天天感觉做人难。他们并不是怕什么世态炎凉，也不是
怕谋生不易，他们是感到神鬼太多，随便一动足，就有触犯神

鬼、失掉性命之虞。年久的大树，我们乡里叫作坛官，广东叫作社神。这种坛官有种神箭，你如果不小心抛了一个石子在坛官近旁，或者偶尔的疏忽，在坛官近旁小便一次，你的脚马上会中神箭，轻则红肿不能走路，重则致命。还有蛇也是可怕的东西，如果在这些坛官附近看见一条蛇，那就倒霉，你就"不死也得脱层皮"。家里发现蛇，那就是祖宗显灵，大家都要虔诚礼拜地送它出去。有胆大的打死了这条蛇，家运便会从此衰落下去。于是这些小孩们稚弱的脑筋，就给这些恐怖震碎了。这类事情和印度的迷信真太相类似了，也许是由印度传来的吧！印度传来了"佛法"，同时也传来了这些无数的"外道"。

印度的迷信病是"额上雕字"的，几乎每个人的头上都有些红的、黄的符号，有些额中间着一个黄点，有些画几道弯曲的横线；而庙祝之类的额上，更多奇怪的花纹。在中国亦有非常类似的风俗，就是端午那一天，用雄黄混在酒里喝，同时把雄黄在小孩的额上点一点，或画一个王字。这些风俗也许与印度有因缘。

我们到火葬场时，可惜因为是节日，不能进去细看。只是远远地望见很高的铺陈尸体的台上有许多秃鹰正在盘旋着，盼望人们供给它们以食料。也许它们正像我们一样，对这个节日感到有些丧气。但后来，我在旁处玩了一会再回到火葬场时，正有一个尸体在焚烧着。他们的办法很简单，地下插着四根铁杆，铁杆中间恰画出棺材一般大小的地位。柴就一排一排地堆起来，人睡在柴中间，不消三个钟点，尸体就会完全焚化了。

我们没有看见整个尸体，只是在柴的堆积中间，看见一只没有盖严的手。

火葬场出来之后，我们就急急地回船，浮空蔽海的鹰群跟着我们的船送了一程。

谭云山（1898—1983），字启秀。哲学家，佛学家。湖南省茶陵县下东长乐人。1915 年考入湖南省立第一师范学校。1919 年毕业后，进入长沙船山学社从事学术研究。1924 年远赴南洋留学、谋职，辗转新加坡、马来西亚。他一面以教学为生，就教于南洋华侨学校；一面致力于写作和学术研究，出任《华文日报》主笔。1928 年应泰戈尔邀请，偕夫人抵达印度寂乡，任教于泰戈尔创办的印度国际大学，从此致力于传播中国文化，同时潜心佛学和印度文化的研究，被誉为"现代玄奘"。曾任印度国际大学中国学院院长。著有诗集《海畔》，辑入他在新加坡、马来西亚所写的诗歌。

印度周游记拔萃

谭云山

一、 游动植物园

三月二十日，友人约游动植物园，道阶老法师亦在内。植物园（Botanic Gardens）离加尔各答城市数英里，在浩格利河对岸。搭小火轮往，船行三刻钟，途中停两小埠头。船费三等二"安那"（Anna），二等四"安那"，头等八"安那"。船票即为入园票。园地广大，非数小时可以周遍。园中道路纵横，池塘掩映，景极幽雅。亭阁数座，内张规章图志。奇花异木，不可数计。最特出者，为一"大榕树"（Great Banyan Tree），远望亭亭，状若伞盖，大似丘陵；枝干四出，纵横无数；横干排空，节节生根，掉入地中，复又成干；大者如柱，小者如竹；游戏其中，若入丛林；盘旋错综，占地数十亩。道阶老法师试周绕一匝，计一百五十九步；我试走一直径，计一百三十步。闻此树已一百数十岁，现周围新枝，尚向外展不已；将来"措大"，更未可限量也。记得往时读《净土经》，有"池中莲花，大如车轮"，心窃疑其形容过当。现在我们若说"园中榕树，大如丘陵或大如丛林"，没有亲眼看见过的人，又谁肯信呢？但人皆谓此榕树系由一株根本发展而成，据我们细心观察，内中断脱有似原来根本者九株，似为九株所合成。然即为九株所合成，亦一庞然大怪物也。此外，"大棕榈房"（Large Palm House）亦为他处所难得。我们早晨七点钟去，十一点钟即回，惜时间短促，对其他各种植物未及细察周览。

由植物园回后，再游动物园（Zoologic Gardens）。动物园在加尔各答市外，规模宏大，设备齐全。珍奇之物，更难殚纪。空中的、地上的、水里的，鸟兽虫鱼、飞走潜跃，无不应有尽有。亦可谓"所有一切众生之类，若卵生，若胎生，若湿生，若化生，无不令入无余园中"。收罗之富，诚为可惊。内中，猛虎雄狮各十数，装以铁屋。人都觉得它们是凶恶可怕，我却觉得它们是和顺可亲。狮尤好睡，挥之亦不稍动。世人所谓"睡狮"真是不错。然偶一惊起，则吼声如雷，震动天地。又有两巨象，大者高平小屋，脚锁铁环，一人看守之。见游者至，舞鼻踏足，以求食物。鼻长如柱，足大如桶，守者高叫"谢览！谢览！"（即行礼之意），辄举鼻对客，一升一降，如作揖然。游人多就地购甘蔗、香蕉等物饲之。以物抛去，则接之以鼻，卷入口中，有若人手。游人所欲，可以租乘，每八"安那"一次。

我初次到加尔各答时，同张君来游，我曾乘过。先就木台，后上象背。象背上铺座位四，同时可坐四人。围以木框，以防跌落。实则背大人小，平稳不过。一个人坐在上面，就好似一只小猴子坐在屋顶上。侍者牵着，绕近处约行百数十武，复由木台上下来，实生平一趣事也。我们在园中到处周览，饥倦皆忘，出园已是下午三点钟了。

二、 看维多利亚纪念堂、 博物馆、 图书馆等

三月二十一日，复同道阶老法师等游览维多利亚纪念堂（Victoria Memorial）、印度博物馆（The Indian Museum）、孟加拉亚细亚社图书博物馆（The Library and Museum of the Asiatic Society of Bengal）、帝国图书馆（Imperial Library）。维多利亚纪念堂，即纪念英女王维多利亚（Victoria）者。维多利亚生于基督纪元1819年，殁于1901年。于1837年接英国王位，1858年加印度皇帝。在位数十年，远扬国威，广拓疆土，文治武功，为英国从来所未有。故英人到处为之纪念。当英人侵占印度之初，原由东印度公司（The East India Company）渐渐行其统治权。以一印度老大文明古国，而为一外国商人公司所统治，宁非天下一大怪而又可恨之事？后经几次变乱，及至1858年，全印平定，始将统治权由公司收归英国政府直辖，同时维多利亚即以一英国女王兼为印度皇帝。此实印度历史上最难磨灭之一页，不但印度人当谨志不忘，即吾人读世界历史，亦不可不大为注意者也。

提起这位女王，吾中国同胞亦不能无多少感想。盖中英鸦片之战，即正在此女王当位时代。割我香港，租我九龙，开我五口为商埠，致我国从此国势日弱，常受帝国主义之宰制，以至于今，困厄未除。此中原因固多，而女王亦不无与我以相当之影响。纪念堂中，高立一大理石像，威武俨然，面目生动，大有类似我国史传中武则天之神气，实世界上一大女怪杰也。至纪念堂建筑之精巧，结构之雄伟，自不待言。其余印度博物馆、亚细亚社图书博物馆、帝国图书馆各处，规模均极宏大，收藏均极丰富，处处令人羡叹，件件令人观感。若欲细看，每处皆非旬日不能尽；若再欲加以研究，虽至数月数载亦可也。惜我们因时匆促，走马看花，只得其大略而已。

(《印度周游记》)

余新恩（1908—1977），湖北武昌人。1936年北京协和医学院毕业，获医学博士学位，任协和医院外科住院医师，次年赴奥地利维也纳医科大学进修胸腔外科。1939年任英国伦敦胸腔专科医院外科助理医师。1940年回国，任上海圣约翰大学医学院外科学（胸腔）讲师。1945年后任中华医学会总干事、《中华医学》杂志总编辑兼发行人、《中华健康》杂志总编辑兼发行人。

印度朋友

余新恩

在上海滩上所看到的印度人，莫不是些头裹布巾、满脸生须的所谓红头阿三。他们一贯的职业，不是路警便是司阍者，于是人们的印象，以为凡是印度人，其装束职务皆不脱此俗，似生来即是阿三也。

无怪乎在美国和欧洲，人们常见到的中国人是衣冠不整、面有菜色，而业务非洗衣即开饭铺者，于是人们的印象，以为中国人皆如是也，似生来就有这种专职之本能。

此所谓坐井观天，实也难以为怪。

事实上，印度人中，许多都具有高的智育和技能，只是国际上的地位不同，他们未能踏在同一平线上罢了。

由上海航行到欧洲，一路上不但是有着冬夏气候的转变，也有着人种上的穿插不同。就在冬天开出上海，船上的职员和侍役们都穿着一套黑呢绒的制服，但一过香港，莫不换上夏季白色的服装，一直要耐到地中海后，方始又转回到冬天来。由这段夏季色彩的旅途生活中，印度国与印度人在焉，于是与印度朋友的结识由此而始。

印度人种的穿插在这段旅程中是由新加坡开始。从上海而香港而新加坡，全是中国人的世界，但是为数到底不多。由新加坡开出，船上顿变为印度世界。本来餐舱里的座位是散漫的，但此刻却是桌不虚席，热闹、杂噪、忙碌兼而有之。本也好久没有尝到饭的滋味了，这时咖喱饭也随之出现，但为的是优待印度旅客，因他们占了大多数，确实给船上做了大本营的生意。

新加坡到哥伦布，往下到孟买，莫不以印度旅客为主。孟买城是印度的门户，市政繁荣，人烟荟聚，为文化商业中心，所以停船在这里的时间也比较长。所航行的是一艘最大的邮船，一年要做到印度人的买卖为数至巨，因此当天晚上停留在孟买一夜，船上开足了五彩灯光，设宴招待城里的名流贵妇，香槟、跳舞通晓。这里所见到的，都是些服装华丽的印度高尚仕女，哪里还有头巾长须会令人想起阿三来呢？

由孟买西行，船上又呈现了一种冷落的情面，印度世界的极盛时代由此告终了。餐舱中的座位复归散漫，有如冬日来临前的秋天气象。

从新加坡到孟买途中的印度人虽多，但大半属于中下阶级，而且途程短促，虽相值机会不少，然难以为侣，同时也有语言不通之憾。由孟买上船的印度人则属于知识阶级，都是去英国的，有的是去念书，有的去赴考，有的去经商；自然都说得一口好英文，因此能与同船者相与谈笑了。

其中有一个印度医生，他是去开罗赴世界医学会的，因打听到我也是去同一目的地，遂自我介绍相识了。只认识不久，他却要我到他的房舱里，自动地将他的皮包一个一个地打开给我看。他带了不少值钱的东西，如名贵的照相机等，都拿给我看，并示我他带的钱币多少，怎样地分藏在皮包内。

这似乎是出我意料之外的友谊。初认识即有这种的坦白，在我们中国人的交情中也属罕见。但是，由于我们交谈中，因究属于同行，不难晓得对方的学识而推测到他的本身。他曾留学英国，也考得专门的学位，以理讲来，他这种的坦白不致另含用意。

不过，在已往没有与印人交友的经验，而且在旅途中是不能不谨慎的。朋友中，在这段旅途中也有被印度旅客骗过的。

我们也谈到国际上的问题。印度医生并不以他们生来是黑种为次人一等。他引起一位印度学者的演词："诸位，我知道你们不愿多看我一眼，因为我的皮色是黑的，我的相貌是丑陋的，但是我担保我的脑质与你们的一样——白的。但为什么我要有黑皮色、丑相貌，那我不知道，请问你们的上帝去！"

在船上，无论旅客是如何拥挤，欧美人决不会与中国人或印度人并插在一间舱内。这像是一种优待，有人会独自一舱到达大陆，有人却要挤成一团。

终于到了波赛。由波赛搭火车到开罗。抵开罗时已在傍晚，由印度医生介绍，同居在一间旅邸。我们住在隔壁一室，将行李安置后即就寝，以便明晨赴会。

第二天上午十时，在埃及大学举行隆重的大会仪式，由埃及王佛朗得一世开幕。我在八时许才醒来，但不闻隔壁印度医生室内有何动静，难道他还在酣睡或已出去了吗？若果这样，他该唤醒我同去的。遂敲他的房门，但无声响，门并已锁上，由缝中望去，黑漆一片，似此室好久没人住了。我当时曾有点疑心，难道我被骗而他已不翼而飞了吗？但终将房门重敲，久久后始微闻声响。迨门开来，室中暗黑，窗户紧闭，遂急将窗门打开，印度医生面色苍白，继而呕吐皆作，显然是缺少新鲜空气所致。但令我莫解的是，一个受有极高教育的医生，竟会在睡觉时连一点缝儿都不留着为呼吸之用。

会后，我们同搭船到维尼斯①上岸。由维尼斯再搭火车继续旅程。在意大利抢火车时，印度医生跌伤了腿，我给他敷药包扎，他对我给他的友助是感激非常。同了四个钟头的火车，我们就得分路行了，因我去瑞士，他去英国。所以他先下车，转到另一条路上去。他要了我的地名，因他尚无一定住址，预备以后写信告诉我。

事隔好久了，我尚滞留在大陆，但是他的音讯毫无。迨我到英国时，他早已返国了。

在英国，尤其在伦敦，遇到印度人的机会并不为少。常在

————————

① 今译威尼斯。——编者注。

大街上，近用餐的时候，会嗅到一阵强烈的咖喱味道，顿时想起咖喱鸡和咖喱饭来。这就是印度餐馆。在伦敦的印度人，有经商的，有求学的，都比较富足。在英国的印度人，与英国人受着同等待遇，不像美国人不肯与黑人同坐、同行或同席。但是英国人尚不能像法国人做到那样彻底。有一次听到BBC电台里的讨论会，讲到法国人怎样地在殖民地与黑人同化，以至得到他们的忠诚与好感。这或许是事实。在巴黎就常见到白人与黑人挽手同行，但在伦敦就从未见有此例。

在我工作的医院内，后来添了一个印度医生为助手；因同事的关系，我们又结成了朋友。有时我们同出去参观地方。一次走在街上，他在我前面，发现他的袜跟破了一个大洞，同时大衣袖口上也有洞。我笑问他为何如此节省。他也笑了，他说他的钱都被英国拿去了。在印度，虽同属印度医生，凡去过英国赴考而获有英国学位的，身价及薪俸就要高些，但比起在印度的英国医生来，相差仍远。但是，谁都找机会去英国赴考，每次考场中一半以上的都是印度医生。这位印度医生也不能例外。花了许多金镑到英国，除了衣食住外，还要花大笔钱进研究班、听讲、实习，最后赴考场交十数镑考费。一次能考上的真是鲜有的运气。二次相隔半年。考三次、四次、五次的为数不少。考上了就获得皇家学位，但已囊中空空了。

在印度医生离别英伦返国之前一星期，我们同去游历了一个地方。晚上他请我在他的住所——印度青年会吃印度饭，并带我参观会所一周。

　　我约他第二晚在中国饭馆与他饯行。下午他朋友打电话来说他病了——偏头痛复发，我们只好改期。那几天我工作很忙，因他走了，我得加倍工作。第三天我抽空去看他，谁知已是鹤去楼空了。

　　在印度所见到的房屋，都是门户洞开，一目了然，街上人头挤挤，这大概是热带特有的现象。就像我初次到瑞士，时在冬天，各屋窗户紧闭，并染了一层白霜，街上行人寥寥，静得好似一座死城。第二次再到瑞士，已是夏天了，街上行人往来如鲫，冰淇淋的纸头飞散在地上。气候的寒热是具有它各个特别的性格。或者热带人的友谊亦如此，如房屋洞开得那样彻底，那样一目了然，似无再有深求之必要了。

王礼锡（1901—1939），字庶三，笔名王抟今，作家、外交家。早年就学于江西省第七师范学校。1932 年在其主编的《读书杂志》发起轰动一时的中国社会史论战。1933 年赴欧考察。抗战爆发后，在英参加组织作为世界援华工作国际联系中心的全英援华会并任副会长。1938 年回国，翌年作为作家战地访问团团长率团前往战地，因黄疸病发于访问期间病逝。著有《海外二笔》《海外杂笔》《战时日记》《国际援华阵营》等。

南洋巡礼

王礼锡

一、 天气、 山水、 人物

我爱南洋。不过，爱南洋和爱我江南的情绪不同。对江南的爱是怜爱，而对南洋的爱是敬爱。

就在春天吧，西子湖边，杨柳在摇曳她的婀娜的腰肢；桃花在赌博她薄命的红笑；玲珑剔透的岩石像老莱子①披着彩衣似的，点缀着他的老欢；晴雨不时地像多愁多病身的、无常的感情——这诚然是可爱，是《红楼梦》中黛玉一般的可爱。

位置在一望无际的大海中央，天气是"四时都是夏，一雨

---

①老莱子，春秋晚期著名思想家，"道家"创始人之一，疑为老子。——编者注。

便成秋"的率真性格，天天是酿酒一般地浓郁花木酿出极醲的颜色，那就是南洋。椰树就是南洋性格的代表。一根青霄直上的孤干，在顶上攒聚着孔雀毛一般但粗大而疏落的长叶，叶柄间着些巨灵的拳大的椰子。有时浓绿扫天地结成一片清荫，有时疏疏的几干粘在清澈的远天上，是我们温带所没有的严肃作风。这是《水浒传》中武松、鲁智深一类的亢爽男子！

假使上帝要完成这伟大的艺术，应该把北印度高大多胡须的汉子着在此间，但不幸，此间人物是那样地渺小、鄙琐、龌龊！我在新加坡、槟榔屿没有看见一个马来人是高大肥满的，或是像印度人一样，嘴下有一大把虬曲的胡子的；他们都是像尚未成长却枯死的灌木，撑着一个瘦躯，在这乐土上懒懒地走着。

他们的文化应当是简单而宏大，但只是简单，绝无宏大气象。他们吃饭不用刀叉，也不用筷子，工具只是几个手指。他们不穿裤子，男男女女都只是围一个"沙笼"。所谓"沙笼"，就是一条花围裙。他们只是很简单地裹一下，而我们中国的乡间，在冬天，裤管上还要捆扎起来，免得透风，乡下人叫作灯笼，而不是沙笼。日本女人也只捆一条宽带，不穿裤子。中国及西洋女人的裙子，我想也是沙笼变了裤子后留下的残迹。而南洋的欧化男人，在西装裤上还得加上这热带文化的标志——沙笼，那就更复杂了。房子也没有那么多回廊叠户的委曲或纷杂的陈设，只是很简单的架木结茅而已。

上帝从不肯用"统一"的笔法去写他的创作，所以在这样伟大可敬的环境里，着上一些猥琐的人物。自然，创作本来就没有统一的，所以《水浒传》里也少不了白衣秀士王伦。"矛盾"就是上帝创作的手法。上帝既给了这些热带人以便宜的生活，同时就给他们以懒惰，所以他们萎靡下来了。

资本主义却利用这些萎靡下来了的人类，去建造资本主义的花园，要以他们的方法去消灭矛盾，去统一世界，于是沙笼底下就加上洋裤，柔佛①王宫竟是洋房子了。

矛盾消灭得了吗？矛盾的花却正成长在这花园里！那是无办法的。武松、鲁智深那样性格统一的汉子，也只是小说中的人物而已！

二、 走到了永不能回转的时代

南洋的中国人很多，新加坡有三分之二是中国人，槟榔屿有二分之一的中国人。你到南洋，简直像到了家乡一样，满街都是中国字，铺门的两旁有时还贴对联。同行的盘先生在车子驶过一个庙门的时候看见了一副春联，他乐得在车中用读中国诗的腔调唱起来了。

这一回过新加坡时，恰好是旧历新年，家家的门口有浓红的春贴——"天增岁月人增寿，春满乾坤福满门""风调雨顺，国泰民安"。这类语句，勾起我对于二十年前农村熙攘景象的回忆。"虽像回了国了，但是走到了永不能回转的时代了。"我这

---

①柔佛，一名新山，在马来半岛南端，有欧式建筑之王宫。——原编者注。

样想。真的，这些"厚德堂"之类的扁字大灯笼，在每家门前迎风摇摆。这些印象，很久很久就在脑筋里消磨完了，不料这个时代却移植在南洋。"若还赶上春，千万和春住。"一二十年前的春气象，在南洋赶上了，只可惜不能和春住下去，还是让给那些打扮得红红绿绿的小孩们去享受吧！

流落了这么些年的华侨却能保存一个民族的风气，这现象使许多人高兴；反之，这些民族的风气在国内却快消失完了。有一位朋友对我发感喟："旧历年的废止当然是有理由的，但在华侨却绝不宜废止这个风俗，这可以使他们思念起祖国。"其实可以使他们思念起祖国的事情太多了，倒不在乎这一桩。这些事情也不一定像一般遗老遗少们那样觉得可喜。中国是在向现代的文化追赶，而开辟南洋荒土的华侨，最初只是些可怜的苦工；可怜中国文化之泽，被及于这些苦工者几何？放爆竹、挂灯笼、过年过节写"风调雨顺，国泰民安"而已！我在一个中国铺子里，看见卖给华侨读的书，除了《三国演义》《说唐》之类的小说外，只是"天子重英豪，文章教尔曹""有才朝天子，无心谒相公"的《神童诗》。可怜这些小孩们还在做"朝天子"的梦呢！智识的锢蔽锁住了他们前进的脚步！

有一个朋友对我说，有些人住了三代，就和马来人同化了，服装是穿沙笼，说话是马来语。他给我讲一个故事。有一位由中国去的人，到新加坡要找一位久别的老友 C 君。在中途遇见一个中国的少年：

"你是中国人吗?"他问那个少年。

"我不是中国人，父亲是中国人"。

"你知道 C 君家在哪里吗?"

"正是我父亲，我同你去"。

那孩子到家，在门口就高声地叫喊着："爸爸，你们中国来了一个乡亲。"

但现在华侨和马来人的同化风气慢慢地减轻了，中国人都不肯穿沙笼，以为那是可耻的事。华侨的学校正在努力教官话。这是因为英属南洋的政府，现正利用自己殖民地的、文化较低的人民来与华侨争市场，用各种方法提高马来人的地位。我这次经过新加坡时，正为了政府要以马来语为基本语的问题而引起华侨的愤慨。他们是为了仇视和他们争生死的白色人、棕色人，而拒绝他们的文化，这不是为了中国圣教的威力或中国民族性的特强。

有人却正利用这些华侨的可怜地位，向他们募捐，骗取他们以自己的筋力挣来的金钱："你们要通心合力，帮助祖国的政府。祖国有钱就会强；强了，你们就好了。"然而这些钱并没有使国家强，只是肥了几个人的私囊。

三、 诗意的婚姻

婚姻和爱联结起来，自然是有诗意的。

原始时代，在原则上，婚姻和爱是联结的，后来由于氏族间的互相侵略而有掠夺婚姻。男性的权威形成，贫富贵贱的地位悬隔，于是发生买卖婚姻。中国从来的盲婚制度，婚姻的选择权完全操之家长，即是由家长来主持这批买卖。现代欧美各国的自由婚姻，究竟不全根据于爱，金钱、地位、名誉都是这买卖的支付材料。好像现在法国女子如果没有私钱做支付材料，是不容易出嫁的。于是诗意反存在于婚姻以外。"月上柳梢头，人约黄昏后"的一面，才是诗的一面；而婚姻，倒只成为"开门七件事"①的一面了。

但诗意的婚姻，在现代也偶然留下点痕迹。福建的"客家"②，有以山歌择配的风俗，即男女有一方面发生爱悦的情绪时，可向对方以山歌委婉地试探，而对方的接受与拒绝也可以把山歌来道达其情意。相互来回地挑拒，到最后双方情意投合，就成就了他们的好事。但这到底仅是遗迹而已，不是他们正则的婚姻制度。

马来人在他们的婚姻制度中遗留着最多的初民的诗意。少女看见一个陌生的男子，她可以用赞美或讽刺的歌词，投向她的对方，而对方也以歌词回敬，像中国的一部分"客家"风俗一样的。许多姻缘是这样成就的，但这仍不是正则的婚姻，正则的婚姻仍是父母做主，男女间有时并不相识。

还有许多很有诗意的仪节。结婚有七天仪节，头三天谓之凤仙染礼，新娘的亲戚们用凤仙花去染红新娘的手指。第一夜

---

①开门七件事，俗语，指柴、米、油、盐、酱、醋、茶，意谓物质的生活资料也。——原编者注。

②客家，广东、福建处等有客家一族，由他处迁来，土人以此称之。——原编者注。

为"凤仙花夜",名"私凤仙",是偷偷地举行的。第二天名"大凤仙",就是正式的凤仙染礼,那天集合戚友举行凤仙染的大典礼,亲戚们狂欢地以凤仙花汁去涂染新娘的手指、足指乃至于脚之两旁,并举行一种特别的凤仙舞。第三夜的宴会中。男男女女如狂地欢唱。最有趣的一天是第七天,婚礼最终的一天,他们在那一天举行浴礼。南洋的浴不是在澡盆里洗,是用水冲刷,广东叫洗澡为"冲凉",用在南洋更适当些。这浴礼不是秘密地举行,不仅是新郎、新妇私自地享受,是公开地给大家享受。大家在浴室围观,新郎、新妇并坐在香蕉杆上或长凳上,用花片洒过的水或椰乳与柠檬汁,从一个龙形的水头喷射在他们的身上,直到他们把绕在双颈的彩绳扯断为止。戏水的鸳鸯绕着如狂的观众,是多么有趣味的喜剧!

但,这仅是诗意婚姻的遗迹而已!就是中国旧式的结婚,新房里的狂欢酗酒,各种颂祷与戏谑的歌调,新郎、新妇的共饮交杯合欢酒,在旁观者看来,何尝不是诗意?而身当其境的人,或者颂祷正是丧歌,戏谑正是讽刺,合欢酒正是绞肠的毒鸩。

马来人婚后在访亲的时候,对于女家询问的答词是:"钱袋是腐朽了,金银是断烂了,带来的只是一颗赤诚的心。"何尝不是很好的词令。实际上呢,访亲必得有许多礼物分送给女家的人,而且有规定的聘金。也只是像列强在外交文件上谈和平、谈军缩,而实际上则谁都在尽量地扩张军备。

所谓诗意的婚姻,如诗一般的对话,也只是虚伪的辞令而已。"不学诗，无以言"的圣教也不只中国的圣人才知道，马来人已经实践了不知若干年了。

　　一切不合理的制度下，诗意的婚姻是例外，是忽然遭遇着这偶然，就传为千古的佳话。可惜不懂马来语，马来的歌曲与故事中必然可以找出许多对婚姻不平的怨语和偶然遭遇的诗情。

巴　金（1904—2005），原名李尧棠，字芾甘。新文
化运动以来最有影响力的作家之一，被称为中国的卢梭。
1927 至 1929 年赴法国留学。1927 年完成第一部中篇小说
《灭亡》，1929 年在《小说月报》发表后引起强烈反响。主
要作品有《死去的太阳》《新生》《砂丁》《索桥的故事》
《萌芽》，还有著名的"激流三部曲"《家》《春》《秋》和
"爱情三部曲"《雾》《雨》《电》。其中，《家》是其代表
作，也是我国现代文学史上最卓越的作品之一。

锡兰岛上的哥伦波*

巴　金

一月三十一日我们到了哥伦波（Colombo）。关于这地方，
我从前在梁启超的《欧游心影录》里面读到了下面的话：

哥伦波在楞伽岛，这岛土人唤作锡兰，我佛世尊曾经三度
来这岛度人，第三次就在岛中最高峰顶上说了一部楞伽大经。

我们这几天在船上觉得很闷，到了这样的地方，当然想上
岸去看看。所以船刚刚进港的时候，我们的心就不觉痒起来了。
然而我们的船并不靠岸，而且在这里停的时间又很短，我

---

*锡兰岛即今斯里兰卡民主社会主义共和国；哥伦波今译科伦坡，斯里兰卡
首都、最大城市。——编者注。

们上岸去也没有多的时间好玩。譬如那有名的坎第湖，上岸后要坐四小时的汽车才可以到那里，来回就要八个钟头，哪里还有游玩的工夫？

我们决定上岸去，就去搭这船公司的汽艇。这比较要方便许多。开船的时间是规定了的，每半点钟开一次。但船只有一只，一次从船上开，一次从岸上开，如果赶脱了一班，便要在码头上等一个钟头。

上岸的第一件事便是交信。在邮局的斜对角有一个小小的公园，布置并不好，只有中央的一个喷水池还比较可爱。有一座石像，像座上刻了 Diamond Jabillee 等字样。这像一手持钵，一手握杖，看起来很像个化缘的行脚僧。

卫和彭同坐在一把长椅上，我却站在旁边一株小树下面，一只手握着树。树根旁边有块砖石，我用脚把砖翻过来。下面有许多黄蚂蚁受了惊，便慌乱地跑着，看起来密密麻麻，不知有多少。有些爬上我的皮鞋，又被我抖下去了。

这时有两个土人走过来，站在我们的面前，做出笑脸和我们谈话。他们会说英语，不过说起来就和马来话差不多。卫叫他们领导我们到本地的庙宇去看看。

坐了一阵电车，我们下来，一路上椰子、槟榔漫山遍谷，肥大的叶子被风吹动起来，真像许多绿凤迎风舞翼。常常有几个漆黑面孔的黑美人走过路旁，她们的服饰是很华丽的，那短发却很凌乱得像鸡窝，牙齿因为常嚼槟榔就变成了红色。

我们走到了卧佛寺。这庙宇的建筑还算壮观。看庙人领导我们到各处看了一下。殿上也还辉煌，四壁和天花板上面都绘着菩萨的像，带了浓厚的东方色彩，颜色很新，像是新近重修过的。看庙人在殿前一株大树上摘了三片树叶，很恭敬地献了我们三个每人一片。我们不知道这树叶叫什么名字，土人却奉它为神圣。听说每个庙宇里必有这样的一株树，树上还挂着一些东西。我们在十字街头也看见过它，那一株树上挂着一个神龛，周围有竹篱围着。

我们得了树叶便插在西装袋里。那人又引我们去看卧佛。上殿时他叫我们揭下帽子、脱去皮鞋，似乎门前也有一个这样的告白。看庙人开了门上的锁，让我们进去。我们看见卧佛了，这像塑得也平常，斜斜地躺着，右手支持着头，身子很大，塑起来工程倒也不小。供桌上放着几盆雏菊，这是佛教徒奉献来的。花开得正好，看庙人也摘了三朵给我们。我们走出殿来，好奇的心还没有满足，殿门便又锁上了。

看庙人一定向我们要点礼物，我们身边实在没有东西送给他。他便问我们讨钱，彭给了他几角钱，这才罢了。

我们走出庙来，那两个土人在门外等候着。看庙人用一阵笑声来送我们，这是很得意的、很狡猾的笑声，因为他从我们这里骗到了几角钱。

那两个土人又引我们到另一个庙宇去，那里的看庙人出去了，殿门不能打开。但我们却又冤枉地脱了一次皮鞋，揭了一次帽子。在那里我们遇见了几个黑色贵妇，虽然黑，但面孔是美丽的，装束是华丽的。我便告诉引导的土人，我们不要再看什么庙宇了。我们现在需要的还是咖啡店。事实上我不是佛教徒，佛教的庄严也引不起我的注意了。

我们进了一个咖啡店，连土人一起一共是五个，在那里喝了三瓶柠檬水、两杯茶，吃了十只香蕉，休息了一会儿，彭付了一个鲁比（一个银元）。对面一张桌上有两个土人在那里吃炒饭。他们穿着漂亮的西服，却捧了盘子，用手抓起饭来吃。后来土人告诉我们，他们不仅吃饭用手抓，大便时也用手揩。

我们最后被引到胜利公园去。这公园很大，花草也多，但布置不及西贡的植物园。卫、彭和土人坐在一张长椅上谈话，我却独自拣了大树下面的一把椅子坐下去。园里很静寂的，偶尔有几个游客和几只飞鸟。远远地有一对年轻夫妇坐在树荫下一把长椅上说情话。少妇的粉红衫子掩映在绿树丛中，更加分明。

大概时间不早了，他们过来叫我回去。走出公园不多远便有电车站。我们一直坐到海滨。下车不几步就看见先前玩过的那个小公园。我们又进去了。我独自跑到石像下面坐着，默默地看水池在喷水。时间过得快，到了四点多钟，我们走出公园，预备在附近闲走一会儿，再去搭五点钟开的汽船回到大船上去。那两个土人向我们说了告别的话就伸手问我们要钱，我们身边没有本地的钱，彭还有一点，就给了他们七角多钱。他们还向卫要，卫身边只有一个西贡的五分的银币。他们也拿去了。

走出公园，我们随便在街上走走，有些印度人看见我们就叫："阿拉达（他把我们当作日本人，就用着日本话的"你"字叫我们），Change money?（换钱吗?）Drink tea，good tea!（喝茶吧，好茶哟!）"彭带笑用语分辩说："我们是中国人。"后来我们就停在大街上挑担子卖茶的地方，每人喝了一杯茶，付了三角钱，那卖茶的接连说："不贵，不贵。"

我们走到码头不过四点半钟的光景，便找了一个地方稍微坐了一阵。后来汽船到了，等乘客下来后，我们便跳上去。我们先前上岸时同船的有几个法国军官，现在我们回去又和他们同船。我们在这船上坐了许久才开船。有一个法国军官等得不耐烦了，便跑上岸去。他回来时船刚刚离开了岸。他的同伴们坐在船上望着他笑。他从衣袋里摸出一方手巾，不住地摇着，一面说："再会，再会!"我们大家都笑了。还有三个法国女子也来迟了一分钟，眼睁睁望着船走了。要等下次的船，还要等一个钟头。自己雇划子，又没有坐汽船安稳，还要自己花钱。

船直到晚上十点钟才开驶。午餐后我们便在甲板上面看装货、卸货。工作完毕了，那些本地工人就在船上吃饭。一个人把张芭蕉叶摊开，白饭就叶放在那上面，另外还舀了一瓢肉汤倾在饭上。那一群黑工人从工头那里得到他们的晚餐后，便拣了一个地方坐下，把芭蕉叶放在地上，用他们的黑手抓饭来吃。有一个正吃得起劲，不提防背后一个法国兵拿了一块布抛在他的身上，他惊得跳起来，却把饭倒在甲板上了。他一点也不生气，默默地把饭抓起来就往口里塞。

货装完了，上了舱板，船还没有开。泊在我们前面的一只英国船倒先开了。我看见这只船转了一个弯，然后慢慢地消失了。海面是平静的。天空很黑暗。对岸在放烟火。一个红的或绿的火球飞上天空里，忽然散开了，成了红的或绿的花。最后的几个会变成两种颜色，先绿后红。卫一面看烟火，一面看手表，据他说每隔四分钟放一次。后来等了四十分钟，还不见放一个，但是船慢慢儿动了。